# 一个陌生女人的来信

Brief einer Unbekannten

[奥] 斯蒂芬·茨威格 著
韩耀成 高中甫 译

花山文艺出版社
河北出版传媒集团

# Contents 目 录

# 序言：灵魂的猎者

高中甫

斯·茨威格一八八一年生于维也纳，出身一个犹太家庭，父亲是一个纺织厂主，母亲是一个银行家的女儿。从童年起，他就过着优渥的生活，受着良好的教育，对文学艺术有着浓厚的兴趣。

维也纳当时是奥匈帝国的首都，这个帝国建立于一八六七年，到十九世纪末国运式微，政治衰败。可这同时也是奥地利历史上一个文学艺术生机勃发的时期，如茨威格所说的，它“是西方一切文化的综合”。马赫（1838—1911）的哲学，弗洛伊德（1856—1939）的精神分析学，马勒（1860—1911）、施特劳斯（1864—1949）、勋伯格（1874—1951）在音乐上赢得的世界性声誉，建筑和绘画艺术上分离派和印象派的成就已饮誉欧洲，而文学上则是“青年维也纳”的崛起。这个文学流派很快就成为奥地利和维也纳文学生活的中心，它标志着一个新的文学时代的到来，迅即赢得了青年一代的敬仰和追随。茨威格就是在这样一种文学艺术氛围中走上了文学的道路。

一八九八年，还是一个十七岁中学生的茨威格在报纸上发表了第一首诗歌；一九〇一年在维也纳大学学习时出版了他的第一部诗集

《银弦集》；他的第一个短篇小说发表于一九〇二年，第一部短篇小说集《艾利卡·埃瓦尔德之恋》出版于一九〇四年；《泰尔西特斯》是他的第一部剧作，创作于一九〇七年，而作为传记作家，他写了第一部人物传记《艾米尔·凡尔哈伦》，时为一九一〇年。这表明，近而立之年的茨威格在文坛上的各个领域都进行了尝试，并赢得了一些名声。

成功的文学起步使茨威格选择了一个职业作家的生涯，但他清醒地认识到，如他在自传《昨日的世界》中自省地写道："虽然我很早就（几乎有点不大合适）发表作品了，但我心中有数，直到二十六岁，我还没有创作出真正的作品。"标志着他形成自己创作风格并赢得评论界赞赏的是他一九一一年发表的小说集《初次经历》——它有一个副标题：儿童王国里的四篇故事，内收有《夜色朦胧》《家庭女教师》《灼人的秘密》和《夏天的故事》，作家和评论家弗里顿塔尔称，这个集子的小说才使茨威格成为一个小说家（Novellist）。其中的《灼人的秘密》尤为受到读者的喜爱，它稍后出了单行本，一次印了二十万册。《初次经历》确立了他在德语文坛上的地位，形成了他小说创作上独具特色的表现风格，表现了他艺术上的追求，探索和描绘为情欲所驱使的人的精神世界，这成为他此后创作的一个基调。

一九一四年第一次世界大战把茨威格抛到与过去生活截然不同的生活中去。生性酷爱和平的茨威格有一段短暂的时间没有摆脱民族主义的影响，他写了几篇颂扬所谓"爱国主义"的文章，并自愿入伍，在战争档案处和战争新闻本部工作。但民族之间的血腥杀戮和战争的残酷使他很快觉醒过来，到一九一六年初，如他在《昨日的世界》中所表明的，他成了一个反战主义者。一九一六年，他取材《圣经·旧约》中的《耶利米》创作了反战戏剧《耶利米》。这位犹太民族的先知预言巨大灾难的降临，但在狂热的年代无人相信他，他被看作傻瓜、叛徒。“用我的肉体去反对战争，用我的生命去维护和平”，在这位先知身上，我们看到了茨威格本人的身影。此外，他还写了一些和平主义的文章，并在此后的年代写出了反对战争、控诉战争的小说，如《桎梏》《日内瓦湖畔的插曲》《看不见的收藏》等。

第一次世界大战以德奥失败而告结束。茨威格在这场战争中失去了很多，可他获得的更多。一九二六年他在一篇文章中做了这样一份总结：“失去了什么？留下了什么？失去的是：从前的悠闲自在，活泼愉快，创作的轻松惬意……以及一些身外的东西，如金钱和物质上的无忧无虑。留下来的：一些珍贵的友谊，对世界的更好的认识，那种对知识的炽热的爱，还有一种新的、坚强的勇气和充分的责任感，在逝去多年时光之后，突然成长起来。是的，人们能以此重新开始了。”

茨威格对世界有了进一步的认识，对生活有了更深层次的理解，热衷于对人类心灵的探索，增强了作为一位作家的责任感。他勤奋耕耘，孜孜不倦地写作。自战后到一九三三年这段时间成为他创作上的鼎盛时期。他先后完成了由三本书组成的《世界建筑师》：《三位大师》（巴尔扎克、狄更斯、陀思妥耶夫斯基），《与魔的搏斗》（荷尔德林、克莱斯特、尼采），《三位作家的生平》（卡萨诺瓦、司汤达、托尔斯泰）。在这些传记，或者说是作家散论中，茨威格以多彩生动的文笔，不仅为我们描绘了这些作家的生平，更重要的是展示出了这些大师栩栩如生的独特性格和复杂而幽暗的精神世界。

除了这些作家的传记之外，他在这段时间还写了一些历史人物的传记：《约瑟夫·福煦》（1929）、《玛丽·安东内特》（1932）以及稍后的《鹿特丹人伊拉斯谟的胜利与悲哀》（1934）等。在这些著作里，茨威格一方面遵循自己所确定的原则：“精练、浓缩和准确”，另一方面，更重要的是，他关注的和追求的不是历史事件的发展和规律性的东西，激起他兴趣的是这些历史人物的艺术画像、精神世界；他观察的不只是人物的外观，而是他们的内心。他对历史人物的独特理解，以及独特的心理分析的表现方法，为他在世界传记文学中赢得了一个独特的地位。

罗曼·罗兰称茨威格是一个“灵魂的猎者”，如果说在这些历史人物传记中，受历史人物本身和历史事件的左右，茨威格还不能充分发挥他灵魂猎者的本领的话，那么他在这一时期完成的小说，特别是在他的第二本小说集《热带癫狂症患者》（1922）和第三本小说集《情感的迷惘》（1927）就淋漓尽致地施展了他的才能。这两本小说集连同他一九一一年发表的小说集《初次经历》，被茨威格本人称为“链条小说”。在《初次经历》中写的是人的儿童期，他通过儿童的视角观察了为情欲所主宰的成人世界，这个世界充满了“灼人的秘密”。收有《热带癫狂症患者》《奇妙的世界》《一个陌生女人的来信》《芳心迷离》的第二本小说集，展示的是由情欲所控制的成年男女的心态，他们在潜意识的驱使下犯下了所谓的“激情之罪”。小说集《情感的迷惘》内收入除冠题那一篇之外，还有《一个女人一生中的二十四小时》《一颗心的沦亡》。它们的主人公都是历经沧桑的过来人，作者极为细腻地描绘了这些人物在情欲的驱逼下或遭到意外打击时心灵的震颤和意识的流动。用茨威格本人的话来说，这些小说是带有精神分析印记的，是探索个人的，是与“激情的黑暗世界中的幽明相联结的经历”。

人的心灵是一个幽暗的神秘世界，心理学家一直为揭示这个世界的秘密而不断地探索和研究。弗洛伊德在世纪交替期所创建的精神分析学在这一领域里做出了划时代的贡献，并且很快形成一种强大思潮，影响遍及许多学术领域，以文学而论，弗洛伊德主义已成为现代派文学的源头之一。这位伟大的、无所畏惧的心理学家为许多作家打开了进入这一隐秘的世界之路。茨威格就是最早承认和敬重弗洛伊德及其精神分析学说的德语作家之一。他曾写道："在我们总是试图进入人的心灵迷宫时，我们的路上就亮有他的智慧之灯。"

茨威格这段时期的小说创作，特别是在后两部的链条小说集中，形象地表现了情欲的力量和无意识的驱动力，可以明显地看到弗洛伊德的影响。《热带癫狂症患者》中的男主人公仅是由于瞬间的冲动而不惜以生命殉情；《一个陌生女人的来信》中的少女对一个登徒子一见倾心，竟像妓女般地委身，最后付出了生命的代价；《一个女人一生中的二十四小时》中一个出身名门、年逾不惑的孀居女人，竟然为一个年轻赌徒的一双手神魂颠倒，最后以身相许，甚至想到与他远走天涯；《情感的迷惘》中一个享有声望的莎士比亚学者，是一个同性恋者，为情欲所逼竟偷偷出没在下流龌龊的场所，最后导致身败名裂。茨威格在这些作品中，细腻地表现了激情——情欲的力量，展示出无意识状态下人的心态和意识的流动。

正是由于这些小说中明显可见的弗洛伊德的影响，当时有的批评家讥讽茨威格的作品是对弗洛伊德学说的庸俗化。这种观点有失偏颇，茨威格是弗洛伊德的敬仰者，他的精神分析学有助于茨威格用一种新的目光、新的思想去探索和窥视人的内心世界，去塑造人物的形象，但他不是一个盲目的追随者，用小说图解弗洛伊德的学说。他曾当面激烈地反驳了弗洛伊德对他的小说所做的精神分析学的曲解。茨威格小说本身所具有的艺术魅力和生动的人物形象也驳斥了对他的这种批评。但是不能不承认，随同弗洛伊德学说影响给他文学创作带来的一些弱点：一方面是过多的、不厌其烦的内心描写使作品拖沓、臃肿，另一方面对情欲和无意识的热衷削弱了作品的时代感；而当他把视野转向现实生活时，他创作的一些作品，如《看不见的收藏》《桎梏》《日内瓦湖畔的插曲》《旧书商门德尔》，特别是他的最后一部作品《象棋的故事》等就有了尖锐的社会批判力量和强烈的现实主义色彩。

一九三三年希特勒攫取了政权，茨威格被抛入另一种生活。随着一九三八年奥地利被法西斯德国吞并，他成了一个无家无国的流亡者。作为一个犹太人，他的种族正遭到灭绝的杀戮，作为一个奥地利人，他已成为一个亡国之人。在流亡期间他没有参加反法西斯抵抗运动，但他竭尽自己所能、无私慷慨地帮助那些身受迫害的流亡者。他在从纽约发出的一封信里，这样表露了他的心迹："我的一半时间都用来为大洋彼岸办理宣誓书、许可证和筹措旅费，我怕你想象不出这有多么困难、多么费力。我们这些逃脱了彼岸秘密警察的人把这当作首要任务，其他一切相比而言是微不足道的。"

尽管流亡生活颠沛流离，精神上的苦痛折磨着他，茨威格依然勤奋地完成了他的一些重要作品，其中传记有《马利亚·斯图亚特》《卡斯台里奥反对加尔文》《麦哲伦》，和他唯一完成的长篇小说《焦躁的心》，他的最后一篇小说《象棋的故事》，以及他的最后一部著作：他的自传《昨日的世界》。

茨威格本人并没有看到他的《象棋的故事》和《昨日的世界》的出版。他是一个格外焦躁不安的人，他相信曙光必然到来，却不堪忍受黎明前的黑暗。这个"欢乐的悲观主义者，渴望死亡的乐观主义者"，在第二次世界大战最沉重的日子里，于一九四二年二月二十二日与妻子一道弃世而去，留下了那封悲怆感人的绝命书，用自己的生命对战争进行了最后的抗争。

茨威格一生共写了十二部传记、九部散文集、七部戏剧、两部长篇小说[1]、三部诗集、六部中短篇小说集，以及一部自传等。它们确保了他在德语文学乃至世界文学中的地位。他成为一位深受人们喜爱的作家，他的作品被译成四十多种文字，在世界各地拥有广泛的读者群。他把整个世界当作他的故国，他的书也在地球上所有的语言中找到了友谊和接受。

[1] 此两部长篇小说分别为《焦躁的心》和《醉心于变形》，其中《醉心于变形》有两个中译本，分别题为“富贵梦”和“青云无路”；此外，还发现一部中篇的片断，经整理于二十世纪八十年代出版，题为“克拉丽莎”。

# 灼人的秘密

## 伙 伴

机车沙哑地吼叫着，塞默林[1]到了。黑色的列车在山上银白色灯光的照耀下停了一分钟，下来几个穿着五颜六色衣服的乘客，又上了几个人。到处是恼人的噪声。接着，前面的机车又沙哑地嘶鸣起来，扯动黑色的车链，嘎嘎地开了过去，冲进隧道的洞口。广漠的景色又纯净地展现出来了，清晰的背景，被湿润的风吹得分外明亮。

下车的人中有一位年轻人，他那考究的衣着，带着天然弹性的步履，给人以好感。他迅速地走到别人前边，叫了一辆去旅馆的马车。马儿不慌不忙地在上坡路上嘚嘚地走着。空气里充满春意，那只有五六月才特有的洁白而轻盈的浮云，像穿着白色衣裳的轻佻的小伙子，在蓝色的空中嬉戏奔跑，时而躲藏在高山背后，进而相互拥抱，又再度逃开，有时像手绢似的揉成一团，有时又散成丝片，末了又戏弄地给群山头上戴上白色的帽子。风在高空奔驰，狂暴不羁地摇动着细长

[1] 塞默林，奥地利境内阿尔卑斯山的一个隘口，在维也纳附近，海拔九百八十五米。铁路线在海拔八百九十三米的高度从隘口的隧道里通过。塞默林是奥地利著名的避暑胜地，又是从事冬季运动的场所。

的沐雨的树枝，直摇得根根枝丫咔咔作响，飞落下千百颗晶莹的水滴。有时仿佛从山里飘来清凉的雪的芬芳，随后又让人呼吸到一种又甜又冲鼻的气息。空中和地上的一切都在骚动，显得极度烦躁不宁。马匹轻轻地喷着鼻息，往已是下坡的路上跑去。小铃铛在前边叮叮当当作响。

一到旅馆，这位年轻人就立即跑到旅客登记处，匆匆地一浏览，马上就失望了。“我干吗到这里来？”他开始烦躁不安地自忖，“光在这里的山上待着，没有社交，这比在办公室还烦人。显然，我来得不是太早就是太晚，每逢假期，我的运气总是不好，登记簿上没有一个熟悉的名字。哪怕有几个女人在这里也好，那就可以来次小小的、必要时甚至是真挚的调情，而不至于索然寡味地度过这个星期。”这位年轻人是个男爵，出身于名望不是那么太高的奥地利官僚贵族，现在总督府供职。他这次短短的休假并没有特别必要，只是因为他的同事都休过了一星期春假，而他又并不愿意把自己的一周假期送给国家。他虽然不乏才干，却具有一种喜爱社交的禀性，喜欢在各种人物的圈子里出头露面，并深知自己对于孤独是一筹莫展的。他从来不喜欢深居简出，尽可能地避免只身独处，因为他根本不愿意闭门反躬自省。他知道，他需要人的摩擦面，以便使他内在的才华、他心底的热情得以放纵，并燃起火光，而他一人独处时则是冷冰冰的，毫无用处，就像那装在匣子里的火柴。

他沮丧地在空无一人的前厅里踱来踱去，时而心不在焉地翻翻报纸，时而又在音乐室的钢琴上弹一曲华尔兹，不过手不由己，老是弹不出正确的旋律。后来他就烦躁地坐下，凝视着窗外。窗外夜幕正缓缓下垂，灰色的雾霭像蒸气一样从松林中升腾起来。他心烦意乱、百无聊赖地在那里待了一个小时，就走进了餐厅。

餐厅里才只有几张桌子坐了人，他都匆匆地投以一瞥。毫无所获！只有那边的一位教练——他是在跑马场认识的，漫不经心地招呼了他，还有一张面孔在环城路[1]上见过，此外，什么也没有了。没有女人，没有任何能够引起一次——即便是短暂的也好——钟情的对象。他本来就沮丧的情绪变得更加烦躁。像他这样的年轻人，他们标致的面孔常使他们获得成功，他们心里总是在为一次新的相遇、一次新的经历做好准备。他们总是急不可待地憧憬那未知的艳遇，他们对任何看来意外的事情都不会吃惊，因为一切早就在他们预料之中了。他们的眼睛不会放过任何性爱的东西，因为他们投向每个女人的第一瞥目光，就是从肉欲上打量的，而且不管她是朋友的妻子，还是给他开门的女仆。如果以某种草率的鄙视态度把这些人称作追逐女人的能手，那么无意中就会使这个字眼儿包含多少由观察而得来的真理啊！因为在他们身上确实集中了狩猎者各种强烈的本能：侦察、兴奋和心灵的冷酷。他们的举止总是落落大方，时刻准备着，而且一心想寻花问柳，并穷追不舍，不达目的决不罢休。他们总是充满激情，但不是恋人那种高尚的激情，而是赌徒那种冷酷的、谋略的、危险的激情。他们当中有一些固执的人，他们不仅把青年时期，而且单是由于等待机缘就把整个一生变成无穷无尽的追逐冒险，他们把一天分解成几百次小的官能享乐——马路上的一瞥，一个瞬息即逝的微笑，对坐时轻轻触到的膝头——把一年又分散为几百个这样的日子。对他们来说，官能享乐就是永远潺潺流动的、富于滋养的、充满刺激的生活的源泉。

然而这里却没有一个可供玩弄的对手，这一点，这位在用目光狩猎的人马上就看清了。宛如一个赌徒手里拿着牌，满怀信心地坐

[1] 维也纳市中心的一条繁华大街。

在绿色的赌桌旁，却等不到一个对手。对一个赌徒来说，任何刺激都没有这种刺激更使人恼火的了。男爵要了一份报纸，他的目光阴郁地在字行上移动，但思想却是麻木的，像是醉酒似的在这些铅字上磕磕绊绊。

忽然，他听见背后有衣服的窸窣声和一个略为有点生气的装腔作势的声音："Mais tais-toi donc[1]，埃德加！"

一个穿着绸衣的女人走过他桌旁，衣服发出轻微的窸窣声，旁边投下高大而丰腴的身影，她后面跟着一个脸色苍白的小男孩儿，他穿着黑丝绒上装，目光好奇地扫了他一眼。这两个人在对面为他们留着的桌旁坐下，孩子显然竭力想使自己的举止合乎礼节，但是从他不安静的黑眼珠看来却又做不到。这位夫人——年轻男爵的注意力全在她身上——穿着十分整齐和优雅，他非常喜欢她这种类型，这是一个快要进入中年的犹太女人，身材显得稍为丰满了些，热情充沛，可又善于把自己的热情隐藏在高雅的伤感后面。起初他还不敢看她的眼睛，只是欣赏她那两道弯弯的、美丽的眉毛，在她那柔嫩的鼻子之上呈一弧形，那秀丽的鼻子虽然显示了她的种族，但这高贵的造型却也使她的轮廓显得分明和可爱。她的头发如同她丰满的身体上一切女性的东西一样，长得特别浓密。看来她对自己的美貌颇为自信，对于种种仰慕早已司空见惯。她轻声地点了饭菜，并教训正在叮叮当当玩叉子的男孩儿——做这一切的时候，她装出一副漫不经心的神态，对男孩儿小心翼翼投来的目光，装出不在意的样子，而实际上正是由于他那目不转睛的眼光才迫使她这般拘束和小心的。

男爵阴沉的脸一下子变得豁然开朗起来。眉开眼笑，精神焕发，

[1] 法文：别说话！

皱纹平整了，肌肉放开了，因此他的身材也一下子变得魁梧了，眼睛闪闪发光。他同那些需要男人在场才能焕发自己全部力量的女人完全一样，只有情欲的刺激才能把他的精力全部调动起来。潜伏在他心里的猎手嗅出了这里有猎物。他的目光挑战似的搜寻她的目光，要与之相遇。她的目光闪烁着犹豫的神态，有时在移动中与他的目光交叉，但却从不做什么明确的回答。他觉得她的嘴角有时也泛出一丝微笑。不过这一切都是那么模棱两可，而使他激动的，却正是这种不可捉摸的神情。唯一使他觉得有希望的，是她的目光常常在扫视，这意味着反抗和拘束，再加上她同孩子的谈话显得出奇的谨慎，这显然是做给一个观众看的。他感觉到，过分强调这种惹人注意的镇定正是用来掩饰她意马心猿的一种手法。他自己也激动了：这场戏已经开场了。他巧妙地拖长吃饭的时间，目光几乎不停地把这位夫人紧紧盯了半个小时，直到他默画了她脸上的每一根线条，能无形地触摸她丰腴身体的每个部位为止。外面天色更暗了，大片雨云向树林伸出灰色的双手，树林像孩子似的，因为恐怖而呻吟起来，挤入屋内的阴影也越来越浓了，沉默使屋里的人越加感到窘迫。他觉察到，在寂静的威胁下，母亲同孩子的谈话变得越来越勉强，越来越不自然，话快说完了。这时他决定进行一次试探：他第一个站起身来，经过她的身旁慢慢向门口走去，久久凝望着室外的景色。到了门口，他像是忘了什么东西似的，突然把头转过去，一下子就逮住了她：她活泼的目光正在望着他的背影呢。

这情景刺激了他，他在前厅里等待着。不一会儿她来了，拉着男孩儿。路过时顺手翻了翻几本杂志，给孩子看了几张图片。当男爵像是偶然地走到桌旁，装着去找本杂志，实际是为了再进一步窥视她那湿润晶莹的目光，或许有机会同她搭讪时，她就转过身子，轻轻拍着她儿子的肩膀说："Viens，埃德加！Au lit！"[1]说着就冷冷地从他身边走了过去。男爵略为有点扫兴地目送着她。本来他曾计划要在今天晚上结识她的，而她这毫不留情的态度使他失望了。但归根结底这抗拒之中包含着诱惑，而恰恰是这种让人捉摸不定的态度刺激了他的欲望。无论如何，他已经有了伙伴。这出戏可以演出了。

## 神速的友谊

第二天早晨，男爵走进大厅，他看见那位漂亮女人的孩子正在那儿和两位开电梯的仆人聊得起劲，孩子正给他们看卡尔·梅依[2]的一本书里的插图。他妈妈不在，显然还在梳妆哩。男爵现在才仔细地观察这个男孩儿。这是个腼腆的孩子，发育得不太好，有点神经质，大约十二岁，手脚老是不停，有一双到处窥视的黑眼睛。如同这样年龄的孩子常有的那样，他显出无缘无故受到惊吓的样子，就像刚被叫醒又突然被置于陌生的环境中似的。他的面孔不算不好看，但是还没有定型，在他身上成人和儿童的斗争才刚刚开始，胜负未定；他脸上的一切好像是手捏出来的，尚未成型，线条轮廓很不分明，只是把苍白和不安糅合在一起。此外他正处于那种不利的年龄，这时他们的衣服总不合身，袖子和裤子在瘦削的肢体上松弛地晃动着，而他们也从没

[1] 法文：走吧，埃德加！该睡了！

[2] 卡尔·梅依（1842—1912）。德国作家，专写一些以印第安人为题材的惊险小说。

有去注意修饰外表，讲究穿着。

这男孩儿在这里犹豫不决地晃来晃去，样子怪可怜的。他站在这里老碍别人的事。门房被他用各种问题纠缠得烦死了，一会儿就把他推开，但是一会儿他又挡住了大门，显然他缺少友好的伙伴。孩子喜欢问东问西，因此就去找旅馆的仆役。要是他们正好有时间，就回答他，但当看见有人来了，或者有什么紧急的事要做，谈话就立即中断。男爵面带笑容，饶有兴味地注视着这个不幸的男孩儿，孩子对一切都好奇地打量着，但一切都不友好地躲开他。有一次男爵紧紧抓住了这个好奇的目光，但是那黑溜溜的眼睛一旦发现自己探索的眼光被抓住，就立即怯生生地将目光收了回去，躲在下垂的眼皮后面。男爵觉得这很有意思。他开始对男孩儿产生了兴趣，他自忖，这孩子仅仅是由于胆怯才这么腼腆的，能不能把他作为去接近那女人的最迅速的媒介呢？无论如何，他要试一试。男孩儿刚刚又跑到门外去了，他就悄悄地跟着。这孩子需要温柔与爱抚，只见他抚摩着白马的玫瑰色的鼻孔。可他真没运气，马车夫也相当粗暴地把他撵走了。现在他又伤心又无聊地荡来荡去，空虚的眼神里含着一丝儿悲哀。这时男爵就同他搭话了：

“喂，小家伙，你喜欢这儿吗？”他突如其来地说，竭力使他的口气平易近人，毫无架子。

孩子的脸涨得绯红，怯生生地在发愣，有点害怕似的用手按着心口，难为情地来回转着身子。一位陌生的先生和他谈话聊天，这在他的生活中还是第一次。

“谢谢，很喜欢。”他结结巴巴地说了这么一句，最后一个字只在喉咙里咕噜了一下，就咽了回去。

“我觉得很奇怪，”男爵笑着说，“这本来就是个很乏味的地方，尤其是对像你这样的年轻人。你整天干什么呢？”这男孩儿依然不知所措，不能爽快地回答。这位漂亮的陌生先生来找他这个无人过问的孩子聊天，这真可能吗？这使他既羞涩又骄傲。他费力地鼓足了勇气。

“我看书，然后我们散步，有时候我们也坐车，妈妈和我。我是来这里休养的，我生过病，大夫说我得多晒太阳。”

最后几句话他已经说得相当镇定了。孩子们对自己生病总感到很骄傲，因为危险使得他们在家人眼里显得倍加宝贵。

“是啊，太阳对于像你这样的年轻人非常必要，它一定会把你晒得黑黑的。但是你也不能整天坐着晒太阳，你应该到处跑跑，痛快地玩玩，也可以来点儿恶作剧。我觉得你太老实了，你看起来像是个整天待在家里、手里捧着又厚又大的书本啃个不停的书呆子。我记得我在你这么大的时候简直是个淘气包，每晚回家时裤子都撕破了。你别太老实了。”

孩子下意识地笑了，这一笑可解除了他的恐惧心理。他本想也说几句，但觉得在一个如此友好亲切的陌生先生面前这样随便就显得太放肆了。别人说话他从来不插嘴，而且老是容易发窘；现在由于幸福和羞怯，他更不知所措。他很希望和这位先生的谈天继续下去，可是却什么话也想不出来。幸好这时旅馆的那条大黄狗走了过来。嗅了嗅他们两个人，并乖乖地摇着尾巴让人抚摩。

“你喜欢狗吗？”男爵问。

“噢，很喜欢。我祖母在巴登[1]的别墅里养了一条狗，我们在那里住的时候，它整天都跟着我。不过我们只是夏天才到那里去玩。”

“我家里，在我们庄园里，有二十多条狗，如果在这里你听话，

[1] 巴登，这里指奥地利的巴登城，以风景秀丽和温泉浴场而出名。

我就送你一只狗，送你一只白耳朵的棕毛小狗。你要吗？”

孩子高兴得脸都红了。

“嗯，要的。”

这句话脱口而出，说得热切而贪婪，但接着又胆怯地、像吓着一样，吞吞吐吐地说出他的担心。

“可是妈妈不会同意的。她说她不能让人在家里养狗。狗太使人讨厌了。”

男爵不觉喜形于色，终于把话题转到了他妈妈身上。

“妈妈那么严厉吗？”

孩子思索着，对他注视了片刻，似乎在自问，对这位陌生的先生是否可以信赖。回答是谨慎的：

“不，妈妈并不严厉。因为我刚生了病，现在她什么都允许我的。甚至她也许会同意我养这条狗呢。”

“要我为你说情吗？”

“要，请您给说说吧！”男孩儿高兴得叫了起来，“这样妈妈肯定会答应的。这条狗是什么样的？白耳朵，是吗？它会把捕获物找到叼回来吗？”

“会，它什么都会。”男爵如此迅速地就从男孩儿的眼里发现了闪烁着的热切的光辉，他为此粲然一笑。开始时的拘谨一下就消失了，由于害怕而收敛起来的热情一下子就喷涌而出。这个原来腼腆的、羞涩的孩子转瞬间就变成一个热情嬉闹的男孩子。男爵不由自主地想，要是那位母亲也是这样，在胆怯之后也这么热烈就好了。刚这么想，那男孩儿就蹦到他身上，向他提出了二十个问题：

“这只狗叫什么名字？”

“叫卡罗。”

“卡罗！”孩子欢天喜地地叫道。

大概他说每句话都在笑，都在欢叫，被这意料之外的喜讯陶醉了。事情竟进展得出人预料地神速，连男爵本人都感到很吃惊。他决心趁热打铁。他邀请这孩子跟他一块儿散散步，而这可怜的孩子呢，几个星期以来就渴望着有人跟他一起玩玩，听了这个邀请，他简直欣喜若狂。这孩子被他的新朋友用一些像是偶然想到的问题所引诱，喋喋不休地把什么事都讲了出来。一会儿工夫，男爵对这个家庭的一切就一清二楚了，尤其是知道了埃德加是维也纳某律师的独生子，出身于一个富有的犹太资产阶级家庭。他通过巧妙的询问，马上就打听到，他母亲对塞默林完全不感兴趣，她曾抱怨这里没有谈得来的朋友，他甚至觉得，从埃德加回答他妈妈是不是喜欢他爸爸这个问题时的支支吾吾的语气，可以推测到关系准不那么妙。他对自己的做法几乎感到羞愧了，他轻而易举地就从这天真无邪的孩子嘴里把这些细微的家庭秘密套了出来。因为埃德加完全信任了他的新朋友，并为自己讲的事情居然能引起一个大人的兴趣而感到自豪。再加上散步时男爵曾把胳膊搭在他的肩上，大家都会看到他和一个大人的关系是多么亲密，埃德加那颗幼稚的心灵由于这种自豪感而剧烈地跳动起来，他渐渐忘了自己是个孩子，无拘无束地像同年龄相仿的人那样滔滔不绝地谈个不休。从他的谈吐中可以看出，埃德加很聪明，正如大多数病弱的孩子一样，由于跟成人在一起的时间比跟同学在一起的时间多而有些早熟，对于自己倾慕或敌视的人或事，反应出奇地激烈。他对任何事情都不能心平气和，谈到任何人或事时，不是特别喜爱，就是极端仇恨，甚至恨到脸都会扭曲得凶狠、难看。也许因为刚生了病的原因吧，他说话带点粗野和突如其来的味道，这使他的言谈如火样的炽热，看来他的笨拙只不过是对自己激情的一种恐惧，一种他费力加以压抑的恐惧而已。

男爵轻而易举地得到了他的信任。仅仅半个小时，他就掌握了这颗火热的、不安地颤动着的童心。欺骗孩子，欺骗这些难得被人爱的天真无邪的孩子真是轻而易举的事。他只要把自己的身份忘掉就行了，这样同孩子说起话来就会自然而然，无拘无束，使孩子也觉得他是个小伙伴，于是几分钟之后两个人之间任何感情上的距离也没有了。埃德加简直欣喜若狂。在这寂寞的地方突然找到了一位朋友，一位多好的朋友啊！他把维也纳的小男孩儿全都忘了，连同他们细声细气的声音和幼稚可笑的废话，他们的形象好像都让位给这位新的大朋友了。当这位大朋友告别时又一次邀请他明天上午再来的时候，当这位新朋友像大哥哥似的从老远向他招手的时候，他自豪得连心都要跳出来了。这一刻也许是他生活中最美好的时刻。欺骗孩子真是易如反掌——男爵向这个跑着走开的孩子微笑着。现在他有了介绍人。他知道，孩子一定会去讲给他母亲听，一直要把他母亲折腾得筋疲力尽方才罢休，他准要每句话都复述一遍——这时他怡然自得地想到，他在提到她的时候加了一些奉承话，譬如每次他都用埃德加的“漂亮的妈妈”这个词来称呼。这位健谈的孩子不把他妈妈和他引到一起是不会安静的。对这一点他确信无疑。他无须自己动手就可以缩小他和这位漂亮的女人之间的距离，现在他可以安安静静地做他的梦，眺望一番景色，因为他知道，一双热烈的小手会为他筑起一座通向她的心扉的桥梁。

# 三重唱

几小时以后证实，这个计划是非常出色的，每个细节都获得了成功。当年轻的男爵故意稍稍晚些进入餐厅的时候，埃德加从椅子上一跃而起，急忙向他致意，面带幸福的微笑向他招手。他拉着母亲的袖子，慌张而激动地在劝说她，一面以引人注目的手势指着男爵。他母亲不好意思地红着脸斥责孩子这些任性的举止，可是终究还是不能不往那边瞧瞧，以照顾孩子的意愿。男爵立即抓住这个机会恭恭敬敬地鞠了一躬。这样彼此就算认识了。她不得不回礼，但此后就把头埋得更低，只顾吃她的东西，整个用餐时间都小心翼翼地避免再往那边看。埃德加可不是这样，他不住地望着那边，有一次他甚至想和那边说话，这种放肆的行为立即遭到了他母亲的严厉责备。吃过晚饭以后他就该去睡觉了，这时他和妈妈悄悄说了好一阵子话，结果是他的热切请求得到允许，于是就走到另一张桌子去向他的朋友道别。男爵对他说了几句亲切的话，这又使这孩子的眼睛里露出了光辉，他和他聊了几分钟。突然男爵巧妙地把话一转，站起来向另一张桌子转过身去，祝贺邻座那位有点不知所措的女士有这么个聪明伶俐的儿子，说他上午跟她儿子在一起十分愉快——埃德加站在旁边，快乐和骄傲使他的脸都红了，又问起孩子的健康，问得十分详细，提了许多具体问题，迫使母亲只好一一作答。这样他们就不可遏止地进行了一次较长的谈话，男孩儿对此感到非常幸福，并以一种敬畏的心情倾听着。男爵做了自我介绍，并相信觉察到他那响亮的名字对这位爱慕虚荣的女人产生了某种影响。总之，她对他彬彬有礼，尽管她丝毫未失自己的尊严，甚至还先向他提出告别，她抱歉地说，这是因为孩子的缘故。

孩子激烈反对，说他不困，愿意通宵不睡。可是他母亲已经向男爵伸出了手，他尊敬地吻了它。

这一夜埃德加睡得很不好。他心里像一团乱麻，既有极度的幸福，又有稚气的绝望。因为在他的生活里，今天发生了新的事情——他第一次进入了大人的行列之中。他半睡半醒，忘掉了自己的童年，似乎自己一下子长大了。直到现在，他一直孤单地受着教育，常常生病，没有几个朋友。他需要温暖爱抚，但是除了父母和仆人之外，别无一人，而父母亲也很少照看他。对于爱的威力，如果只是根据其起因，而不是根据它产生之前的张力，不是根据那空虚而黑暗的空间——这空间在心灵发生重大事件之前充满了失望和孤寂——来判断，就必定会判断错的。一种超重的、没有使用过的感情已在这里期待着，现在它伸开双臂向第一个似乎赢得它的人扑过去。埃德加在黑暗中躺着，心里快乐异常，思绪万千。他想笑，又想哭。因为他喜欢这个人，他还从未爱过一个朋友，没有爱过父亲和母亲，就连上帝也没有爱过哩。他少年时代全部幼稚的热情，现在紧紧地拥抱着这个人的形象。两小时前他连他的名字还不知道呢。

他很聪明，不会为这突如其来的、独特的新友谊而发窘。但使他感到十分惶惑不安的却是觉得自己微不足道，无足轻重。“我配得上做他的朋友吗？我，一个十二岁的孩子，还在上学，晚上总要比别人更早地被打发去睡觉。”这些想法在折磨着他。“我能为他做些什么呢？我能对他有些什么帮助呢？”他想以什么东西来表达自己的心意，却痛苦地感到力不从心。这使他很不愉快。往常，每当他喜欢某个同学，第一件事就是把他书桌里宝贵的小玩意儿，像邮票、石头之类童年的财产分几样给这位同学。这些东西，他昨天还觉得非常了不起，魅力非凡，现在一下子就变得一钱不值、微不足道和令人不屑一顾了。那么他怎样才能给这位他连“你”字都不敢称呼的新朋友一些宝贵的东西呢？用什么办法才能表达自己的感情呢？他越来越因为自己的矮小，自己的半大不小、不成熟，为自己还是个十二岁的孩子而苦恼，他从来还没有因为自己是孩子而如此痛恨地诅咒过自己呢，也从来没有如此殷切地渴望长成他梦想的那样：高大、强壮，长成一个男子汉，一个像别人一样的大人！

这些惶惑不安的念头，很快就编织成了这个崭新的成人世界的色彩缤纷的美梦。埃德加终于带着微笑入睡，但他老想着明天的约会，这破坏了他的酣睡。他怕去晚了，所以第二天七点钟就惊醒了。他急急忙忙穿上衣服，到母亲房里去问了早安。这使他母亲十分惊讶，过去她总要费好大的气力才能把他从床上叫起来。还没等她发问，他就跑下楼去了。他一直焦急地晃荡到九点，连早饭都忘了吃，一心想着别让他的朋友为这次散步等得太久。

九点半，男爵终于潇洒地走了过来，他当然早就把这次约会忘到九霄云外了。但是现在因为孩子热切地向他跑来，他也不得不对这股激情报以微笑，并表示准备遵守他的诺言。他又挎着孩子的胳膊，带着这个神采奕奕的孩子走上走下，只是委婉地、但是坚决地拒绝现在就一起去散步。他好像在等待什么，至少他那心神不定的、扫视着大门的目光说明了这一点。突然他全身一振，埃德加的妈妈走进了前厅，一边回答他的问候，一边亲切地朝他俩走来。当她得知埃德加当作什么了不起的秘密瞒着她想和男爵一起散步的计划时，就微笑着同意了，并爽快地接受了男爵要她同去散步的邀请。

埃德加立即露出一副愁眉苦脸的样子，咬着嘴唇。多恼人，她偏偏现在走来了！这次散步本该只属于他一个人的，即使是他自己把他的朋友介绍给妈妈的，但这只不过是表示他的一种盛情而已，这并不表明他因此愿意和她共有这位朋友。当他看到男爵对母亲那股殷勤劲儿时，他心里就激起了某种妒意。

他们三人一起散步。由于两个大人都对他表示了出奇的关心，因而在孩子的心里更滋长了一种觉得自己很了不起、突然身价百倍的危险感觉。埃德加几乎成了谈话的中心了。母亲有点假惺惺地对他苍白的脸色和他的神经质表示忧虑，而男爵却又笑嘻嘻地反对这种看法，并赞许他的“朋友”——他是这么称呼他的——可爱。这是埃德加的最美好的时刻。他获得了他整个童年时期所没有得到的权利。他可以同大人一起说话而不立即受到训斥，要他住嘴，他甚至可以提出各种各样的冒失的要求，而这些他若在这以前提出来就准会挨上好一顿臭骂。自己认为业已长大成人了，当这种自欺欺人的感情在他的心里越来越自信地滋生起来时，孩子的这种情绪是毫不奇怪的。在他光明的梦境里，童年已经被远远地甩在了身后，就像抛掉一件不合身的衣服那样。

中午，男爵应越来越友好的埃德加的母亲之邀，坐在她的桌上。由 Vis- à -vis[1] 到一起并坐，由认识变成了友谊。三重唱正在进行，女声、男声、童声这三种声音配合得十分协调。

---

[1] 法语：面对面。

# 进 攻

现在这位没有耐心的猎手觉得是时候了，是蹑手蹑脚地挨近他的猎物的时候了。在这种事情上他不喜欢老是这种亲热的三重唱。三个人在一起聊聊天，当然很惬意，但是归根结底聊天并非他的目的。他知道男女之间的情欲，如果成了戴假面具游戏的社交，就会耽误官能享受，就会使语言失去激情，使进攻缺乏火力。要使她透过谈话了解他的本意，至于这个本意是什么，他已经使她了解得一清二楚了，对此他是很有把握的。

他对这个女人所打的主意恐怕不至于徒劳无功，成事的或然率很大：她正当那种关键性的年龄，这时候一个女人对自己素来忠于一个不喜欢的丈夫开始感到后悔了，美貌正在消逝，风韵所余无多。在母性和女人之间她还不能做出刻不容缓的最后一次抉择。生活，好像早就已经有了答案的生活，此刻又一次成了疑问。意志的磁针最后一次在渴望官能享受和彻底断绝欲念之间颤动着。一个女人面临着一个危险的决断：是为了她自己的命运，还是为了孩子的命运，是做女人还是做母亲。男爵对这一切都一目了然，他感到他已经觉察到她的这种危险的动摇了。她谈话当中总是忘记提及她丈夫，实际上心里对她孩子也了解得非常之少。她杏仁般的双眸里有一种百无聊赖的影子，在伤感的面纱下，半遮半露地掩饰着她的情欲。男爵决定迅速采取行动，但同时又避免急不可待的样子。相反，像垂钓者引逗地抽回钩子一样，在他这方面，他又做出一副极其冷淡的样子，虽然实际上是他在追别人，但却要让别人来追他。他决定表现得高傲一些，竭力强调他们社会地位不同。他觉得只要突出他的高傲、显示他的外貌、强调他那响亮的贵族姓氏，以及做出冷冰冰的举止，就可以将这温柔、丰满、漂亮的肉体弄到手。这个想法撩拨得他心里奇痒难熬。

这场热烈的戏已使他兴奋异常。因此他强迫自己小心从事。他一下午都待在自己房间里，美滋滋地相信她在找他，在惦记着他。但是，他未露面并未引起她的注意，她本来就想避开他的。可是这使可怜的孩子难受极了。整个下午埃德加都茫然困惑、若有所失，他以男孩子所特有的那种执拗的忠诚，在漫长的好几个小时里始终痴心地等着他。他觉得走掉或者独自做点什么事都是一种罪过。他茫然无主地在过道里踱来踱去，天色越晚，他心里越是怏怏不乐。他心绪不宁，想入非非，他梦到一次事故，梦到不知不觉中受到的一次侮辱，由于焦急和恐惧，他差点儿哭出声来。

男爵晚上去吃饭的时候，受到了热烈欢迎。埃德加不顾母亲告诫，叫了他，不理会别人的惊讶，朝他奔去，用他瘦削的双臂紧紧抱住他的胸部。“您在哪儿啦？您在哪儿待着啦？”他匆忙地叫道，“我们到处找您。”母亲不高兴把自己扯进去，所以脸红了。她相当严厉地说：“Sois sage，Edgar.Assieds−toi！”[1]（她总是和他说法语，虽然她的法语讲得并不自如，一碰到难表达的句子还感到很吃力。）埃德加顺从了，但还在向男爵刨根问底。“你别忘了，男爵先生可以做他愿意做的事。也许他讨厌我们跟他在一起呢。”这回她自己把自己扯进去了。男爵立刻就愉快地感到，这种责备正是为了恭维。

[1]　法语：听话，埃德加，坐下！

猎手兴奋起来了。他狂喜、激动，那么迅速地在这里找到了猎物的真正足迹，他感到它就在他的射程之内了。他的眼睛炯炯发光，神采飞扬，口若悬河，滔滔不绝，连他自己也不明所以。他同每个情欲旺盛的人一样，当他知道讨得了女人欢心时，便风度飘逸，潇洒自如，就像有些演员，当他们知道面前的观众对他们着迷时，就劲头倍增。他在朋友们中间是个讲春宫故事的能手，而今天——这时他喝了几杯为庆祝这新友谊而要的香槟酒——就讲得更为出色。他自诩为一位地位很高的英国贵族朋友的客人，在印度打过猎。他很聪明地选了这个题目，那是因为这题材是轻松的，而且他可以从旁观察这些富有异国情调的轶事，这些她所无法企及的事情在这个女人身上所引起的激动。听了这个故事最最着迷的，首先还是埃德加，他的眼睛也由于兴奋而显得炯炯有神。他忘了吃、忘了喝，凝视着这位侃侃而谈的人。他从未希望真正能够见到一位有过亲身经历的人，讲述他只从书本上才读到过的那些惊人的险遇，什么猎虎啦、棕色人啦、印度人啦，以及把千百人研为齑粉的、可怕的 Dschaggernat[1] 的轮子啦等等。直到现在他还从来不相信真的会有这样的人，正如他从来没把童话国当成真的国家一样。此刻，他心里突然第一次涌现出一个辽阔的世界。他目不转睛地盯着他的朋友，屏住呼吸，凝视着他面前那双曾经打死过一只老虎的手。他什么都不敢问，随后他说话的声音异常兴奋。在他驰骋的想象里，他的大朋友成了故事里的主角：他高兴地骑在一只披着紫色象服的大象上，戴着贵重头巾的棕色皮肤的男人两边相随；突然他又看见从林里跳出一只龇牙咧嘴的老虎，伸着前爪去抓大象的鼻子。现在男爵又讲起更为有趣的、关于怎样智捕大象的故事：用驯服的衰

[1] 即转轮王，为神话中的印度国王。

老动物把猛烈的、目空一切的幼象诱进木笼子里。孩子的眼睛迸发出炽热的光芒。这时妈妈看了一下表，突然说："Neuf heures！ Au lit！"[1] 他觉得，这仿佛在他面前落下一把闪着寒光的刀。

埃德加吃了一惊，脸都吓白了。"带你上床！"这对所有孩子来说，都是一句可怕的话，因为他们觉得，这句话是在大人面前对他们的公然轻蔑，是一种自我招供，是童年和小孩儿需要多睡眠的一种标志。可是这种羞辱竟发生在这么有意思的时刻，使他听不到这些闻所未闻的故事，这真是太可怕了。

"只听完这一个，妈妈，这个捕象的故事，就让我听完这一个吧！"

他开始乞求了，但立即想起了他作为大人的新的尊严。而他母亲今天也严厉得出奇。"不行，已经很晚了，快上楼吧！ Sois sage[2] 埃德加！男爵先生讲的故事明天我都详细地讲给你听。"

埃德加迟疑地站了起来，以前每次都是他母亲送他上床，可今天当着他朋友的面他不愿乞求，他那孩子气的骄傲使他起码还要做出自愿走开的样子。

"真的呀，妈妈，明天你全部讲给我听。全部！关于捕象的故事和其他的故事！"

"好，我的孩子！"

"马上，今天就要讲！"

"好，好。但是你现在去睡。走吧！"

埃德加自己也感到奇怪，他把手递给男爵和妈妈的时候，居然脸没有红，虽然喉咙里已经在呜咽了。男爵亲切地捋了捋孩子那浓密的

---

[1] 法语：九点了！该睡了！

[2] 法语：要听话。

头发，这使得孩子绷紧的脸上又露出了一丝笑容。接着他就赶快往门口跑去，否则他们就要看到大滴大滴的眼泪从他脸上滚下来了。

## 大 象

母亲和男爵又在桌旁坐了一会儿，但是他们不再谈象和打猎的事了。孩子离开他们之后，他们的谈话气氛有一点儿压抑，有一点儿微妙的不安的困窘。后来他们来到前厅，坐在一个角落里。男爵比任何时候都更加神采飞扬，而几杯香槟酒又使她兴味盎然，所以谈话很快就具有了危险性质。本来男爵谈不上漂亮，他只是因为年轻，头发剪得短短的，一张棕黑色的精力旺盛的娃娃脸，很有点男子气魄，他那灵活而几乎是调皮的动作撩得她意马心猿。现在她乐于从近处看她，也不害怕他的目光了。在他的谈话之中，逐渐有了一种使她略感困惑的放肆，有某种类似抚摩她的身体的东西，有一种触及她的身体又迅速移开的东西，有某种捉摸不定的欲望，这使得她双颊绯红。随后他又轻快地笑着，无拘无束，像个孩子。这就使得这些细微、轻浮的欲念，好像是孩子闹着玩似的。有时她觉得该对他说句严厉的话，但是她生性喜欢卖弄风情，被这些淫猥的话儿撩拨得心痒难当，只想更多地消受。这种放肆的游戏使她感到销魂。后来她自己也模仿起来。她频送秋波，暗示允诺，完全沉湎在这绵绵情话和狎昵动作中，甚至容许他挨近。他的声音有时使她感觉到他那热乎乎的、战栗的呼吸正喷在她的肩头上。像一切赌徒一样，他们也忘掉了时间，完全陶醉在销魂的谈话之中。到了午夜，前厅里开始熄灯的时候，他们才猛然一惊。

一惊之下，她立即一跃而起，猛然感到自己太放肆了，竟干出了这样的事。本来她也是个玩火的里手，但现在她那已被撩拨起来的本能业已感觉到，火已玩到这个危险的人身边了。她战栗地发现，自己已不能再把握住自己，心里有什么东西开始蠕动。看什么都很兴奋，宛如一个人在发高烧时的感觉一样。恐惧、酒和火热的话语在她头脑里回旋激荡，一种恼人的、莫名的恐惧攫住了她，她一生中在类似的危险时刻里曾经历过数次这种恐惧，但是都没有这一次那样令人头晕目眩，如此猛烈无情。“晚安，晚安。明早再见！”她急匆匆地说着，想逃遁而去。这倒不是为了逃脱，而是为了逃开此刻的危险，逃脱她自己心中一种新奇的、陌生的、欲推犹就的窘境。男爵轻轻抓住她告别时伸出来的手，吻着。不是通常的吻一次，而是用嘴唇从纤秀的手指尖一直到手腕，颤抖着吻了四五次。她感到他硬硬的胡须在她手背上戳得痒痒的，她起了一阵微微的哆嗦。某种温暖的、令人窒息的感情，从手背上随着血液流贯全身。恐惧甜蜜地袭来，她的太阳穴嘣嘣直跳，头在发热。恐惧，这莫名的恐惧现在使得她全身战栗起来，她急忙从他手里抽回了自己的手。

“您再待会儿嘛。”男爵悄悄地说。可是她已经仓皇失措地匆匆跑走了，这个动作使她的恐惧和慌乱暴露得一目了然。现在她心里很兴奋，这也正是男爵的意图。她觉得，她的感情越来越不能解释了。残酷得灼人的恐惧在追逐着她，把她抓住，但就在逃开的时候，她同时又为他没有这样做而感到惋惜。她多年来下意识渴望的事情，很可能会在这种时刻发生。从前这种艳事她总是在最后关头把它摆脱开了，可对它的气息她爱得如痴如醉，这种巨大的、危险的艳事，这种不是转瞬即逝的撩人的调情。可是男爵很骄傲，不去捕捉这个良机。他对自己的胜利蛮有把握，因而不想在这个女人酒意蒙眬、不能自持的时候把她弄到手；正相反，只有神志清醒时的斗争和委身，才会激起这个手段光明正大的赌棍的兴趣。她是逃不出他的手心的。他看到，她血管里火辣辣的毒药使她战栗了。

她在楼梯上停住脚步，气喘吁吁地用手按着心口。她得休息一分钟。她的神经已经受不住了。她从胸口发出一声叹息，这叹息，半是庆幸自己脱离了危险，半是惋惜；这一切都像一团乱麻，弄得人头晕目眩，六神无主。她半闭双眼，像喝醉了酒一样。在往她的房门那儿摸索，接着她深深地舒了一口气，因为她终于抓住了冰凉的门把手。这时她才感到安全了！

她轻轻推门进了房里，马上就吓得退了回来。房里，在里边暗处，有什么东西动了一下。她那兴奋的神经剧烈地战栗了。她正想呼救的当儿，从里面发出了一个轻轻的、睡意蒙眬的声音："是你吗，妈妈？"

"上帝保佑，你在这里干吗？"说着她就直奔沙发床。埃德加正蜷缩成一团在上面躺着，刚刚醒来。她第一个念头是这孩子准是病了，或者是需要什么东西。

但是埃德加却仍带着睡意，用略带一点责备的口气说："我等了你好久，后来就睡着了。"

"干吗等我？"

"为了大象。"

"什么大象？"

现在她才想起，她确实答应今天晚上就把打猎的故事和其他冒险故事全讲给他听的，因此孩子跑到她房间里来了。这单纯、幼稚的孩子，他深信不疑地等着她，等着等着，就睡着了。这种放肆的举动激怒了她，或许她本来是对自己发火，她想大喊大叫来掩饰自己的罪过和羞愧。“马上回自己床上去，你这没有教养的东西！”她对他嚷了起来。埃德加诧异地望着她。她为什么对他发那么大的火？他又没有做什么错事。但是他的惊讶却似火上浇油。“马上到自己房里去！”她怒气冲冲地吼道，这时，她感到委屈他了。埃德加默默地走了。原来他已经疲倦极了，透过蒙眬的睡意，他迟钝地感觉到，他母亲没有遵守自己的诺言，这样对待他是不公正的，但是他没有反抗。因为困倦，他觉得什么都是昏昏沉沉的，一切都是麻木迟钝的，随后他又生自己的气，竟在这里睡着了，没有醒着等妈妈。“完全像个孩子。”在重新入睡以前，他还在生自己的气。

因为从昨天起，他就恨自己的童年了。

## 前哨战

男爵没有睡好。一次调情中断之后就去睡觉总是危险的：一个不平静的梦魇频扰之夜，使他不久就后悔没有把这一分钟紧紧抓住。当他早晨带着未消的睡意，怀着恶劣的心绪走下楼来时，孩子从躲藏的地方朝他蹦跳过来，热情地投入他的怀里，用千百个问题来折磨他。埃德加非常快乐，他又有一分钟可以独占他的大朋友，而不需和妈妈分享了。他的故事该只讲给他听，不再讲给妈妈听了。他向他提出许许多多问题，因为妈妈虽然答应给他讲，但还是没有把这种奇妙的故事讲给他听。这时，男爵吃了一惊，他掩饰不住自己恶劣的心情，但埃德加却把成百个孩子气的、恼人的问题倾倒在他身上。此外，在提这些问题时还掺杂着种种亲昵的表示。他终于又和这位他找了好久、一大早就等着的朋友单独在一起，他真是快乐极了。

男爵粗声粗气地敷衍着。这孩子没完没了的盯梢、数不尽的幼稚问题以及他那并不讨人喜欢的热情，所有这一切，都开始使他感到厌烦。天天同一个十二岁的孩子转来转去，跟他说些无聊的话，对此他感到厌烦了。现在他一心只想着如何趁热打铁，赶快把这位母亲掌握住，而孩子在场却使这事很棘手。由于他的不慎，唤起了孩子对自己的这种痴情，他对此开始感到不安。这使他心情抑郁，因为暂时他无法摆脱开这个热情得过分的朋友。

不过，无论如何总得设法摆脱他。一直到十点钟——他和孩子母亲约好去散步的时间，他心不在焉地敷衍着叽叽喳喳说个不停的孩子，只是偶尔插上一两句话，同时还翻阅着报纸。可当时钟的指针快成九十度角的时候，仿佛他忽然记起来似的，他请埃德加为他到另一家旅馆去一趟，问问他的表兄格伦特海姆伯爵到了没有。

真心实意的孩子真是高兴极了，终于可以为他的朋友办点事了，他对自己的使者身份很自豪，立即奔了出去，撒腿猛跑，惹得人们都奇怪地望着他的背影。可是他却一心想显示一下，把事情交给他办是多么可靠。那家旅馆的人对他说，伯爵还没有到，现在压根儿还没有人来打过招呼。他带着这个消息又狂奔了回来。但是男爵已经不在前厅里了。于是他就去敲男爵的房门——白敲了一阵！他怀着不安的心情跑遍了所有的场所，音乐室和咖啡室，然后激动地冲到他妈妈那里去打听个究竟。她也不在。最后他十分失望地去问门房，门房告诉他，几分钟之前他们两个人一起出去了！这消息惊得他目瞪口呆。

埃德加耐心地等待着，他天真无邪，根本不往任何坏事上想。他想他们大概只是出去一会儿，对此他是很有把握的，因为男爵还等着他的回话呢。但是好几个小时过去了，不安开始潜入他的心头。真的，打从这位陌生的、诱人的人进入了他幼小的天真无邪的生活那一天起，这孩子整天都处于紧张、激动和纷乱的状态之中。任何热情压在像小孩那么纤细的机体上，宛如压在柔软的石蜡上一样，都会留下它的痕迹。眼皮又神经质地颤抖起来，脸色变得更加苍白。埃德加等啊，等啊，起先是不耐烦，后来就激动不安，末了几乎要哭了。但他一直没有什么怨恨，他盲目地信赖这位出色的朋友。他想可能是个误会。隐隐的恐惧折磨着他，也许是自己把他托付的事理解错了。

他们终于回来了，两个人愉快地聊着天，丝毫也没有什么惊讶的表示，这可真令人奇怪极了。看来他们根本就没有把他放在心上。“我们迎你去了，希望在路上碰见你，埃狄。”男爵说，并不问托付他办的事。他们居然没有在路上碰见他，这使孩子大为诧异。他向他们保证说他是从笔直的大马路上跑回来的，并想知道他们是从哪个方向去找他的。刚说到这里，妈妈就打断他的话：“行了！行了！小孩子不要刨根问底，没完没了。”

埃德加脸都气红了，当着他的朋友的面这么卑鄙地来贬低他，这已经是第二次了。她为什么要这样做？他确信，他已不是孩子了，而她为什么总要把他当成孩子？显然她嫉妒他有个朋友，挖空心思想把他的朋友拉过去。对了，刚才肯定是她故意把男爵领错路的。但是他不愿任她欺侮，这一点她该明白。他要给她点颜色看看。埃德加决定今天吃饭的时候只同他的朋友说话，跟她一句话也不说。

但是他们根本就没有注意到他的报复，甚至连他这个人也好像没有看见。这使他很难受，这完全出乎他的预料啊！昨天他们在一起的时候，他曾经是轴心啊！现在他们两个人谈笑风生，互相调侃，可是没有一句话与他相干，仿佛他掉到桌子底下去了。血涌上他的双颊，喉咙里像是塞了一团东西，卡住了呼吸。他越来越愤慨地意识到自己竟是那样的无足轻重。难道他就老老实实在这儿坐着，看着他母亲把他的朋友抢去，除了沉默之外不能进行什么反抗了吗？他想，他得站起来，用两个拳头出其不意地猛捶桌子，只有这样，才能把他们的注意力引到自己身上。但是他控制住了自己，只是放下刀叉，一口也不吃了。他们很久也没发现他不吃东西，只是到最后一道菜时，母亲才奇怪地注意到，问他是不是不舒服了。“可恶，”他心里想，“她想的只是我是不是病了，别的事情她都觉得无关紧要。”他冷冷地回答说，他不想吃，她也就满意了。没有什么事，什么事也不会促使他们来理睬他的。男爵似乎已经完全把他忘了，至少他没有和他说过一句话。他眼里热乎乎的，泪水涌进了眼眶，他得想个法子，乘人不注意的时候，迅速地拿起餐巾。好使这该死的幼稚的泪水不至于毫无顾忌地流下双颊。这顿饭结束的时候，他舒了一口气。

吃饭的时候，他母亲建议一起坐马车到玛丽娅·舒茨去玩一次。埃德加听着，用牙齿咬着嘴唇。她一分钟也不让他单独跟他的朋友在一起。现在她边站起来边对他说：“埃德加，你要把功课全忘了，你得留在房里把功课补一补。”听到这话，他对她恨到了极点。他又一次把小拳头攥得紧紧的。她老想在他朋友面前侮辱他，总是当众提醒他，他还是孩子，还得上学，只有得到允许才可以同大人在一起。这回的用意可是一目了然的。他未做回答，立即把身子扭了过去。“噢，又不高兴了，”她笑着说，随后就对男爵说，“要是他做上一小时功课，真会那么影响他的健康吗？”

“喏，一两小时对身体绝不会有什么坏处。”男爵说。男爵，他一度把自己称为他的好朋友的男爵，曾经嘲笑他是书呆子的男爵，现在居然说这样的话，他感到浑身发凉，血液凝固。

这是默契吗？他们两个人真的联合起来对付他了吗？孩子的目光里闪烁着愤怒的火焰。“爸爸不让我在这里学习，爸爸要我在这里休养。”他一下把这句话甩了出来，带有一种对自己疾病的骄傲，绝望地死抱住父亲的话、父亲的威望不放。他把这句话当作一种威胁说了出来。真是奇怪之至，看来这句话当真使得他们两个人心里都不愉快。母亲把目光移开，只用手指烦躁不安地敲着桌子。他们之间出现了一阵难堪的沉默。“随你吧，埃狄。”末了男爵强作笑容地说，“我又不用考试，我各门功课早就是不及格的。”

对这个玩笑，埃德加并没有笑，只是用审视的、锐利的目光打量着他，仿佛要深入到他的灵魂中去似的。发生了什么事呢？他们之间的关系起了变化。为什么？孩子并不清楚。他不安地移动着他的目光，一把小槌在他心里剧烈地敲打着：第一次猜疑。

## 灼人的秘密

“她怎么变得这样？”在滚动着的马车上孩子坐在他们对面沉思起来。为什么他们不像以前那样关心我了？为什么当我注视妈妈的时候，她总是避开我的目光？为什么他老是在我面前开玩笑，装疯卖傻？他们两个人不再像昨天和前天那样跟我说话了，我仿佛觉得他们已经换了一副面孔。妈妈今天的嘴唇那么红，她准擦了口红。我从来没有见她这么打扮过。而他呢，老是蹙着眉头，好像我侮辱了他似的。我确实没有做过对不起他们的事，没说过一句让他们生气的话呀！不，不会是因为我的缘故，因为他们两个人之间的关系和在这之前不一样了。他们两个人好像干了什么事而又不敢说出来似的。他们不再像昨天那样谈笑风生、兴致勃勃了。他们很拘束、发窘，他们一定瞒着什么事。他们两个人之间准有个什么秘密，不想让我知道。可我无论如何要把这个秘密弄个水落石出，不惜任何代价。我看出来了，就是那种不让我知道的秘密，这种秘密就是演戏时男人和女人伸开胳膊唱歌、互相拥抱又推开的那种秘密。这一定是同我的法语女教师的秘密一样的，爸爸同她相处得很不好，后来就把她辞掉了。所有这些事情都有关联，这我感觉到了，可就是不知道是怎么回事。噢，一定要知道这个秘密，彻底知道这个秘密，要抓住这把钥匙，抓住这把能打开所有大门的钥匙，那我就不再是孩子，不让他们再来搪塞和欺骗我了！不只现在，就是永远也不让人搪塞和欺骗！他们总把什么事都对孩子隐瞒起来。我要揭穿他们的这件事，揭穿这个可怕的秘密。他的额头上起了一道深深的皱纹，他在严肃地苦思冥想，车厢外的景色他连望都不望。这个瘦弱的十二岁的孩子看起来几乎老了。窗外，四周色彩绚丽，山上的针叶林染着一片明净的绿色，山谷沐浴在暮春的柔和光泽里。他只是不住地盯着他对面坐在马车后座上的两个人，他灼热的目光好似一根钓竿要从他们眼睛深处把这个秘密钓出来似的。再没有什么比一条模糊不清的踪迹更能使未成熟的智力大显身手的了。有时候只有一扇很薄的门，就把孩子同我们称之为现实的世界隔开，而凑巧一阵风却会把这扇门给孩子们吹开。

埃德加蓦地感到他从来没有像现在这样挨近这个未知的巨大秘密，好像可以抓得着似的，他觉得这个秘密就在面前，虽然现在还是锁着的，谜底尚未揭开，但是很近，非常之近了。这种感觉鼓舞着他，使他显出突然郑重其事的严肃神情。因为他下意识地感到自己已经处在童年时代的边沿。

对面的两个人心里感到某种隐隐约约的障碍，但并没想到这障碍是来自孩子。三人同车使他俩感到处处受碍，很不自在，他们对面那双森然闪着火焰的眼睛打扰着他们。他们几乎不敢说，也不敢看。现在他们之间再也无法回到以前那种轻松的、社交场合的谈话了，而是很深地陷入语调亲昵、用词挑逗的阶段，常为轻佻的、偷偷的触摸而颤抖不已。他们的谈话常常接不下去。谈话中断了，想继续下去，但又不断地在孩子执拗的沉默影响下绊跤。

他那固执的缄口不语，特别对于母亲来说是一大负担。她从侧面小心翼翼地打量着他，当她第一次突然发现这孩子咬着嘴唇的神情和她丈夫激怒或生气时的神情完全一样时，她大吃一惊。恰恰是现在，她有外遇时，想起她丈夫来，心里很不是滋味。她觉得，这孩子像鬼怪，像是良心的卫士，在这马车里的一点点地方，在她对面只有十英寸的距离，滴溜溜地滚动着的黑黝黝的眼睛在苍白的额下窥视着。这使她加倍地忍受不了。埃德加忽然抬头凝视有一秒钟之久，两个人立即垂下了目光：他们感到生平第一次受到了窥伺。在此之前，母子两个人亲密无间，但是现在两个人之间，她和他之间，忽然有了什么东西，关系完全变了样。生平第一次，他们开始察觉到，他们两个人的命运彼此分开了，两个人已经互相暗暗地仇恨起来了，由于这种仇恨还刚产生，彼此都不敢承认。

当马匹又在旅馆面前停下的时候，三个人都舒了口气。这是一次不愉快的远游，这一点大家都感觉到了，可是谁都不敢说。埃德加第一个跳下马车。她母亲告罪说头痛，急忙上楼去了。她极为疲倦，想独自一人待会儿。埃德加和男爵留了下来。男爵给马车夫付了钱，看了看表，径直往前厅走去，毫不理睬孩子。孩子望着男爵那优雅、修长的背影，正迈着有节奏的、轻快飘逸的步履。这步履曾经使这孩子着迷，昨天他还悄悄对着镜子模仿哩。他走了，径直走了。显然他把这孩子忘了，让他在马车夫旁边，在马旁边站着，仿佛这孩子与他毫不相干。

埃德加看着他这样走掉，心里像有什么东西被撕成了两片。他，不管怎么他还始终狂热地爱着男爵。男爵就这样走开了，没有用大衣触他一下，没有向他这个知道自己确实毫无过错的孩子说一句话，他心里绝望了。费尽气力保持的镇静崩溃了，人为地加重了尊严的担子从他过于狭窄的肩头滑了下来，他又成了一个孩子，和昨天及以前一样渺小、恭顺。这违反他的本愿，催促他快步向前，他迈着哆嗦的步子，迅速跟着男爵，在男爵正要上楼梯的时候，他在前面拦住了他，带着难以忍住的眼泪，压低了声音说：

“我做了什么对不起您的事？您不理我了！为什么您现在老是对我那么疏远？为什么您总想把我支开？是您觉得我碍事，还是我做错了什么事？”

男爵吃了一惊。这声音里有一种东西扰乱了他的方寸，使他的情绪缓和下来。他对这个毫无恶意的孩子产生了同情心。“埃狄，你是个傻瓜！我只是今天情绪不好。你是个可爱的孩子，我真的很喜欢你。”说着他使劲地来回抚弄着他的头发，但却只是半转过脸来，以免看到孩子这双湿润的、恳求的大眼睛。他演的这出喜剧开始使他有点痛心。本来他对自己如此厚颜无耻地玩弄这个孩子的爱已经感到羞愧了，而这软弱无力的、颤动的、如泣如诉的声音更使他感到痛苦。“现在上楼去吧，埃狄，今天晚上我们又会处得很好的，你看吧！”他抚慰地说。

“但您别让我妈妈早早叫我上楼，好吗？”

“行，行，埃狄，我不让她叫你上楼。”男爵笑着说，“现在上楼去吧，我得去换吃晚餐的衣服。”

埃德加走了，此刻感到十分高兴，但不久心里的槌子又开始敲动起来。昨天以来他好像大了好几岁，猜疑，这位不速之客业已牢牢地盘踞在他的心里了。

他等待着。这是关键性的考验。他们一起围桌而坐。九点钟了，母亲还没叫他去睡觉。他已经感到有些不安了。为什么恰恰今天她让他在这里待那么长时间，而以往她是一到时间就打发他走的呀？难道男爵把他的愿望和谈话告诉给她了？突然间他感到难以名状的后悔，今天真不该以完全信赖的心情去追他啊。到十点钟他母亲忽然站了起来，同男爵告别。奇怪的是，男爵对她过早告辞看来一点也没有感到惊奇，也没有像往常那样挽留她。孩子心里的槌子敲得越来越厉害了。

这是个尖锐的考验，他也装出一无所知的样子，二话没说就跟他母亲朝门口走去。但是走到那里时他突然用眼睛一扫，真的，在这瞬间他截获了一道含笑的目光，它越过他的头顶从她眼里正巧朝男爵送去，这是一道默契的目光，某种秘密的目光。这么说男爵把他出卖了，因此今天的早走是为了要他安静下来，好让他明天不再妨碍他们。

“坏蛋！”他咕哝了一句。

“你说什么？”母亲问道。

“没什么。”他从牙缝里迸出这几个字。现在他有了自己的秘密，它的名字叫作恨，对他们两个人无边无际的恨。

# 沉 默

埃德加内心的骚动业已过去。他终于享有了一种纯粹的、明净的感情：仇恨和公开的敌视。他现在确信自己是他俩的障碍，因此跟他俩待在一起就成了他的一种复杂得出奇的乐趣。他觉得破坏他们，用他积聚起来的全部力量去反对他们，是一件赏心悦目的快事。他先是对男爵表露出他的愠怒。早上男爵下楼遇见他时，亲切地向他打招呼说：“早晨好，埃狄。”埃德加坐在靠背椅上纹丝不动，连眼睛都没抬一下，只是咕哝一下，生硬地回了他一句：“好。”“妈妈下来了吗？”埃德加两眼看着报纸说：“我不知道。”

男爵感到惊愕。这一下子怎么啦？“埃狄，怎么啦？没睡好觉？”他本想像往常那样开个玩笑来缓和一下气氛，可是埃德加依然轻蔑地冲口回了一个“不”字，随即又埋头看他的报纸。“蠢孩子。”男爵自言自语地喃喃说，耸耸肩膀，走开了，敌意已经公开了。

埃德加也以冷漠和彬彬有礼的态度对待他妈妈。一次她想打发他去网球场玩，对这样一个拙劣的企图，他平静地拒绝了。由于愤恨而轻轻滑动的冷笑紧贴在他的嘴唇上闪现出来，这表明他不再受骗了。“我宁愿跟你们一块儿去散步，妈妈。”他说这话时带着一种虚假的亲热，并紧紧盯住她的两只眼睛。对她来说，这个回答显然是不受欢迎的。她迟疑了片刻，像是寻找什么东西似的。终于她打定了主意，说：“在这儿等我。”于是就去用早点。

埃德加等待着。不信任感在他脑子里折腾着，忐忑不安地直感到他们的每句话里都能搜寻出一种秘密的、敌视的意图。现在这种猜疑经常能使他做出一种具有奇异洞察力的决断。妈妈要他在前厅里等，但他不在那里等，而宁愿站在马路上，那里不只能监视大门，而且能监视所有的走道。他心里有某种预感，觉得妈妈要了个骗局。这下他俩可再也溜不掉了。像在讲印第安人故事的书里学到的那样，他躲在马路旁的一堆木料后面。大约半个小时之后，他看到他妈妈真的从一个侧门出来了，手里拿着一束绚丽的玫瑰花，后面跟着男爵，那个叛徒。这时他满意地笑了。

两个人兴高采烈。他俩避开了他，光是为了自己的秘密，就可以舒口气了吗？他俩谈笑风生，正准备折向通往林中的小径。

现在是时候了，埃德加不慌不忙地，做得像是偶然到这里来似的，从木料后面踱了出来。他非常镇定地向他俩走去，以便有时间，有许多时间来充分欣赏他俩的惊诧表情。两个人一怔，交换一下惊奇的眼光。这孩子慢慢地，带着一种泰然的神情向他们走来，他那嘲弄的目光紧盯着他们。“啊，你在这儿，埃狄，我们在里面找过你了。”母亲终于开口说。“她撒谎撒得多不要脸啊！”孩子心里想。但是他的嘴唇却一动不动，把仇恨的秘密掩藏在牙齿的后面。

三个人犹豫不决地站在那儿，一个窥伺着另一个。“那我们走吧。”这个恼火的女人沮丧地说，顺手撕碎了一朵最鲜艳的玫瑰花。她的鼻翼在轻轻地翕动，这就暴露了她的愠怒。埃德加站在那里，仿佛这与他毫无关系，他望着蓝天，等待着。他俩要走的时候，他准备跟随他们。男爵又做了一次努力，他说：“今天有网球联赛，你看过没有？”埃德加轻蔑地望了他一眼，对他根本就不予理睬，只是翘翘嘴唇，像是要吹口哨似的。这就是他的答复，明亮的牙齿显示了他的仇恨。

孩子突如其来的出现，像梦魇似的纠缠着两个人。罪犯跟在看守后面走着，暗暗攥紧了拳头。其实孩子并没有做什么，可是他俩却每分钟都无法忍受他那窥视的目光。孩子的眼睛里噙着愤怒的泪水，含着深深的阴郁，它对任何接近的尝试都愤怒地加以摈斥。“离远一点！”突然母亲狂怒地说道。孩子不断地偷听他们的谈话使她烦躁不安。“别老在我跟前跳来跳去，把人烦死了！”埃德加顺从地走开了，但是每走一两步就回过头来，一看到他俩落在后面，他就停在那儿等待着，像条黑狗用他那靡非斯特的目光[1]，纵横上下地织成一个仇恨的火网。他俩感到已被火网套住，无法脱身。

孩子恶狠狠的沉默像一种强酸腐蚀了他俩的兴致，他的目光使他们的谈话一到唇边就变得索然无味。男爵再也不敢说一句挑逗的话了，他愤怒地感觉到这个女人要从手上滑掉，她那好不容易才点燃的热情由于害怕这个令人厌恶的孩子又冷淡下来了。他俩总想设法交谈，却总是谈不下去。末了他们三人都默不作声，无精打采地走着，只听到树木摇曳碰撞发出的低语和他们自己扫兴的脚步声。这孩子把他俩的谈话窒息了。

现在三个人心里都充满了一触即发的敌意。这个被出卖的孩子快乐地感到，他们的愤怒是完全抵御不住他的被蔑视的存在的，但他却咬牙含恨地等着他们发作。他不时用狡黠的嘲弄的目光打量着男爵那气冲冲的面孔。他看到在男爵牙缝中滚动着骂人的话，而又不得不抑制自己，以免骂出口来。他同时也怀着一种魔鬼般的乐趣注意到，他

---

[1] 见歌德所著《浮士德》第一部。浮士德在复活节同他的学生瓦格纳出城散步时，魔鬼靡非斯特变成一条黑狗跟浮士德回到书斋。他那犀利的目光能洞察一切。

母亲的怒火正在呼呼上升；他看出他俩在寻找机会，向他扑过来，把他推倒，或者使他不能再妨碍他们。但是他不给他们这样的机会，他对自己的仇恨做了长时间的筹划，使它没有任何破绽可寻，没有任何漏洞可钻。

“我们回去吧！”他母亲突然说道。她觉得无法再控制自己了，她准会做出什么事来，至少会在这种刑罚下喊叫起来。“多可惜，”埃德加平静地说，“这儿多美啊。”

他俩知道孩子在嘲弄他们，但是什么也不敢说。这暴君在两天之内如此出色地学会了控制自己，不动声色，毫不泄露这是恶意的揶揄。他们一声不响地在漫长的路上往回走。当房间里只剩下母亲和孩子两个人时，她仍然激怒不已。她悻悻地把阳伞和手套掷在一旁。埃德加立刻注意到她的神经在激动，火气需要发泄，但是他盼望这次爆发，因此故意留在房间里，以便激怒她。她来回走动，又坐了下来，用手指敲弹着桌子，随后又跳了起来。“看你的头发乱成什么样子！你脏得太不像话了，这样子见人简直是丢脸。这么大了你不知道羞耻？”孩子一句顶撞的话也没说，走到一边去梳头。这种沉默，这固执而冷漠的沉默以及跳动在嘴唇上的嘲弄，简直把她气得发狂，她真想狠狠地揍他一顿。“回自己房里去！”她冲着他叫了起来。埃德加微微一笑，随即走了出去。

现在她和男爵，他们两个人见到孩子就发抖，在每次会面的时间，对孩子那无情而冷酷的目光都感到恐惧！他俩越是感到不自在，孩子的眼睛里就越是焕发出欢愉的光泽，他的喜悦就越有一种挑衅的味道。埃德加现在几乎在用孩子们的野兽般的残忍来折磨这对毫无抵御能力的人。男爵倒还能够压住他的怒火，因为他一直希望这是孩子的恶作剧，他只想着自己的目的。可是她，这个做妈妈的却一再控制不了自己。她觉得冲他大喊大叫一通自己会感到轻松些。“别玩弄叉子！”在餐桌上她冲着他喊叫起来，“你是个没教养的丑八怪，你还不配和大人坐在一起。”埃德加仅是微微一笑，把头稍微歪向一边。他知道这喊叫意味着绝望。看到她如此不加掩饰，他感到骄傲。他现在的目光非常镇定，镇定得像医生的目光。前段时间，为了惹他们生气，或许他是恶狠狠的，但人们在仇恨中学得很多、很快，现在他只是沉默！沉默！沉默！直到她在他沉默的压力下开始长吁短叹。

他母亲再也无法忍受了。现在当他们吃完饭站了起来，埃德加又以这种不言自明的神态准备尾随他们时，她一下子就发作了。她一切都不顾了，吐出了真话。她被他不时的窥视弄得坐卧不安，像一匹被牛虻折磨的马一样暴跳了起来。“你像三岁孩子那样老是跟着我转悠干什么？我不要你老待在我跟前。孩子不要老缠着大人。记住！自己一个人去待一小时。看看书，或者随便干点什么。让我安静安静！你老在我身边遛来遛去，那副讨厌的样子，真让人烦死了。”

终于把她的供词逼出来了！男爵和她这时显得十分尴尬，而埃德加却莞尔一笑。她转过身想走了。她对自己感到生气，刚才怎么好对孩子泄露自己不愉快的心情呢？但是埃德加只是冷冷地说：“爸爸不让我一个人在这儿转来转去。我已经答应爸爸了，在这儿处处小心，老跟在您身边。”

他强调“爸爸”两个字，因为他早就注意到这两个字对他们两个人有着某种使他们瘫痪的神秘作用。他父亲同这种炽热的秘密也准有某种瓜葛。爸爸一定具有某种支配他俩的隐秘的、他不知道的力量，因为一提到爸爸，好像就会使他俩感到恐惧和不快，就是这次，他们也未作反抗。他们放下了武器。母亲先走了，男爵也随后离去。在他俩之后是埃德加，但他不像仆人那样畏葸，而像一名看守那样强硬、严峻和无情。他抖动着无形地锁住他俩的铁链，他们摇晃着，但无法挣脱掉。仇恨锻炼了他那孩子式的力量。他，一个无知的人，却远比那两个被秘密铸住双手的人更为强大。

## 撒谎者

时间很紧迫。男爵只剩下很少几天可供利用了。他俩感到，去反抗这被惹火了的孩子的执拗劲是没有用的，于是他俩只好采取最后的也是最卑劣的一招：逃。摆脱开他的专横统治，哪怕是一两个钟头也好。

“把这封信送到邮局去寄挂号。”母亲对埃德加说。母子两个人站在前厅里，男爵在外边正和一辆出租马车的车夫谈话。

埃德加狐疑地拿着这封信。他想起来，过去都是有个仆役给母亲跑腿的。他们是不是在合谋算计他呢？

他犹豫不决。

“你在哪儿等我？”

“在这里。”

“一定？”

“是的。”

“你可不要走开呀！你在前厅这儿一直等到我回来！”由于他感到自己占了上风，所以同母亲说话时带着命令式的口吻。从前天起发生了多大的变化啊！

他拿着两封信走了。在门口他和男爵打了个照面。埃德加同他搭话了。两天来这是第一次。

“我去发两封信。我妈妈在等着我，等到我回来。你们可不要先走掉啊。”

男爵急忙从旁边挤了过去。“好的，好的，我们等你。”

埃德加向邮局奔去。他得等着。他前面的一位先生提了一大堆无聊的问题。埃德加终于办完了他的事，拿着挂号单跑了回来。回来时正赶上看到他母亲和男爵坐着出租马车走了。

他气得发呆了，几乎想弯腰拾起一块石头向他俩掷去。他俩到底把他摆脱掉了。但是撒了一个多么下流、多么卑鄙的谎啊！他母亲说谎，这他昨天就知道了；但她居然能这样不要脸，说话不算数，这就把他对她的最后一点信任也摧毁了。他看到那些言辞只不过是些色彩缤纷的水泡，它们膨胀起来，一碎就化为乌有，而他从这些言辞后面揣摩到了事实真相。从此，他就不再能理解整个生活了。这会是一个什么可怕的秘密，居然使成年人欺骗他这么一个孩子，像罪犯似的偷偷溜走？在他读过的那些书里，人们为了得到金钱或者为了攫取权力和王国而进行谋杀和欺骗。可这儿却是为了什么？这两个人要干什么？为什么他俩要躲避他？他们撒了上百个谎究竟想遮掩什么呀？他绞尽脑汁，冥思苦想。他隐约地感觉到，这项秘密就是童年的一把门闩，获得了这项秘密就意味着长成一个大人，长成一个男子汉了。噢，一定得掌握这个秘密！但他没法儿进一步清晰地去思考。他俩摆脱了他，这事燃起了他的愤怒，给他清澈的目光蒙上一层烟雾。

他跑进树林，恰好来得及躲入暗处，使别人都看不到他。这时他哭了起来，泪如泉涌。“撒谎、狗东西、骗子、流氓！”——他必须大声地把这些话喊出来，否则他会憋死的。愤怒、焦急、恼恨、好奇、一筹莫展和他俩这些天来的背叛都被压制在孩子气的斗争里，被禁锢在他把自己想象成大人的幻觉之中，现在一齐迸出胸膛，化成了泪水。这是他童年时代的最后一次哭泣，最后一次号啕大哭，他最后一次像女人一样，哭一阵就感到痛快些。他在这不能自制的愤怒时刻，把所有一切都一股脑儿哭了出来，信任、热爱、虔诚、尊敬——他的整个童年。

男孩儿回到旅馆之后，已经变成另一个人了。他十分冷静，办事谨慎而周密。他先回到自己的房间，把脸和眼睛细心地擦洗干净，不让他俩看到他有泪痕，不让他们享受胜利的喜悦。随后他就准备进行清算。他耐心地等候着，毫无不安的感觉。

当马车载着这两个逃亡者返回旅馆时，前厅里有很多的人。有几位先生在下棋，另一些人在看报纸，女人们在闲谈。在这群人中间，孩子一动不动地坐着，他面色显得有些苍白，目光颤抖。现在，他母亲和男爵进门突然看到了他，感到有些尴尬。男爵正要结结巴巴地讲他事先编好的谎话时，孩子挺直身子安详地朝他俩走去，挑衅地说道：“男爵先生，我有话同您谈。”

这使男爵感到不快。他有一种像被抓住了的感觉。“好的，好的，以后再说，以后吧！”

但是埃德加提高了嗓门儿，声音响亮而严峻，周围的人都听得清：“可是我想现在同您谈。您做得太卑鄙下流了。您骗了我。您是知道的，妈妈在等我，可您……”

“埃德加！”母亲喊了起来，向他扑过来，所有人的目光都朝她望去。

但是孩子现在却突然刺耳地叫了起来，因为他看到她要把他的话压下去：

“我当着大家的面再对您说一遍：你无耻地撒了谎，这是卑鄙的，这是下流的。”

男爵站在那里，面色苍白，人们都望着他，有几个人窃窃地笑了起来。

母亲抓住了激动得发抖的孩子：“马上到你房间里去，要不我就在众人面前揍你一顿。”她声音沙哑、结结巴巴地说道。

但是埃德加站在那里又恢复了平静。刚才这样冲动，他觉得遗憾。他不满意自己，因为本来他是想冷静地向男爵挑战的，只是到最后一刻，愤怒竟比他的意志更为厉害。他安详地从容不迫地向楼梯走去。

“请您原谅，男爵先生，原谅他的粗野。您知道，他是一个神经质的孩子。”她还在结结巴巴地说，周围的人都盯着她，目光里流露出有点幸灾乐祸的神情，这使她惶惑不安。世界上再没有比丑闻更使她感到可怕的了，她知道她必须保持镇定。她不是立刻就溜走，而是先到门房那里问问有没有她的信件以及说几句无关紧要的小事，随后才快步走上楼去，仿佛什么事情都没有发生似的。但是在她身后是一片窃窃私语和压低的笑声。

半路上她放慢了脚步。面对这种严重的处境她一点办法也没有，同时对这场争吵感到恐惧。她无法否认这是自己的过错。还有，她怕孩子的目光，害怕孩子这种新的、陌生和奇怪的目光，这目光使她瘫痪和惶恐不安。由于畏惧，她决定用温柔的办法来试一试。她知道，在这样一场斗争中，这个被激怒了的孩子是强者。

她轻轻地拉开门。孩子在那里坐着，平静而冷淡，他望着她，眼里毫无惧色，也没露出任何好奇的神情。他显得泰然自若。

“埃德加，”她尽可能亲昵地开始说，“你怎么啦？我为你感到害臊啊。你怎么这样粗野，还是一个孩子就这样对待大人！你得马上去向男爵先生道歉。”

埃德加望着窗外。这个“不”字，他像是对着树木说的。他那镇定的神情使她感到惊奇、陌生。

“埃德加，你这是怎么啦？你怎么变得和往常大不一样了？我简直都认不出你来了。往日你是个聪明的乖孩子，人们都喜欢你。可你一下子变成这个样子，像是让魔鬼缠住了似的。你为什么那样恨男爵？以前你是非常喜欢他的。他对你一直是那么好啊。”

“是啊，因为他想认识你。”

她感到很不是味儿。“胡说！你想到哪儿去了。你怎么能这样想呢？”

这下孩子可光火了。

“他是撒谎的人，一个伪君子。他所做的都是为了自己，是卑鄙的。他想要认识你，才对我表示亲热，还答应送给我一只狗。我不知道他答应了你什么，为什么对你那么亲热，但是他也要从你身上得到点什么，妈妈，这是肯定的。要不他不会这样客气友好的。他是一个坏人。他撒谎。你只要瞧一瞧他那样子，有多虚伪。啊，我恨他，恨这个卑鄙的骗子，这个流氓……”

“埃德加，你怎么能说这话呢？”她不知所措，也不知该怎么回答。她心里激起了一种感情，觉得孩子是对的。

“真的，他是个流氓，这我是不会看错的。你自己一定也会看出来的。他为什么怕我？他为什么躲避我？因为他知道我看透他了，我认识他，这个流氓！”

“你怎么能说这话呢，你怎么能说这话呢？”她脑海里已经枯竭了，只是用毫无血色的嘴唇结结巴巴地一再重复这两句话。现在她蓦地感到害怕了，但是并不知道是怕男爵呢，还是怕孩子。

埃德加看出他的告诫起了作用。把她拉到自己这一边，成为仇恨男爵、反对男爵的一个同志，这个思想在引诱着他。他温和地走到母亲身边，拥抱她。他的声调由于激动变得像在讨好似的。

“妈妈，”他说，“你一定会自己看出，他不会干什么好事的。他都把你变成另一个人了。不是我，而是你变了。他怂恿你来反对我，只是为了独个儿跟你好。他肯定会欺骗你的。我不知道他答应给你什么，可我知道他不会遵守诺言。你应当提防他。谁骗了一个人，那他也会骗另一个人。他是一个恶人，你不应该信任她。”

这声音充满感情，几乎是声泪俱下，像是出自她本人的心胸。她心里已经产生了一种不愉快的感觉，这种感觉告诉她的，与孩子所说的一样恳切、中肯。但是她不好意思向自己的孩子承认他是对的。她像许多人一样，常用一种粗暴的方式来拯救自己，使自己摆脱由于强烈感情的冲击所造成的狼狈处境。她愠怒地挺了挺身子。

“小孩子懂得什么！这些事不用你来多嘴。你应当有礼貌。就这些。”

埃德加的脸上又泛起一片冷意。“随你好了，”他生硬地说，“反正我警告过你了。”

“那么说你是不准备去道歉了？”

“不。”

他俩面对面站着，满脸怒气。她觉得这关系到她的威望。

“那你就在楼上用餐。一个人。在你没有道歉之前，不准到我们桌上来。我要教你懂得规矩。不得到我的许可，不准你离开房间，听懂了吗？”

埃德加微微一笑。这种不怀好意的微笑，像是与他的嘴唇长在一起的。在内心他却对自己发火。他多愚蠢，竟然又一次泄露了他的衷曲，而且还对她——这个撒谎的女人发出警告呢。

母亲快步走了出去，连一眼也没看他。她惧怕这双犀利的眼睛。自从感觉到孩子已经看出了一切，并告诉她这件她不想知道、也不想听到的事情后，这孩子就使她感到讨厌了。使她感到惊愕的是，她仿佛听到一个声音，她的良知离开了她的躯体，乔装成孩子，乔装成她亲生的孩子在她身旁走来走去，在警告她、嘲弄她。直到现在，这个孩子一直生活在她身边，是一件装饰品，一个玩物，是一种爱和信赖，有时也是一个累赘，但不论是什么，都总是同她生活在同一激流中、和着她生活的节拍。这孩子今天第一次放肆起来，反抗她的意志。现在在她对自己孩子的回忆中，总是夹着某种类似仇恨的东西。

不仅如此，现在当她稍感倦意地走下楼梯时，从她自己的心胸中响起了孩子的声音："你应当提防他。"——这个警告总是不肯缄默。这时她从一面闪亮的镜子前面走过，她询问般地向里望去，越望越深，越望越深，直到镜子里的嘴唇泛起一丝微笑，并围成圆形，像是要吐出一个危险的字眼儿似的，从她的内心深处还响着这种声音。但是她高高地耸耸肩膀，犹如要把所有这些看不见的思虑全都抖落下来似的，朝镜子里快乐地看了一眼，扯了扯衣服，带着一个赌棍把最后一枚金币叮当一声抛到赌台上去的那种果断的神态走下楼去。

## 月光中的踪迹

侍者把晚餐给埃德加送到房间里，随后就锁上了门。门上的锁在他身后嘎嘎地响着。孩子愤怒地跳了起来。很明显，这是受他母亲的指使，把他像一头凶狠的野兽似的关了起来。他心里产生了一个可怕的念头。

“把我关在这里，下面在干什么呢？现在他们两个人在商量些什么？如果到头来这个秘密就在那儿，难道我就把它错过？噢，一旦我在大人们中间，我就能到处觉察到这个秘密，在夜里，大人们把门关起来，把这个秘密沉浸在轻言絮语中，要是我能偷偷地进到里面，这巨大的秘密就在面前；几天来我已经接近了它，可就是还一直没有把它抓住！从前，为了捉住它，我什么都干过！那时候我从爸爸的书桌里偷了些书出来，这些奇奇怪怪的事情书里都有，只是我不懂。这个秘密一定贴着个什么封条，要想找到它，得先把封条揭去，这封条也许是在我身上，也许是在别人身上。那时我问过别的女仆，求她把书里这些地方给我讲一讲，但是她把我嘲笑了一顿。做个孩子太可怕了，好奇心重，可是不许问别人，在大人面前总是显得很可笑，好像是些傻瓜和废物似的。但我会把这个秘密弄清楚的，我感到现在很快就会知道了。我已经掌握了一部分，不把它全部弄到手，决不罢休！”

他谛听是否有人来。外面，微风吹拂着树林，把枝条之间静如明镜一样的月光碎成无数摇曳不定的小片。

“他们俩想干的一定不会是什么好事，要不他们干吗要编造那么卑劣的谎言来把我支开。他俩现在肯定在嘲笑我。这两个该诅咒的到底把我甩开了，但是最后笑的是我。我真太蠢了，不去紧紧盯住他们，窥视他俩的一举一动，倒反让人关在这里。我知道，大人往往都不怎么谨慎，他俩一定会露出马脚的。他们总认为我们孩子还很小，晚上睡得死死的。可他们忘了，我们也会假装睡觉而去偷听，我们也能装傻，而实际上十分聪明。前不久，我的姑姑生了孩子，其实这事大人早就知道了，可是在我面前却装作惊奇的样子，仿佛感到很意外似的。

但是我也是知道的，因为我听他们说过，那是几星期前的一个晚上，他们以为我睡着了就谈论起来。这次我也要让他们惊讶一下。这两个卑鄙的家伙。噢，现在他俩一定自以为很保险，我要是能穿门而出，前去侦察，暗地里注视他俩，那该多好。现在我也许该按铃吧？这样女仆就会来开门，问我要什么东西。或者我吆喝骂人，摔碎餐具，那他们也会来开门的。这当儿我就可以溜走，去窃听他俩说话。不行，我不这样做。不能让别人看见他们对待我是如何卑鄙。我以此为骄傲。明天我再向他们算账。”

楼下传来一个女人的笑声。埃德加一怔，这可能是他母亲。她倒是有理由发笑，有理由嘲弄他，一个小孩儿，一个走投无路的人，要是他让人觉得累赘的话，就把他锁在房间里，像扔团湿衣服一样，往墙角一甩了事。他小心翼翼地把头探出窗外。不是，不是她，是一个他不认识的放肆的姑娘在和一个小伙子逗趣。

就在这时，他看到窗户离地面并不很高。不知不觉他起了一个念头：跳出去，现在他俩肯定自以为很保险，我正好去偷听。这个决定使他兴奋得全身发热，仿佛他已经把这个童年时代闪闪发光的、显得十分巨大的秘密掌握在手里了似的。“跳出去，跳出去！”他颤抖着。毫无危险，没有人从这里走过去。于是他就跳了下去。只有鹅卵石发出轻微的声响，没有一个人听到。

这两天，蹑手蹑脚和窥伺已经成了他生活中的一大乐趣。他轻轻提起脚步绕着旅馆走，小心翼翼地避开灯光的强烈反照。这时他有一种快感，这快感同因恐惧而引起的轻微战栗混在一起。他先是谨慎地把面颊紧贴在餐厅的玻璃上向里张望。他俩常坐的位置上是空的。随后他逐个窥视各扇窗户。他不敢进旅馆去，因为怕在过道中间凑巧碰上他们。到处都找不到他俩。他感到绝望了。正在这时，他看到两个影子从门里闪了出来——他往回一缩，蹲在暗处——他母亲和那个形影不离的伴侣出来了。来得正是时候。他们在谈些什么？他无法了解。他们说得很轻，风在树林里变得不安起来。忽然飘来一阵十分清晰的笑声，这是他母亲的声音。这笑声他从来没有听见过，笑得少有的刺耳，像是被胳肢、被刺激引起的神经质的笑声。他感到这笑声很陌生，心里大为惊愕。她在笑。那就是说没有什么危险的事了，不是什么要对他隐瞒的大事，不是什么了不起的事。埃德加感到有些失望。

但是他们为什么要离开旅馆？现在夜都深了，他们到哪儿去呢？风在高空中挥动着巨大的翅膀，夜空刚才还很洁净，充溢着月光的清辉，现在变得昏暗了，无形的手撒开了黑色幕布，有时把月亮包裹起来，使夜变得漆黑一团，几乎连路都难以辨认。当月亮重又露出来时，一切又都被洒上光辉。银色的月光冷冷地泻在周围的山川树木上。光和影之间进行着神秘莫测的游戏，像是一个女人，时而赤身裸体，时而裹着衣服在嬉戏，是那样的诱人。正在这时，四周的景物又赤裸裸呈现出明亮的胴体：埃德加从侧面看到路上有两个移动着的黑色身影，或者不如说是一个身影，因为他俩贴得那么紧，仿佛两个人心里害怕而紧紧挤在一起似的。可现在他们两个要去哪里？松树在呻吟，林中像是充满了忙碌和喧嚣，宛如在围捕野兽。“我跟着他们，”埃德加想，“风刮得这么紧，林中这样响，他俩不会听到我的脚步声。”在他们沿着下面宽广明亮的大路向前走去时，埃德加在上面的林中轻巧地从一棵树跳向另一棵树，从一个树影跃向另一个树影。他无情地紧紧跟踪他们。他感谢风儿，它使别人听不到他的脚步声；他咒骂风儿，它老是把他们说的话刮到远处。要是他能听到他们的谈话就好了，哪怕是只听到一次，那他肯定就可以知道这个秘密。

下面的两个人信步走去，毫无所知。他俩陶醉在这广阔、昏暗的夜色之中，在不断增长的激动中忘却了自己。没有任何预感来警告他们：上面树叶浓密的暗处有人在跟踪着他们的每一个脚步，有两只眼睛死死地盯着他们，充满了仇恨和好奇。

突然他俩停住了。埃德加也立即停住了脚步，紧紧贴在一棵树上。一种剧烈的恐惧向他袭来。要是他俩现在往回走，比他先回到旅馆，要是他不能及时赶回自己的房间，母亲发现房间是空的，那该怎么办？这样一来一切都完了，他们会知道他暗地里窥视他们来着，他就再没有希望从他们那里索取这个秘密了。但是他们二人犹豫不决，显然在争论什么。幸好有月亮，他一切都看得清清楚楚。男爵指着一条昏黑狭窄的小路，这条小路通往下面的山谷，在那里月亮不像这条路上那样倾泻着它的全部光华，而只是透过密林渗出点滴的光亮和稀疏的光线。“他干吗要到下边去？”埃德加抽搐了一下。他母亲好像说“不”，可是另一个却在说服她。埃德加从他的手势上看得出他是多么急切。孩子害怕了。这个人想向他母亲要什么？这个浑蛋为什么要把她领到暗处去？突然他从自己所读过的那些书里——这些书就是他的整个世界——生动地记起了谋杀、拐骗和可怕的犯罪。一定的，他想谋杀她，正是为此他才摆脱开他，把她单独引到这里。他该呼救吗？杀人犯！呼救声刚要冲出喉咙，但是嘴角却发干，喊不出声来。他的神经由于激动绷得紧紧的，使他几乎站立不稳。由于害怕跌倒，他赶紧伸手去抓一个把手——这时咔嚓一声，他双手折断了一根树枝。

那两个人惊愕地转过身来，凝望着暗处。埃德加一声不响地靠在树上，胳膊紧紧贴在一起，矮小的身体深深地埋在树影之中。死一样的寂静。但他俩像是受惊了。“我们回去。”他听到他母亲说，声音显得畏葸胆怯。男爵本人显然也不安起来，他顺从了。两个人慢慢地往回走，相互靠得紧紧的。他俩内心的惶恐就是埃德加的幸福。

他用四肢在林中爬行，双手都被划出血来，到了森林的尽头，他就全速往回跑去，气喘吁吁，到了旅馆，三脚两步就蹦上了楼，锁门的钥匙幸好在门上插着，他开了门，冲进房里，躺在床上。他得休息几分钟，因为心在胸膛里剧烈地跳动着，像是钟舌在敲响的钟壁上那样跳动不已。

随后他胆子大了起来，靠在窗旁，等着他们两个人的到来。好长时间过去了。他们一定走得很慢，很慢。他从窗框的暗影里小心地窥视着。现在他们慢慢地走来了，月光照着他们的衣服。在这绿光中他们看起来像幽灵似的。男爵真是杀人凶手吗？他刚才阻止了一件多么可怕的事啊，这个想法使他感到既安慰又恐怖。他望着他们粉白色的脸，看得清清楚楚。母亲的脸上流露出一种欣喜的表情，这是他从没有见过的，但男爵却显得烦恼和不悦。很明显，这是因为他的意图落空了。

他俩紧紧挨在一起，一直到旅馆门前他俩的身体才互相分开。是不是他们会朝楼上看？没有，他俩谁也没有往上看。“他们把我忘记了。”孩子想。他怀着一股狂暴的怒气，同时又感到一种隐隐的胜利的喜悦，“我可没有忘记你们。你们以为我睡了，或者在这个世界上不存在了，但是你们会看到你们的错误的，我要监视你们的一举一动，直到从他这个浑蛋手中把这个秘密弄出来为止。这可怕的秘密，它使我无法入睡。我一定要粉碎他们的同盟。我不睡。”

那两个人慢慢地进了大门。现在当他俩一前一后往里走去时，两个投在地上的黑影又倏地纠缠在一起，变成了一条黑色的长带消逝在光亮的门内。楼前的空地在月光中洁白明亮，像铺满白雪的辽阔草地。

# 袭击

埃德加喘着粗气从窗户旁退了回来，恐怖在摇撼着他。在他的生活里还从没有这样接近过如此神秘莫测的东西。书本中那个激动不安的世界，紧张冒险的世界，充满凶杀和欺骗的世界，他原以为只能在童话中，在梦幻的后面，是不真实的，不可企及的。可现在他就像突然陷进了这个充满恐怖的世界之中，一经同它直接接触，他的整个身心就剧烈地震颤不已。这个男人，这个神秘的人，这个突然闯进他平静生活的男人究竟是谁？他光是一个杀人犯吗？为什么老是找偏僻的地方，要把他母亲拉往暗处？看来是要发生可怕的事了。他不知道该怎么办。明天他要给爸爸写信或发电报，这是肯定的。可是这坏事，这可怕的事，这谜一样的事会不会现在就发生，今天晚上就发生呢？他母亲还没有回到自己的房间，她还同那个可恨的陌生人在一起呢。

在内层门和外层门之间有可以轻易开启的暗门，里面有一个狭窄的空间，比一个衣柜大不了多少。他紧贴着身体挤进这巴掌大的暗处，以便窥视他们的脚步。他决意不让他俩有瞬间的机会单独在一起。现在是午夜时分，过道上空荡荡，只有唯一的一盏灯亮着，光线微弱黯淡。

他感到这几分钟的时间长得可怕——终于，他听到向楼上走来的轻微的脚步声。他全神贯注地谛听着。这不是像要回到自己房间去的那种疾步行走，而是一种拖沓、犹豫、非常缓慢的脚步，像是在攀登一条崎岖难行的陡峭山路似的。这中间老是一再地耳语和走走停停。埃德加激动得浑身发抖。他俩走到头了？怎么他还和她在一起？耳语声听不见，脚步声尽管还是迟疑不决，但越来越近了。现在他突然听到了男爵那可怕的声音，他嘶哑地轻轻地在说什么，可埃德加听不懂，随之是他母亲立即表示异议：“不，今天不！不！”

埃德加在发抖，他俩走近了，他什么都可以听清楚了。他们走向他的每一步，尽管是那么轻，仍使他的心胸感到痛苦。那种声音他感到极为可憎，这该死的家伙的声音里充满了贪婪，是多么令人厌恶！

“您不要这样残忍。您今天晚上多美啊！”

另一个声音说：“不，我不应当，我不能够，您放开我。”

在他母亲的声音里流露出那么多的恐怖，使孩子大吃一惊。他还要她什么呢？为什么害怕呢？他俩越来越近了，大概现在已经到了他的门前。他浑身颤抖，现在他就站在他俩的身后，近在咫尺。只有一层薄布挡着。现在连他们的呼吸声都能听到了。

“您来吧，玛蒂尔德！您来吧！”他又听到母亲的喘气声，声音越来越脆弱，抗拒的力量瘫痪了。

这是怎么了？他俩又走到黑暗中去了。他母亲没有回自己的房间，竟是过门而不入！他要把她拖到哪儿去？她为什么不再说话了？难道他往她嘴里塞了团布？把她的喉咙卡住了？

这个想法使他狂怒了。他用颤抖的手把门开了一半。现在他看到他俩在昏暗的过道上，男爵用胳膊搂着他母亲的腰，领着她轻轻走去，看来她已经不再抗拒了。现在他在自己的房门前停住了。“他要把她弄走？”孩子惊慌起来，“现在他要下手作恶了。”

他猛地冲了出去，把门一关就向二人奔去。当他母亲看到突然有什么东西向她扑来时，她叫了起来，吓瘫了。男爵费了好大的劲才把她扶住。可就在这一刹那，他觉得一个软弱的小拳头打在自己脸上，打得他的嘴唇狠狠地碰在牙齿上，他周身像被猫抓了一样。他把那个受惊的女人放开，她立即疾步逃之夭夭。在他还不知道是谁打他之前，就胡乱地招架，用拳头回击起来。

孩子虽是个弱者，但他毫不屈服。早就渴望的时刻终于来到了，他可以把被出卖的爱、积聚起的仇恨，一股脑儿激烈地发泄出来。他用自己的两只小拳头乱捶一气，紧咬嘴唇，怒火中烧，像发了疯一样。男爵现在也认出是他来了，他对这个密探满腔仇恨，几天来这孩子一直在触他的霉头，破坏他的好事，他狠狠地回击，不管打在什么地方。埃德加喘着粗气，但他毫不放松，也不呼救。午夜时分，他俩在过道上默默地、咬牙切齿地搏斗了一分钟之久，男爵才慢慢意识到他同一个尚未发育成熟的孩子打架是多么可笑。他紧紧抓住了他，想把他甩开。孩子这时感到身不由己，知道一会儿就要输了，就将挨打，暴怒中他朝着那只想来卡他脖子的手就咬。被咬的人下意识地发出一声低沉的叫喊，松了手，孩子就利用这一瞬间逃回自己的房里，把门闩上。

这场午夜的战斗只持续了一分钟。周围没有任何人听到。一切都寂静无声，仿佛都在沉睡。男爵用手帕擦了擦流血的手，不安地窥视着昏暗的四周。没有人窃听，只有顶棚上一盏电灯在不安地闪烁，他觉得这盏灯也在嘲弄他。

# 暴风雨

第二天早晨，当埃德加蓬松着头发从昏乱的恐惧中醒过来时，他自问道："难道这是梦，是一个凶恶的、危险的梦吗？"他的脑袋在嗡嗡作响，关节发木僵硬。现在，他往下一看，才发现自己还穿着衣服。他一跃而起，蹒跚到镜前，一望自己苍白、扭曲的面孔就惊得后退。他的额角上有一条红肿的血痕。他费力地集中思想，恐惧地回忆起一切：夜里过道上的那场战斗。他冲回房间，像发烧似的颤抖着，往床上一倒，还是穿着衣服，以便随时可以逃出去。他在那儿一觉睡了过去，沉入郁闷的、布满阴云的睡乡，那一切又在梦里再现了一次，所不同的只是更为可怕，还带着一股流着鲜血的潮湿味道。

楼下行走在鹅卵石上的脚步声沙沙作响，讲话声像看不见的鸟儿一样飘了上来，阳光照进了房间。一定很晚了，他吃惊地向时钟望去，可是时针还指着午夜——昨天激动之中他忘了上弦。失去了时间的凭依，这使他不安，到底发生了什么事？这种茫然若失的感觉更增强了这种不安。他迅速振作起精神，走下楼去，心中忐忑不安并感到有些内疚。

餐厅里他母亲一人坐在通常坐的那张桌子旁。埃德加松了一口气，他的敌人没在，不会看到那张可憎的面孔了，昨天他在愤怒中曾用自己的拳头把那张面孔狠狠揍了一顿。可当他靠近那张桌子时，他感到慌乱了。"早晨好。"他问候母亲。

他母亲没有回答。她眼都没抬一下，而是用异常呆滞的瞳仁望着远处的景色。她显得非常苍白，眼圈留有淡淡的一层红晕，鼻翼神经质地抽搐着，显露出她的激动。埃德加咬紧嘴唇。这种沉默使他不知所措。他不知道昨天是不是把男爵伤得很重，也不清楚她是否知道夜里的那场殴打。这种茫然无知在折磨他。她的面孔仍是那样呆滞，这使他根本不敢望她一眼，害怕她现在低垂的眼睛会骤然从沉重的眼皮后面跳出来把他抓住。他变得安静极了，一点声响也不敢弄出来，他小心翼翼地拿起杯子，又把它放了回去，偷偷地望了一下母亲的手指。她非常烦躁地玩着汤匙，弯曲的手指显露出她内心的狂怒。就在这种透不过气的感觉中他坐了一刻钟，期待着什么。但它并没有到来，一句话也没有，没有一句话能使他从窘迫中解脱出来。他母亲站了起来，根本不理睬他。现在埃德加还不知道他该怎么做：独自留在桌旁，还是跟随她去？最后他还是站起身来，低声下气地跟在她的后面。她飞快地掠他一眼，同时感到他的尾随是多么可笑。埃德加把步子放得越来越小，以便跟她拉开一段距离，可她毫不注意他，径直回到自己的房间去了。当埃德加也走到门口时，房门已经紧紧锁上了。

这是怎么啦？他完全不得要领。对昨天发生的事他不再那么自信了。难道他昨天的袭击不对吗？他们是在准备对他进行惩罚还是新的侮辱？他感觉到一定要出事，很快就会发生可怕的事。处于他与他们之间的是一场即将到来的暴风雨前的闷热，是带电的两极所产生的电压，只有闪电才能把它释放掉。带着这种预感的重负，他孤独地熬过了四个钟头，在房间里走着，他那细长的颈背被看不见的重量压得抬不起来。中午，当他来到餐厅桌子前，已完全是一副忍气吞声的样子了。

“你好，妈妈。”他又说道。他得打破这种沉默，打破这种可怕的沉默，像一团阴云那样悬在他头上的沉默。

母亲仍不予回答，仍不理睬他。怀着一种新的惶恐，埃德加觉得她现在对他的怒火是深思熟虑的，是积蓄已久的，这种火气他生平还从没有遇到过。过去她发火总是只爆发一通了事，更多的是神经质的，而不是感情上的，并且一会儿就变成抚慰的笑容了。可这次他觉察出这是从她内心最深处迸发出的一种狂暴的感情，他对这个不小心招来的强大压力感到吃惊。他几乎无法进餐，在他的喉咙里翻腾着某种干枯的东西，使他感到窒息。他母亲像什么也没有看到。只是在她起身时，才像是漫不经心地转过身来说："待会儿上楼来，埃德加，我有话同你说。"

这语气没有威胁的味道，却那样冷冰冰的，使埃德加悚然，就像有人突然把一副铁链套在他的脖子上。他的傲气消失了，像一条被痛打的狗一样，默默地随着她上楼，进入房内。

她有几分钟一声不响，用这种办法继续折磨他。这几分钟里，他听到钟的嘀嗒声，他听到外面孩子的笑声，他听到自己的那颗心在胸膛里怦怦跳动。但是她也不是那么信心十足的样子，因为她现在对他讲话时，不是看着他而是背着他。

"我不想再谈你昨天的所作所为。这简直是闻所未闻。我一想到这事，就感到丢脸。这种后果是你自己造成的。我现在只想告诉你，你单独在大人中间这是最后一次了。我已经给你爸爸写了信，得给你找一个家庭教师或者送你去寄宿学校，好去学一些礼貌。我不想再为你烦恼了。"

埃德加垂着头站在那儿。他觉得这只是一个开场白、一个威吓罢了，正题还在后面，他不安地等待着。

"你现在立即去给男爵赔礼。"

埃德加一怔，但是她不让打断她的话。

“男爵今天已动身走了，你得给他寄封信，我口授你写。”

埃德加又是一怔，但他母亲的口气是坚定的。

“不许还嘴。那是纸和墨水，坐下。”

埃德加抬头望去，她的眼睛显出果断和坚定。他从没看到他母亲是这样严厉、专横。他害怕起来。他坐在那里，拿起钢笔，但是把脸深深伏在桌上。“上面写上日期。写了吗？称呼之前空一行！这样写：非常尊敬的男爵先生！惊叹号。再空一行。我十分遗憾地获悉——写了吗——十分遗憾地获悉，您已离开了塞默林——塞默林是两个 m——因此我想到只能写信——写快一点，字不一定写得很讲究！——来请您原谅我昨天的鲁莽。正如我母亲告诉您的，我尚处在一次重病的康复时期，易受刺激。我经常把看到的事加以夸大，但随即就感到后悔……”

俯在桌上弓着的背脊倏地直了起来。埃德加转过身来，他的悖逆精神又苏醒了。

“这我不写，这不是真的！”

“埃德加！”

她用这声音来威胁他。

“这不是真的，我没有做什么可后悔的事。我没有做什么坏事，为什么要赔礼？我只是在你喊叫的时候来救你的！”

她的嘴唇变得毫无血色，鼻翼在翕动着。

“我呼救了？你疯了！”

埃德加火了。他猛地一下跳了起来。

“是的，你呼救过，在外面的过道上，昨天夜里，当他抓住你的时候。‘您放开我，您放开我。’您这样喊的，声音很大，我在房间里都听见了。”

“你撒谎，我从没有同男爵在过道里待过，他只是陪我走到楼梯……”

这种大胆的谎言使埃德加跳动的心为之一停。她的声音并未吓住他，他用晶亮的眼珠凝视着她。

“你……没有……在过道上？他……他没有把你抓住？没有用暴力搂住你？”

她笑了起来。一种冷酷的、干涩的笑。

“你在做梦。”

这对孩子来说太过分了。他现在知道大人会撒谎，会说些卑微的、大胆的遁词，会说狡猾的和模棱两可的话。但是，这种厚着脸皮的冷冰冰的否认，当面撒谎，可实在把他惹急了。

“那这伤痕也是我在做梦？”

“谁知道你同谁打了架？可我不要和你争论，你必须听话，去把信写完。坐那儿去，写！”

她瘫软无力，在用最后的力量支撑住自己。

但是现在埃德加内心却连最后一点信任的火花也熄灭了。人们竟然可以像踏灭一根燃着的火柴棍那样来践踏真理，这使他想不通。他觉得身上冰冷，全身瑟缩。他所说的话都变得尖刻、恶毒和肆无忌惮：

“那么，我是在做梦？在过道里，还有这儿的伤痕，都是做梦？你们两个人昨天在那儿，在月光中闲逛，还有他要领你往下走，这难道也是做梦？你以为我会像娃娃那样让人锁在房间里？不！不！我才不像你们想的那么傻呢。我知道我所知道的事。”

他放肆地紧盯着她的脸，这下她的力量全垮了，她不敢去看自己孩子的脸，这就在眼前的、被仇恨弄得扭曲了的脸，她的愤怒狂暴地发作起来了。

“去，你必须马上写！要不……”

“要不怎么？”现在他变得十分大胆，声音带着挑衅的味儿。

“要不我就要像打小孩似的打你。”

埃德加走近了一步，只是嘲弄地笑着。这时她伸手就打了他一记耳光。埃德加叫了起来，他像一个淹在水里的人用双手扑打着四周。又是一记，他耳朵里闷响起来，两眼冒金星，他盲目地挥舞着拳头，回击过去。他觉得他打着一块软东西，是打在脸上了，他听见一声叫喊……

这声叫喊使他恢复了常态。突然他看到了自己，他意识到这事不得了：他打了自己的母亲，羞耻和震惊，剧烈的恐惧袭击着他，他感到非逃不可，钻到地里，逃啊，逃啊，只要不再看到这目光。他跑出门，冲下楼去，穿过房子来到大街上，逃啊，逃啊，像是后面有条疯狗在追他似的。

## 初步领悟

他跑得很远，后来在路边上停住了。他必须抓住一棵树，由于恐惧和激动，他的四肢还在剧烈地颤抖，大口地喘着粗气。他一手酿成的恐怖在后面追赶他，抓住了他的喉咙，把他摇来晃去，像发高烧似的。他现在该怎么办？逃到哪里去？这里，已经是镇外的森林中了，离他住的地方有一刻钟的路程，他有一种被遗弃的感觉。自从他孤立无援以来，这里的一切都好像变了样，显得更加充满敌意、更加令人憎恶。这些树木昨天还友好地对他沙沙作响，可现在却突然阴沉地咆哮起来，像是一种威胁。这一切，他眼前的一切还要变得更加陌生和疏远吗？面对着这广袤而生疏的世界，这种孤独感使孩子感到头晕目眩。不，他还不能承受这一切，他还不能单独承受这一切。可是他该逃到哪里去？回家去，他怕他父亲，他父亲很容易发火，很严厉，会立即把他送回来的。他不愿意回去，宁愿逃到危险的没有熟人的陌生地方去；他觉得他永远不能再见他母亲的面了，一见到就会想到他曾用拳头打过她。

这时他想起了祖母，这个和蔼慈祥的老人，从他小时候起就溺爱他，每当他做了错事受到责骂时，她总是他的保护者。他想到巴登去躲在她那里，等到父母亲火气消了，再从那里给他们写一封信，向他们赔礼。在这一刻钟的时间里，他是如此沮丧，只身处在这世界上，有的只是一双软弱无力的手。他诅咒他的傲慢——被一个陌生人用谎言所激起的他那愚蠢的傲慢，想重新做一个从前那样的孩子，听话、忍耐、不自负——他现在已经感觉到这种自负夸张到了多么可笑的程度。

可是怎么到巴登去？怎么翻过这山川河谷？他急忙用手掏了掏总是随身带着的钱包。上帝保佑，那个崭新的、二十克朗的金币还在熠熠闪亮，这是他的生日礼物。他一直舍不得把它花掉，几乎每天都要看看它是否还在。望着它他感到愉快，觉得自己很有钱，随后总是怀着一种温柔的心情用手帕把它擦得亮亮的，像个小太阳在闪光。但是这点钱够用吗？这个骤然袭来的念头使他感到惊慌。在他的生活中他经常乘坐火车，可从来没想过坐火车得付钱，也没想过要花多少钱，是一个克朗还是一百个克朗。他初次感受到，生活里有许多事过去想都没想过，他周围各种各样的事都有一种固有的价值，一种特殊的重量。他在一小时之前还自以为什么都懂，现在感到，在他不知不觉之中，千百个秘密和问题从他身旁溜了过去。他感到羞愧的是他那贫乏的智慧在他步入生活的第一个台阶时就无能为力了。他越来越胆怯。他往下面的车站走去，步子越来越小，越来越犹豫。他曾经经常梦想这样的逃遁，想进入生活干番大事业，成为皇帝或国王英雄或诗人。而现在他畏葸地望着那儿的一座明亮的小房子，心里想的只是一件事，那就是到祖母那里去这二十个克朗够不够。路轨闪着光亮通向远处，火车站空空荡荡、冷冷清清。埃德加胆怯地走近售票处，为了不让别人听到他的话，悄声地问，到巴登去的车票要多少钱。一张惊奇的脸从昏暗的隔板后往外望了望，两只眼睛在眼镜后面朝这个怯生生的孩子微笑着。

“一张整票？”

“对。”埃德加结结巴巴地说。一点也不傲慢了，直怕钱不够。

“六个克朗！”

“要一张！”

他轻松地把他所钟爱的那枚光滑的金币递了上去，多余的钱找了回来。埃德加一下子觉得自己又十分富有了，他现在手上有了这张能够保证他自由的棕色车票，而他口袋里的银币则在发出沉浊的乐声。

从行车时刻表上他知道，火车再过二十分钟就到了。埃德加躲到了一个角落里。有几个人悠闲自在地站在站台上。可在这个不安的孩子看来，仿佛所有的人都在注视着他，似乎大家都感到奇怪，怎么这么小的一个孩子独自乘火车。他越来越往角落里缩，仿佛他的额头上明显地贴着逃跑和罪行这两条标记似的。他终于听到了火车从远处发出的长鸣声，随后就隆隆地驶近，这时他松了一口气。这列车将把他带入世界。上车时他才发现，他买的是三等车厢的票。过去，他从来都是坐头等车厢。他又觉得，这里的情形不一样，他遇到了各种各样的事。他周围的乘客都和以前的不一样，他的正对面是几个意大利工人，手很粗糙，声音沙哑，手里拿着铁锤和铲子，他们用迟钝而愁苦的眼睛望着前面。显而易见，他们在路上干了不少累活，因为几个人十分疲倦，在隆隆的列车上睡着了，张着嘴，倚在又脏又硬的靠板上。埃德加想，他们为了挣钱而去做工，但不知他们能挣多少钱。他又一次感到，钱不是一种常有的东西，得想办法去挣来。现在他第一次意识到，他以往理所当然地习惯的是舒适的气氛，而他生活的两旁，左边和右边，却是黑洞洞的、看不到底的深渊。这是他的目光过去从没有觉察到的。他第一次知道了有各种职业，有各种规定，他周围有各种秘密，离他很近，可他从来没有注意过。自从埃德加单独一个人以来，这一小时他就学到了许多东西，他开始将目光透过这狭窄的车厢的窗户，望外面的大千世界。在他那晦暝的恐惧之中有某种东西正开始在悄悄地滋长，这虽然还不是幸福，但却是对丰富多彩的生活的一种惊叹。在每一瞬间，他都感觉到，他的出逃是由于恐惧和怯懦，但这是他第一次独立行动，从现实中来体验以往从他身边一掠而过的一切。他也许第一次成了他父母亲的秘密，正如这个世界从前对他是个秘密一样。他用另一种目光望着窗外。他觉得仿佛第一次看到这现实中的一切，仿佛事物外面罩着的轻纱抖落了，向他展示了一切，展示了事物意向的内蕴、它们活动的神秘神经。路旁的房舍像被风刮走似的飞驶而过，他不由得想到了住在里面的那些人，不论他们是穷是富，幸或不幸，不论他们是不是像他一样渴望知道一切，也不论那儿有没有像他一样把什么事都当作游戏的孩子。他第一次觉得，站在路旁挥动小旗的护路工人并非是活动木偶和没有生命的玩具，并非可以任意搁置的物件，而他从前却是这样想的；他懂了，他的命运就是同生活做斗争。车轮滚得越来越快，现在列车沿蛇形线冲下山去，群山变得越来越矮小，越来越遥远，车已进入了平原地带。他再次回头望，群山与蓝天渐渐交融，只是依稀可辨，遥不可及。埃德加觉得，他的童年就要慢慢消散在那雾蒙蒙的天际了。

# 纷扰的晦暝

列车停了下来，巴登到了，埃德加独自上了站台。这时华灯初上，信号灯向远方闪着绿的、红的光。看到这色彩缤纷的灯光，不觉想起夜已临近，他心里骤然产生一种恐惧。要是白天倒还好，因为四周都是人，他可以休息，坐在椅子上，或者看看商店的橱窗。可是现在人都回家了，每个人都有一张床，闲谈一番，然后度过一个恬静的夜，而这时他却怀着负疚之感孤单地踯躅街头，孤寂而又生疏，这他怎能忍受得了。啊，要赶快找一个蔽身之处，一分钟也不要待在空旷而陌生的天幕下面，这是他唯一明晰的念头。

他沿着那条熟悉的路匆匆走着，无暇左顾右盼，一直走到他祖母的寓所。这所房子坐落在一条宽阔的大街上，但不是那么显眼，前面是一个拾掇得很好的花园，长着各种蔓生植物和常青藤，在这片绿荫的后面，一座洁白的、令人感到亲切的老式房子在闪着光辉。埃德加像个生人似的从栏栅外往里面窥望。里面什么动静也没有，窗户都关着，显然大家都同客人到后面花园里去了。当他的手刚接触到门铃时，发生了一件奇怪的事情：他突然感到，他两个钟头一直想得那么容易、那么理所当然的事却是不可能的。他该怎样进去，怎么向他们打招呼，怎样承受那些问题，怎么回答他们？当他不得不说他是从母亲那里偷着逃出来的时候，怎样去忍受他们的第一瞥目光？怎么去解释他闯下的大祸，他自己都无法理解的行动？这当儿里面有一扇门开了，突然，一种愚蠢的恐惧攫住了他：马上要有人出来了。他拔腿就跑，也不辨东南西北。

跑到公园前他停住脚步，因为那儿一片黑暗，他猜想不会有什么人能看见他。也许他可以在那里坐下来，安静地思考思考，好好休息休息，弄清楚他的遭遇。他畏葸地走了进去。前面有几盏灯亮着，照得嫩叶闪耀出阴森的水光，呈现出晶莹剔透的碧绿；往后，走下山丘，那儿的一切像一堆郁闷的黑色发酵物似的团聚在早春之夜的晦暝里。埃德加怯生生地从一些人身边溜了进去，他们都坐在电灯光下聊天或看书。他要独自待着。可是，就是在没有灯光的甬道暗处也不宁静。这里的一切都是怕光的，声音微弱，都在喁喁私语，其中更混杂着风吹树叶的沙沙声，远处脚步的拖沓声，压低嗓门儿的耳语声和某种欢愉的、呻吟的、充满恐惧的喘息声，这些声音是人和动物以及不肯安睡的大自然同时发出来的。这是一种危险的不安，一种压抑的、隐蔽的、令人畏惧的谜一样的不安。林中地下也有某种声音，这也许是同春天连在一起的蛰动声。这个无依无靠的孩子害怕得要命。

在昏黑的暗处，他蜷缩在一条椅子上，在考虑他到家后该讲些什么。可是，每当他要集中思想时，它就从身旁滑了过去。他不由自主地老在谛听黑暗中低沉的响动，神秘的声音。这黑暗是多么可怕呀，可又是多么迷惘、神秘的美啊！把所有这些窸窣声、沙沙声、嗡嗡声都混在一起的是动物还是人，或者仅仅是风的魔手？他谛听着。是风，它不安静地在林中穿行，但也是人——现在他看清楚了——是相互搂抱着的对对情侣，他们从山下灯光通明的城市走上来，他们谜一般地在这里出现，使黑暗也活跃起来。他们要干什么？他无法理解。他们彼此不说话，因为他听不到说话声，只有脚踩在鹅卵石上发出来的沙沙声。他时而看到他们的身形在光亮处像影子一样地一掠而过，都是紧紧地搂得像一个人似的，这和先时他看到他母亲同男爵的情形一样。这个秘密，这个巨大的、闪光的和充满不祥的秘密，这里也有啊。现在他听到越来越近的脚步声和一种压低了的笑声。他感到恐惧，怕走近来的人在这儿发现他，于是他又往暗处缩了缩。这时，从不辨五指的黑暗中，有两个人摸索着往山上走，并没有看见他。他们搂抱着走了过去，埃德加松了一口气。可是他们突然停了下来，就站在他的椅子跟前。他们把脸贴在一起，埃德加什么也看不清楚，他只听到从女人嘴里发出的喘气声，男的则喃喃着一种火热的、荒唐的话语。他打了个欢愉的寒战，恐惧之中有一种压抑的预感。他俩停了一分钟，随后鹅卵石在他们脚下发出沙沙的声音，脚步不久就在黑暗中消失了。

埃德加一阵颤抖。现在血又在血管里翻腾起来，比以前任何时候都更加炽热。在这纷扰的黑暗之中，他突然感到寂寞难忍。不可遏止的需求主宰了他，他需要亲切的声音，需要拥抱，需要明亮的房间和他所爱的人。他觉得，这纷扰的夜晚的全部黑暗仿佛都沉到了他的心灵深处，迸出他的胸膛。他跳了起来。回家，回家，回到家里，什么地方都行，在温暖、明亮的房间里，与亲人在一起。他们对他能怎么样呢？打也好，骂也好，自从他感受到了这种黑暗的滋味和寂寞的恐惧以来，他什么都不怕了。

这种想法驱使他往前走去，不知不觉他突然站在祖母寓所的门前了，手又重新摸着冰冷的门铃。他看到，现在窗户透过绿荫闪着光亮，在想象中，看到每扇明亮的玻璃后面的熟悉的房间里都有人在里面。这种亲昵感使他感到幸福，这种乍到的安适感使他与他所爱的人靠近了。如果说他还在犹豫的话，那只是为了更亲切地享受这种预感。

这时在他身后响起一声刺耳的尖叫：

“埃德加，他在这儿！”

祖母的女仆看见了他，向他扑来，抓住他的手。里面的门开了，一只狗跳到他面前汪汪直叫。屋里的人拿着灯走了出来，他听到欢叫声和惊叹声，呼喊和脚步混成一片的嘈杂声，越来越近。现在他认出来了，最前面的是祖母，她张开了胳膊，在她后面竟是他的母亲，他以为自己是在做梦。他的眼睛哭肿了，他颤抖着，畏葸地处在这激动的感情中间。他手足无措，不知该做什么、该说什么，甚至连他感觉到什么也不清楚：是恐惧还是幸福。

## 最后的梦

事情原来是这样的：他们早就在这儿找他、等他很长时间了。他母亲尽管在气头上，却也对这激动的孩子破门而出感到惊慌。她叫人在塞默林到处寻找。正当大家都激动不安，纷纷做出各种危险的猜测时，有位先生带来消息说，他三点钟前后在车站售票处见到过这孩子。人们很快从车站得知埃德加买了一张去巴登的车票。她毫不迟疑地立即去追赶他，并事先电告巴登和维也纳他父亲处。一片忙乱和激动，两个钟头以来，一切都为寻找这个逃亡者而忙乱着。

现在他们牢牢地抓住了他，但并不是用暴力。他怀着一种受到抑制的胜利感被领进房间里。可是使他奇怪的是，他没有受到他们的严厉斥责，他在他们眼里看到的是欢欣和爱抚。就算是斥责吧，这种假装的生气，也只是一转眼的工夫。随后祖母又含泪搂抱着他，没有人再说他的过错了，他感到围绕他的是一种奇怪的关怀。这时女仆脱下他的上衣，给他拿来一件更暖和的。祖母问他饿不饿，需要些什么。他们都很关心地挤过来围着他，但是当他们看到他的窘态时，就不再问他什么了。他快意地重新感觉到了那种曾受他藐视但却是不可缺少的孩子的感情。他对自己近来的自负傲慢感到羞愧难当，现在他得到的特殊宠爱，是他用自己的孤独所赢得的虚假快乐换来的啊！

隔壁房间里的电话铃响了，他听到他母亲在接电话，听到她说的几个字："埃德加……回来了……到这儿来……坐末班车。"埃德加感到奇怪的是，她不再对他火冒三丈，只是搂抱着他，用奇怪的、欲言又止的目光望着他。他越来越懊悔，最好能避开这里祖母、姑妈的悉心关怀，进去请她原谅，十分恭顺地、单独一个人对她说，他要重新成为一个听话的孩子。可当他轻轻站起来时，祖母稍感惊慌地问道：

"你要到哪儿去？"

他羞愧地站着。他只要一动，他们就为他感到害怕。他把他们大家都给吓怕了，怕他再度逃走。他们怎么能够理解，对这次逃跑，他自己比任何人都感到后悔呢！

饭桌摆好了，女仆给他端来一份赶做的晚饭。祖母坐在他身边，两眼一直不离开他。她和姑妈以及女仆静静地把他围住，他在这种温暖的气氛里感到十分安适。只有母亲没有进来，这使他惶惑。要是她知道他现在是多么低声下气的话，那她准会来的！

这时从外面传来辚辚的车声，随即在门前停了下来。其他人都惊讶起来，埃德加也感到不安。祖母走了出去，黑暗中，各种声音传来传去，他突然知道他父亲来了。埃德加羞怯地发觉，他现在又是一个人独自在房间里。即使是这短暂的孤独也使他感到慌乱。他父亲是严厉的，他是他唯一真正害怕的人。埃德加细心地谛听，他父亲好像很激动，说话声音很高，很恼火。这中间，听见他祖母和他母亲的令人宽慰的声音，显然她俩要他说话温和些。但是父亲的声音一直是生硬的，像他正在走来的脚步声一样，这脚步越来越近，已经到了旁边的一个房间，来到门前，现在门打开了。

他父亲个子很高，埃德加此刻在父亲面前觉得说不出的渺小。他走了进来，满脸火气，看来确实正在气头上。

“这是怎么回事，你这小子竟然逃跑了！你怎么能这样使你母亲担惊受怕？”

他的声音很愤怒，双手急剧地摆动着。现在他母亲轻轻走了进来，脸上罩了一层暗影。

埃德加没有回答。他想必须为自己辩解，可是他该怎么讲他被骗被打的事呢？父亲会理解吗？

“呶，你不会说话？是怎么回事？你可以慢慢地说！你有什么不对的地方？你逃跑总得有个理由嘛！有人委屈了你？”埃德加在犹豫。回忆使他又愤恨起来，差点儿要说了。这时他看到他母亲在父亲背后做了个奇怪的动作，他的心静了下来。母亲的这种动作开头他并不理解，可现在她在看着他，眼里流露出乞求的神情。她轻轻地、非常轻地把手指放在嘴上，做了个不要说的动作。

孩子感到，突然间一种温暖的感情，一种巨大的狂喜流过他的全身。他明白了她要他保守秘密，他觉得他那小小的嘴唇可以决定一个人的命运。她信赖他，他全身浸透着骄傲。猝然之间，他产生了一种自我牺牲的勇气，他要加重自己的过错，为了表明自己是多么值得信赖，自己是一个好汉。他鼓起勇气说：

“没有，没有……没有什么理由。妈妈对我非常好，可是我淘气，是我自己做错了……我……我逃跑了，因为我害怕。”

他父亲愕然地望着他。他一切都料到了，唯独没有料到这么个供词。他的愤怒无从发作。

“呶，你承认了错误，这很好。那我今天就不再谈这件事了。我想你得找个时间好好想想！不许再发生这样的事情。”

他站在那儿望着他，现在他的声音温和得多了。

“你脸色多么苍白啊。可是我觉得你又长高了一截。我希望你不要再耍小孩脾气了，你已经不是一个毛孩子，该懂得些事体了！”

埃德加一直都在望着他母亲。他觉得她的眼里闪着亮光，或许这是灯光的反射？不，那是湿润而晶莹的泪花，她的嘴上泛起一丝微笑，表明她对他的感激。他们现在把他带去睡觉，可他不再因为他们让他孤零零一个人在那里而感到悲哀了。他有多少东西，有多少丰富多彩的东西要思索啊。近日来在他生活中初次感受到的巨大的痛苦消失得无影无踪，他预感到未来的生活是神秘的，他有点陶醉了。在漆黑的夜里，窗外的树木在窸窣作响，但他不再感到恐惧。自从他知道生活是多么丰富以来，他对它就不再感到焦躁不安。他仿佛觉得今天是头一次看到赤裸裸的现实，这现实不再被童年的千百个谎言所遮蔽，而是呈现出它全部难以想象的、危险的未来。他从来没有想到，多姿多彩的生活中痛苦和欢乐竟然到处可以相互转换。而一想到他面前还有许多这样的时光，生活还深藏不露地等待着他惊喜地去揭开它的面纱时，他就感到快乐。现实生活的绚丽多彩，和对于多姿多彩的现实生活的朦胧预感的突然袭来，使他第一次相信他理解了人的本质，即使他们彼此充满敌意，他们也都相互需求，被他们所爱又是多么甜蜜啊。让他带着仇恨去想某件事、某个人，这是不可能的，他对什么都不悔恨，就是对男爵——那个勾引者，他的势不两立的敌人，也不怨恨，他对他有了一种新的感激之情，因为他给他打开了通向感情世界的大门。

在黑暗中去想这一切是甜蜜的，令人神往的。他昏昏欲睡，从迷梦中轻轻浮现出各种模糊不清的景象。这时他觉得门突然开了，好像有人轻轻走了进来。开头他不大相信，他太困了，怎么也睁不开眼睛。这时他觉得有人喘着气，用自己的脸柔和地、温暖地、甜蜜地揉擦着他的脸。他知道这是他母亲，她现在在吻他，用手在抚摩他的头发。他感到了亲吻，他感觉到她的泪水。他温柔地回答了母亲的爱抚，把这当作和解，当作对他的沉默的答谢。直到以后，多年以后他才认识到，这泪水是一个老之将至的人的誓言。从现在起，她只属于他，属于她的孩子，这意味着她放弃风流生涯，意味着她与自己的欲念诀别。他不知道她也感激他，是他把她从一种无益的艳遇中拯救了出来；她就用这种拥抱把爱的既苦又甜的重负留给了他，像是一笔遗产。此刻，孩子对这一切还不理解，但是他觉得能这样被爱是太幸福了，他感到这种爱又把他同世界上最伟大的秘密交织在一起。

她从他身上松开了手，她的嘴唇离开了他的嘴唇，身影轻轻消失了，却留下一片温暖，他的嘴唇上还留有一股气息。一种甜蜜的欲望使他渴望温柔嘴唇的再度轻吻和亲切的拥抱，但是这种令人渴求的秘密的遐思美想业已被睡眠的阴影笼罩。几个小时以来的景象，又一次五彩缤纷地飞掠而过，他青年时代的书本又一次诱惑地翻了开来。随后孩子沉入睡乡，他生活中更为深沉的梦开始了。

（韩耀成 高中甫 译）

# 月光巷

轮船为风暴所耽搁，很晚才在法国海港小城靠岸，因而未赶上开往德国的夜班火车。这样，未曾想到，我竟在这个陌生的地方待了一天，晚上，除了在市郊一家娱乐中心听听女子乐队演奏的忧伤音乐或同几位萍水相逢的旅伴乏味地闲聊一阵之外，就别无其他有吸引力的活动了。旅店的小餐厅里烟雾弥漫，连空气都是油腻腻的，真让人难以忍受，何况纯净的海风在我唇上留下的一抹咸丝丝的清凉尚未消退，所以我更是倍感这里空气之污浊。于是，我便走出旅店，沿着灯光明亮的宽阔的大街，信步走向有国民自卫军在演奏的广场，重新置身于懒洋洋地向前涌动的散步者的浪涛之中。起初，我觉得在这些对周围漠不关心、衣着外省色彩颇浓的人的洪流中，晃晃悠悠地随波逐流倒是颇为惬意，但是过不多久，我对于那种涌动的陌生人的浪涛，他们断断续续的笑声，那些紧盯着我的惊奇、陌生或者讥笑的目光，那种摩肩擦背地、不知不觉地推我往前的情景，那些从千百个小窗户里射来的灯光，以及唰唰不停的脚步声就无法忍受了。海上航行颠晃得厉害，我的血液里现在还骚动着一种晕乎乎、醉醺醺的感觉：脚下好似还在滑动和摇晃，大地似乎在喘息起伏，道路像在晃晃悠悠地飘上天空。这种喧闹嘈杂一下子弄得我头晕目眩，为了摆脱这种状况，我就拐进一条小街，连街名都没有看。从那里，我又拐进一条小巷，那无名的喧嚣这才渐渐平息下来。随后，我又漫无目的地继续走进那些血管似的纵横交错的小巷，进入这座迷宫。我离中心广场越远，这些小巷就越黑。这里已经没有大型弧光灯——宽阔的林荫大道上的月亮——的照耀了，透过微弱的灯光，我终于又能看见星星和披着黑幕的天空了。

我现在所处的位置大概离港口不远，在海员住宅区，因为我闻到了腐臭的鱼腥，闻到了被海浪冲上岸来的藻类散发出的甜丝丝的腐烂味，还有那种污浊的空气和密不通风的房间所特有的霉气，它潮湿地弥漫在各个角落里，一直要等到一场猛烈的暴风雨来临，才能让它们喘一口气。这捉摸不定的黑暗和意想不到的寂寞令我陶然，于是我便放慢脚步，仔细观察一条条各不相同的小巷：有的寂静无声，有的卖弄风情，但是所有的小巷全是黑黑的，都飘散着低沉的音乐声和说话声。这声音是从看不见的地方，是从屋子里如此神秘地发出来的，以至于几乎让人猜不出隐秘的发声处，因为所有的房子都门窗紧闭，只有红色或黄色的灯光在闪烁。

我喜欢异国城市里的这些小巷，这个情欲泛滥的肮脏的市场，这些秘密地麇集着勾引海员的种种风情的场所。海员在陌生而危险的海上度过了许多寂寞之夜以后，来到这里过了一夜，在一小时之内就把他们许许多多销魂的春梦变为现实。这些小巷不得不藏在这座大城市的阴暗的一隅，因为它们厚颜无耻和令人难堪地说出了在那些玻璃窗擦得雪亮的灯火辉煌的屋子里，那些戴着各式各样假面具的体面人干的是些什么勾当。屋子的小房间里传出诱人的音乐，放映机映出刺眼的广告，预告即将上映的辉煌巨片，悬挂在大门门楣之下的小方灯眨巴着眼睛在亲切地向你问候，明明白白地邀你入内，透过半开的门户可以窥见戴着镀金饰物的一丝不挂的肉体在闪烁。咖啡馆里醉汉们大吵大嚷，赌徒们又喊又骂。海员们相遇都咧嘴一笑，他们呆滞的目光因即将享受的肉欲之欢而变得炯炯有神，因为这里什么都有：女人和赌博，佳酿和演出，肮脏的和高雅的风流艳遇。可是这一切都是羞答答的，奸诈地躲在假惺惺地垂下的百叶窗后面，全是在里面进行的，这种虚假的封闭性因其隐蔽和进出方便这双重诱惑而更加撩人。这些街道与汉堡、科伦坡、哈瓦那的街道差不多，就像大都市里的豪华大街都彼此相仿一样，因为上层和下层的生活，其形式各地都是相同的。这些不是老百姓的街道，是纵情声色、肉欲横流的畸形世界最后的奇妙的残余，是一片幽暗的情欲漫溢的森林和灌木丛，麇集着许多春情勃发的野兽。这些街道以其展露的东西使你想入非非，以其隐藏的东西让你神魂颠倒。你可以在梦里去造访这些街道。

这条小巷也是如此，进了这条小巷我感到一下就被它俘获了。于是我就跟在两个穿胸铠的骑兵后面去碰碰运气，他们挂在腰上的马刀碰在高低不平的路面上发出叮当的响声。几个女人在一家啤酒馆里喊他们，骑兵哈哈大笑，大声对她们开着粗鲁的玩笑。一个骑兵敲了敲窗户，随即就遭来一阵谩骂；骑兵继续往前走去，笑声也越来越远，一会儿我就听不见了。小巷里又没有了声息，几扇窗户在雾蒙蒙的黯淡的月光下闪着朦胧的灯光。我停下脚步，深深吸吮着夜的宁静。我觉得这宁静很奇怪，因为在它的后面有某种秘密、淫荡和危险的东西在微微作响。我清楚地感觉到，这种宁静是个骗局，在这条雾蒙蒙的幽暗的小巷里正弥散着世界上某种腐败之气。我站在那儿，倾听这空虚的世界。我已经感觉不到这座城市，这条小巷，以及它们的名称和我自己的名字，我只觉得，在这里，我是外国人，已经奇妙地融进了一种我不知晓的东西之中，我没有打算，没有信息，也没有一点关系，可是我却充分感觉到我周围的黑暗生活，就像感觉到自己皮肤下面的血液一样。我只有这种感觉：这一切都不是为我生发的，可是却又都属于我。这是一种最幸福的感觉，是由于漠不关心而得到的最深刻、最真切的体验所产生的，它是我内心生机勃勃的源泉，总让我莫名其妙地感到一种快意。正当我站在这条寂寞的小巷里聆听的时候，我仿佛期待着将会发生什么事似的，好把自己从患夜游症似的窃听人家隐私的感觉中推出来。这时我突然听见不知何处有人在忧郁地唱一首德国歌曲，《自由射手》[1]中那段朴素的圆舞曲："少女那美丽的、绿色的花冠。"由于距离远或是被墙挡着的缘故，歌声很低，歌是女声唱的，唱得很蹩脚，可是这毕竟是德国曲调，在这里，在这世界上陌生的一隅听到用德文唱的这首歌，感到分外亲切。歌声不知是从何处飘来的，然而我却觉得它像一声问候，是几星期来我听到的第一句乡音。我不禁自问：谁在这里说我的母语？在这偏僻、荒凉的小巷里，谁的内心的回忆重新从心底唤起了这支凄凉的歌？我挨着一座座半睡的房子顺着歌声摸索着寻去。这些房子的百叶窗都垂落着，然而窗户后面却厚颜无耻地闪烁着灯光，有时还闪现出正在招客的手。墙外贴着一张张醒目的纸条，写着淡啤酒、威士忌、啤酒等饮料的名称，尽是些自吹自擂的广告，这说明，这里是一家隐蔽的酒吧，但是所有的房子的大门都紧闭着，既拒人于门外，又邀你光顾。这时远处响起了脚步声，不过歌声一直未停，现在正用响亮的颤音唱着歌词的叠句，而且歌声越来越近：我找到了飘出歌声来的那所房子。我犹豫了片刻，随后便朝严严地垂着白色门帘的里门走去。我正决意躬身进去的时候，走廊的暗景中突然有什么东西一动，是人影，显然正紧贴在玻璃窗

[1] 《自由射手》。三幕歌剧，德国作曲家韦伯作。

上窥视，这时被吓了一大跳。此人的脸上虽然映着吊灯的红光，但还是被吓得脸色刷白。这是个男人，他睁大眼睛盯着我，嘴里嘟囔着，像是说了句表示歉意的话，随即便在灯光昏暗的小巷里消失了。这种打招呼的方式也真怪。我朝他的背影望去，在光线微弱的小巷里，他的身影似乎还在挪动着，但是已经很模糊了。屋里歌声依旧，我觉得甚至更响了。我被歌声所吸引。于是便按动门把手开了门，快步走了进去。

像被一刀切断了似的，歌的最后一个字落了下来。我大吃一惊，觉得前面一片空虚，有一种含有敌意的沉默，仿佛我打碎了什么东西似的。渐渐地，我的目光才适应，发现这房间几乎是空空的，只有一张吧台和一张桌子，显然这里只是通往后面那些房间的前厅。后面的房间房门都半开着，灯光昏暗，床铺得整整齐齐，单就这点，对于这些房间的原本用场就一目了然了。桌子前面，一位浓妆艳抹、面带倦容的姑娘支着胳膊，背倚桌子，吧台后面站着臃肿肥胖、脏兮兮、黑乎乎的老板娘，她身边还有一位还算标致的姑娘。一进屋，我就向她们问了好，声音显得有点生硬，过了好一会儿才听到一句有气无力的回答。来到这空空的屋子，碰到如此紧张而冷淡的沉默，我感到很不舒服，真想立刻转身就走，可是我虽然尴尬，却又找不到什么借口，只好将就着在前面桌旁坐下。那姑娘这时才想起自己的职责，问我想喝点什么；听到她那生硬的法语，我马上就知道她是德国人。我要了啤酒，她拖着懒洋洋的步子去拿了啤酒来，这步子比她那浅薄的眼光更显得漠然和冷淡；她的眼睛有气无力地在眼皮底下微微闪着浊光，宛如行将熄灭的一对蜡烛。她按照这类酒吧的习惯，完全机械地在我的酒杯旁又为她自己放了一只杯子。她举杯为我祝酒时，她的目光空空地在我身上掠过：我这才有机会将她细细端详。她的脸倒还算漂亮，五官端正，但是好像是内心的疲惫使这张脸与面具相似，变得俗不可耐，面部憔悴，眼睑沉重，头发散乱；面颊被劣质化妆品弄得斑斑点点，已经开始凹陷，宽宽的皱痕一直伸到嘴角。衣服也是随随便便地披在身上，过量的烟酒使她的嗓音变得干涩而沙哑。总而言之，我感到这是一个疲惫不堪、麻木不仁，只是由于习惯才活着的人。我怀着拘谨而恐惧的心情向她提了一个问题。她回答的时候看都没看我，一副漫不经心的样子，毫无表情，几乎连嘴唇都没有动一下。我感到自己是不受欢迎的。老板娘在我身后打着哈欠，另一位姑娘坐在一角，眼睛朝这儿瞅着，似乎在等我叫她。我本想马上离开的，但我浑身发沉，另外好奇和恐惧心也把我吸引住了，使我像喝得醉醺醺的海员似的坐在这混浊、闷热的空气里，因为淡漠也具有某种刺激性。

这时，我被身旁突然发出的一阵刺耳的笑声吓了一跳。与此同时，蜡烛的火苗也颤悠起来了：吹来一阵过堂风，我感觉到背后有人把门打开了。“你又来啦？”我旁边的女人用德语尖刻地嘲笑道，“你又绕着房子爬了，你这吝啬鬼？好吧，进来吧，我又不会揍你。”

她这样尖叫着打招呼，仿佛从胸中喷出一股火焰。我转过身来，先是朝她、随后又朝门口望了望。门还没有全开，我就认出了这颤颤悠悠的身影，认出了此人那唯唯诺诺的目光，他就是刚才像是贴在门上的那个人。他像个乞丐，怯生生地手里拿着帽子，被这刺耳的问候和哈哈大笑吓得直打哆嗦。这笑声犹如一阵痉挛，一下子把她笨重的身体都震得晃悠起来了，同时后面吧台那儿老板娘匆匆向她耳语了几句。

“坐那边，坐在法朗索瓦丝那里！”当这可怜人怯生生地拖着踢踢踏踏的步子走近她时，她大声呵斥道，“你没见我有客人吗？”

她用德语对他大声嚷嚷。老板娘和另一位姑娘听了都哈哈大笑，虽然她们什么也没听懂，不过看来她们是认识这位客人的。

“法朗索瓦丝，给他香槟，要贵的，给一瓶！”她笑着朝那边喊道，随后又冲他嘲讽地说，“要是嫌贵，那就去外面待着，你这可怜的吝啬鬼！你是想来白看我的吧，我知道，你是想来白捡便宜的。”

在这阵恶毒的笑声中，他长长的身躯好像融化了，背也驼了起来，一副忍气吞声的样子，仿佛要把这张脸藏起来似的，他伸手去拿酒瓶的时候，手抖得厉害，倒酒时把酒也洒到了桌上。他竭力想抬眼看看她的面孔，但是目光怎么也无法离开地面，一直盯着地上贴的瓷砖打转。现在，在灯光下我才看清他那张形容枯槁的面孔：疲惫不堪，毫无血色；潮湿、稀疏的头发贴在瘦骨嶙峋的头颅上；手腕松弛，像折断了似的——整个是一副有气无力的可怜相，但却心怀怨恨。他身上的一切都不对劲，都挪了位，而且蜷缩了。他的目光抬了一下，但马上又惊恐地垂了下去，眼睛里交织着一股恶狠狠的光。

“你别去理他！”姑娘以专横的口气用法语对我说，并紧紧抓住我的胳膊，像是想要将我拉转身来似的。“这是我和他之间的旧账，不是今天的事。”随后她又龇着亮晶晶的牙齿，像要咬人似的冲他大声吆喝道，“尽管来偷听好了，你这老狐狸！你不是想听我说的话吗？我是说：我宁愿跳海，也不跟你走。”

老板娘和另一位姑娘又发出一阵哈哈大笑，笑得喘不过气来。看样子，对她们来说，这是一种寻常的逗乐，每天的笑料。可是，这时，另一位姑娘突然做出温柔多情的样子，往他身上靠，并对他大献殷勤，发动攻势，他却吓得直打哆嗦，连拒绝的勇气都没有。看到这一切，我真有点毛骨悚然。每当他迷惘的目光以颇为愧赧又竭力讨好的神态看我的时候，我就感到心悸。我身边那个女人突然从松弛状态中惊醒过来，眼露凶光，连手都在颤抖，看到这副架势我很害怕。我把钱往桌上一扔，想走了，但是钱她没有拿。“要是他打扰你，我就把他，把这条狗撵出去。他必须照办。来，再跟我喝一杯。来！”她突然娇滴滴地做出一副媚态，紧紧倚在我身上，我立即就看出，这只不过是为了折磨别人而演的戏。她每做出一个狎昵的动作，就往那边瞧上一眼。我看到，她只要对我做出一个风骚的姿势，他全身就是一阵抽搐，仿佛在他身上放了一块烧红的烙铁似的。看到这种情景，真让人作呕。我不去理睬她，而是紧紧盯着他，现在气愤、恼怒、嫉妒和贪欲在他心里滋生，可是只要她一转过头来，他就赶忙弯下腰去，见此情景，我也感到不寒而栗。她紧紧地往我身上贴，我感觉到了她的身体，她那由于在这场恶毒的游戏中获得乐趣而颤抖的身体，她那散发着劣质脂粉味的刺眼的脸和她那松软的肉体的难闻气味令我感到恐惧。为了避开她，我便拿出一支雪茄。正当我的目光在桌上寻找火柴时，她就向他发了话：“把火拿来！”

对她的这个厚颜无耻、蛮不讲理的命令，他竟百依百顺，这倒使我比他更为吃惊。见此情景，我就急忙自己找了火柴。可是，她的话竟像鞭子一样，啪地一下抽在了他身上。他拖着趔趄的脚步，蹒跚地走过来，把他的打火机放在桌上，动作非常之快，仿佛手碰了桌子就会被烧着似的。这瞬间，我的目光与他的相交叉，我看到，他的眼睛里隐含着无限的羞愧和切齿的愤恨。这卑躬屈节的目光刺痛了我这个男子汉和他的兄弟的心。我感到受了这女人的侮辱，也同他一起羞愧难当。

“非常感谢您，”我用德语说——她抽搐了一下——“本来就不该麻烦您的。”说着，我便向他伸出手去。他犹豫好一会儿之后，我才感到他湿润而骨瘦的手指，突然间，他痉挛般地使劲握了握我的手，以表达他的感激之情。这瞬间，他的眼睛闪闪发亮，直视我的眼睛，但随即又低垂到松弛的眼睑下面去了。出于对那女人的反抗心理，我想请他坐到我们这边来。我的手大概流露出了邀请的姿势，因为这时她急忙冲他吼道：“你还是坐那儿去，别在这儿打扰！”

她那尖刻的声音和折磨人的恶行令我深恶痛绝。这烟味很浓的下等酒吧，这令人恶心的娼妓，这弱智的男人，这弥漫着啤酒、烟雾和劣质香水的气味对我有什么用？我渴望呼吸新鲜空气。我把钱推到她面前，正当她娇里娇气地挨近我的时候，我就站起身来，毅然拂袖而去。我对参与这种侮辱人的缺德勾当极其厌恶，我以断然拒绝的态度清楚地表明，她的色相诱惑不了我。这时，她满脸怒容，嘴角起了一道皱褶，现出行将发作的神色，但她忍住没把话说出来，而心中的仇恨却一目了然。她猛地朝他转过身去，他见她这副横眉怒目的样子，被她的淫威吓得魂飞魄散，赶忙把手伸进口袋，哆哆嗦嗦地用手指头掏出一个钱包。匆忙之中他连钱包上的带子结都解不开，显然，现在他害怕单独同她待在一起。这是一只编织小包，上面嵌有玻璃珠珠，是农民和小老百姓用的。一眼就可看出，他不习惯乱花钱，不像那些把手伸进叮当作响的口袋，掏出一大把钱来往桌上一摔的海员；显然，他习惯于仔仔细细地点数，还要把钱用手指头夹着掂量一番。“瞧他为了这几个宝贝角子都抖成了什么样子！不觉得太慢了吗？你就等着吧！”她挖苦道，并往前逼进一步。他吓得直往后退，而她见他这副丧魂落魄的样子，便把肩膀一耸，眼里含着极其厌恶的神情说道：“我不拿你一分钱，你的钱让我恶心。我知道，你的几个宝贝小钱都是有数的，一个子儿也舍不得多花。只不过，”——她突然拍了拍他的胸脯——“别让人把你缝在这儿的票子偷了去啊！”

果真，就像正在发作的心脏病患者突然抓住胸口一样，他那苍白而颤抖的手紧紧抓住外衣上的那个地方，他的手指下意识地在那儿摸了摸——那个秘密的藏钱之处，这才放心地把手放下。“吝啬鬼！”说着，她啐了一口吐沫。这时，那备受折磨的人突然满脸通红，猛地把钱包摔给了另一位姑娘，从她身边冲出大门，像是从大火中逃了出来似的。那姑娘先是吓得大叫一声，随即便哈哈大笑。

她气得火冒三丈，眼露凶光，先还直愣愣地站了一会儿，随后就又松弛地耷拉下眼皮，筋疲力尽地弯下松弛下来的身体。在这一分钟里她看上去显得又老又疲倦。她现在投向我的目光里压抑着某种犹豫不决、茫然若失的神情。她站在这里，满脸羞愧，迟钝麻木，像个喝得烂醉醒过来的醉妇。“到了外面他会为他失去的钱而心痛的，也许会跑去报警，说我偷了他的钱。不过明天他又会到这儿来的。然而他休想得到我。谁都可以得到我，只有他不能！”

她走到吧台前，扔下几个硬币，咕噜噜一口气吞下一杯烈酒。她的眼里又露出了凶光，但很混浊，像是蒙了一层愤怒和羞辱的泪水。看到她我感到十分恶心，对她没有丝毫同情。我道了声“晚安”就走了。老板娘回了句“Bonsoir”[1]。那女人没有回过头来，只是发出一阵刺耳的、讥讽的大笑。

我出得门来，外面只有黑夜和天空，到处笼罩着闷热的昏暗，漠漠云层遮掩着无限遥远的月光。我贪婪地吸着微热的、但却沁人肺腑的空气，我为森罗万象的人生际遇感到无比惊奇，那种恐怖的感觉消散了。我又感到，每扇玻璃窗后面总在上演一出命运剧，每扇大门都展示着一场风流韵事，这个世界上的事真是千姿百态，无所不在，即使在这最最肮脏的一角，也像在萤火虫闪烁不灭的光照下，映现出种种窃玉偷香的悲剧。这是一种会使我无比陶醉，乃至流下眼泪的感觉。

[1] 法语，此处为“再见”的意思。

方才见到的那些令人厌恶的情景已经远去，紧张的情绪变成了舒心适意的倦意，渴望把这种种经历过的事情变成更美的梦。我的目光下意识地朝周围寻觅了一番，想在这纵横交错的迷宫似的小巷中找到回旅店的路。这时，一个人影趔趄着脚步，到了我身边，他准是悄没声地先走进来了。

“请您原谅，”——我立刻就听出了这低三下四的声音——“我想，您找不到路了。能允许我……允许我给您指路吗？这位老爷是住在……”

我说了旅店的名字。

“我陪您去……要是您允许的话。”他马上谦恭地加了一句。

恐惧又袭上我的心头。在我身边，蹑手蹑脚、幽灵似的脚步在移动，虽然几乎听不见，但却紧紧地跟在我身边，还有这条海员巷的幽暗和对刚才所经历的事情的回忆，这一切渐渐为一种梦幻般的紊乱的感觉所代替，既无判断，也无反抗。我没有看到他的眼睛，但却感觉到他低三下四的目光，我还觉察到他的嘴唇在颤动；我知道，他想跟我说话，可是我既没有表示同意，也没有表示反对，我的感觉正处于昏昏沉沉的状态之中，我的好奇心同身体迷迷糊糊的感觉一起一伏地融合在一起。他轻轻地咳了好几次，我发觉，他的话被嗓子眼儿里的什么东西堵住了，那女人的残忍竟神秘莫测地转到了我身上，所以见他的羞耻感同急于要倾吐的心情在搏斗，我就感到暗自欣喜，我没有助他一臂之力，而是让沉默又厚又重地挡在我们之间，只听见我们杂乱的脚步声：他的脚轻轻地趿拉着，像老人一样，我的脚步故意踩得又重又响，仿佛要逃离这肮脏的世界似的。我感到我们之间的紧张气氛越来越强烈：这沉默充满了内心的尖声呼喊，好似一根绷得过紧的弦，后来他终于打破沉默，先是极其胆怯地说道：

“您……您……我的老爷……您在那屋里见到了蹊跷的一幕……请原谅……请原谅我又提起这件事……您一定觉得她很奇怪……觉得我很可笑……这女人……就是……”

他的话又停住了。他的喉咙像被什么东西紧紧哽住了。随后，他的声音变得很小，匆匆地悄声说道：“这女人……就是我的老婆。”这话一定使我惊得跳了起来，因为他很抱歉似的连忙说，“就是说……以前是我的老婆……五年，是四年前……在我的老家黑森的格拉茨海姆……老爷，我不希望您把她想得很坏……她成了这样，也许是我的过错。以前她并不总是这样……是我……是我把她折磨成现在这样的……虽然她很穷，穷得连衣服都没有，她什么东西都没有，我还是娶了她……我呢，我很有钱……就是说颇有资产……不算很有钱……或者说至少那时……您知道，我的老爷……她说得对，我以前也许很节俭……但这是以前的事了，还在不幸发生之前，我诅咒这件事……我的父母亲都很节俭，大家都这样……每一分钱都是我拼命工作挣来的……她却过得很轻松，她喜欢漂亮的高档东西……但她很穷。为此我一再责骂她……我本不该这样的，现在我才知道，我的老爷，因为她骄傲自大，目空一切……您别以为她那副样子是真的，不，她是装出来的……是为了给人看的，她自己内心也很痛苦……她这样做只是……只是为了伤害我，为了折磨我……因为，因为她感到羞愧……或许她真的变坏了，但是我……我并不相信……因为，我的老爷，她这人以前是很好，很好的……”

他擦了擦眼泪，心情十分激动，便停了下来。我不由得看了他一眼，突然间，我不再觉得他可笑了，就连“我的老爷”这个在德国只有下等人才用的奇怪的、低三下四的称呼也不再觉得刺耳了。由于费劲说出了心里话，他的面孔显得十分舒展，现在他又迈着沉重的脚步踉踉踉踉地继续往前走去，但却目不转睛地盯着石铺的路面，仿佛在摇曳的灯光下费劲地读着从痉挛的喉咙里痛苦地吐出来刻在路面上的话。

“是的，我的老爷，”现在他深深地吸了口气，声音低沉，与刚才完全不同，就像发自一个较为温和的内心世界一样，“她原来非常好……对我也很好，我使她摆脱了贫困，她很感激……我也知道，她很感激……但是……我……乐意听感恩的话……一次又一次……一次又一次地听感恩的话……听到感恩的话，我心里很舒服……我的老爷，我感到自己比她强，心里就美滋滋的，舒坦极了……要是我知道，我是个坏人……为了不断听到她对我说感恩的话，我真愿把所有的钱都拿出来……她非常傲气，她发觉我要她感恩时，反而说得越来越少了……所以……也仅仅是这个原因，我的老爷，我就总是让她来求我……我从不主动给她钱……她要买件衣服，买条带子都得来向我乞求，我心里感到很惬意……我就这样折磨了她三年，而且越来越厉害……可是，我的老爷，这仅仅是因为我爱她……我喜欢她的傲气，可是我又总想打掉她的傲气，我真是个疯子，她一要什么东西，我就火冒三丈……但是，我的老爷，我这并不是真的……只要有机会侮辱她，我就快活得要命，因为……因为我根本就不知道，我是多么爱她……”

他又不说了。他蹒跚地走着。显然，他把我忘了。他不由自主地说着，像在梦里似的，而且声音越来越大。

“这事……这事我那时……在那个晦气的日子才明白……那天，她为她母亲要一点钱，只是很少、很少一点，我没有答应她……实际上钱我已经准备好了，但是我想让她再来……再来求我一次……啊，我说什么啦？是的，那天晚上我回到家里，她已经走了，只在桌上留了一张字条，这时我才明白过来……‘你就留着你那些该死的钱吧，你的一个子儿我也不要了。’字条上就写了这些，再没有一句别的话……老爷，三天三夜我就像发了疯一样。我请人到河里去找，到树林里去寻，给了警察好几百个马克……所有的邻居家我都去了，但是他们对我只是嘲笑和挖苦……一丝形迹都没发现……后来，另一个村的人告诉我，说他曾经见她在火车上同一个士兵在一起……她到柏林去了……当天我就赶了去……我放弃了我的收入……损失了几千马克……大家都偷我的东西，我的仆人、管家，大家都偷……但是，我向您起誓，我的老爷，我觉得这些都无所谓……我在柏林住了一个星期，终于在这个人流的旋涡里找到了她……我到了她那里……”他重重地吸了口气。

“我向您起誓，我的老爷……我没有对她说一句重话……我哭了……我跪了下来……我答应把钱……把我的全部财产都拿出来，让她掌管，因为那时我已经知道……没有她我就活不了。我爱她身上的每一根毛发……她的嘴……她的身体，爱她的一切……是我，是我一个人把她推下火坑的呀……我走进屋里时，她的脸一下变得刷白，像死人一样……我买通她的女房东，一个拉皮条的下流女人……她靠在墙上,脸色像墙上的白灰……她仔细地听着我说。老爷,我觉得……她，是的，她见到我几乎很高兴……可是我谈到钱的时候……我所以谈到钱，我向您起誓，只不过是为了向她表明，钱我已经不再考虑了……这时她却啐了一口……接着就……因为我一直还不想走……这时她就把她的情夫叫来，他们一起把我取笑了一通……可是，我的老爷，我还是老去那儿，每天都去。那儿的人把一切都告诉了我，我得知，那无赖把她扔了，她的生活非常困难，于是我又去那儿一次……一次又一次，老爷，可是她把我骂了一顿，并把我偷偷搁在桌上的钞票撕得粉碎，我再去那儿时，她已经走了……为了再找到她，我的老爷，我真是竭尽了全力！整整一年，这我可向您起誓，我不是在生活，而只是不停地在打听，我还雇了几个侦探，后来终于打探出，她到了那边，在阿根廷……流落……流落青楼……”他犹豫了片刻。说最后这个词的时候就像要断气一样。他的声音变得更低沉了。

“起初，我吓了一跳……但是后来我思忖，是我，就只是我，把她推下深渊的……我想，她受了多少苦啊，这可怜的女人……主要是因为她太傲……我找了我的律师，他给领事写了信，寄了钱去……没让她知道是谁寄的……只是要她回来。我接到电报，说一切都办得很顺利……我知道了她回来时坐的轮船……我就在阿姆斯特丹等着……我提前三天到了那里，真是心急如焚……轮船终于到了，才见到地平线上轮船冒出的烟，我就乐不可支，我觉得我简直无法等到轮船慢慢地、慢慢地驶近并靠岸了，船开得很慢，很慢，随后旅客从跳板上过来了，她终于，终于……我没有立即认出她……她的样子变了……脸上涂了脂粉，就是……就是这样，您所见的那副模样……她见我在等她……她的脸色变得刷白……幸好有两名海员把她扶住，要不然她就从跳板上摔下去了……她一上岸，我就走到她身边……我什么也没有说……我的喉咙像是卡住了……她也没有说话……也不看我……挑夫挑着行李走在前面，我们走着，走着……突然，她停住脚步，说……老爷，她说的话……让我心痛，听了真让人伤心……‘你还愿意让我做你的老婆？现在也还愿意吗？’我握着她的手……她哆嗦着，但没有说话。可是我感觉到，现在一切又言归于好了……老爷，我是多么幸福啊！我把她领进房间以后，我就像个孩子似的围着她跳，还伏在她脚下……我一定说了些愚蠢透顶的话……因为她含着眼泪在微笑，并爱抚着我……当然是怯生生的……可是，老爷，我感到好适意啊……我的心融化了。我从楼梯上跑上跑下。在旅店里订了午餐……

我们的婚宴……我帮她穿好结婚礼服……我们下楼，喝酒吃饭，好不快乐……噢，她快活得像个孩子，那么亲热和温厚，她谈论着我们的家……谈到我们要重新添置的各种东西……这时……”他突然粗着嗓门儿说，并且做了个手势，仿佛要把谁砸烂似的。“这时……这时来了一个茶房……一个卑鄙的小人……他以为我喝醉了，因为我发了疯似的，跳啊，笑啊，还笑着在地上打滚……我只是因为太高兴了啊……噢，高兴得不知所以，这时……我付了账，他少找我二十法郎……我把他斥责了一顿，并要他把钱补给我……他很尴尬，便搁下那枚金币……这时……这时她突然尖声大笑……我愣愣地盯着她，她的面孔已经变了样……一下子变得嘲讽、严厉和凶狠……‘你还是老样子……甚至在我们结婚的日子也一点没变！’她冷冷地说，语气那么锋利，那么……伤心。我心里感到惶恐，诅咒自己那么斤斤计较……我设法重新笑起来……但是她的快乐情绪已经没有了……已经消失殆尽……她自己单独要了房间……对于她我没有什么东西舍不得的……夜里我独自躺在床上，心里盘算着第二天早上给她买些什么东西……作为礼物送给她……我要向她表明，我这人并不小气……再也不违背她的心意了。第二天一大早我就出去，给她买了手镯，然而，我回来走进她的房间……房里已经空了……同上次完全一样。我知道，桌上准留了字条……我走开了，向上帝祈祷，希望这次不是真的……但是……但是……桌上果真留了字条……上面写着……”他犹豫了。我下意识地停住脚步，望着他。他耷拉着脑袋，过了一会儿，他以嘶哑的声音低声说道：

“上面写着……‘让我安静吧。你让我感到恶心……’”

我们到了港口。突然，近处波涛拍岸的轰鸣打破了黑夜的沉寂。停泊在近处和远处的海轮宛如一只只黑色巨兽，都睁着亮晶晶的眼睛，不知从何处传来了歌声。什么东西都看不清楚，但却感觉到许多东西，一座人口稠密的城市正在沉睡，正在做着可怕的梦。在我身边，我感觉到这个人的影子，它幽灵似的在我脚前颤动，在摇曳的昏暗灯光中，时而拉长，时而缩短。我一句话也说不出，既想不出话来安慰他，也没有什么问题要问他，但是我感到他的沉默黏在了我身上，黏得很紧，使我感到压抑。突然，他战栗地抓住我的手臂。

“可是，没有她我是不会离开这儿的……我找了几个月才重找到她……她在折磨我，但是，我会百折不挠地坚持下去的……我的老爷，我求您，请您跟她谈谈……我不能没有她，请把这话告诉她……我的话她不听……我再也不能这样活着了……我再也不能看着男人上她那儿去了……我再也不能在门口守着他们重新走出来……一个个喝得醉醺醺地哈哈大笑……这条巷里的人都认识我……他们只要看见我在那儿等着，就哈哈大笑……快把我弄疯了……可是，每天晚上我还是照样站在那儿……我的老爷。求求您……请您跟她谈谈……我是不认识您，但是，看在仁慈的上帝分儿上，请您跟她谈谈……”

我下意识地想从他手中把胳膊脱出来。我感到心里发毛。可是他却觉得我对他的不幸无动于衷，于是突然跪在街心，把我的脚抱住。

“我恳求您，我的老爷……您一定得跟她谈谈……您一定得……要不然定会发生可怕的事的……为了找她，我花掉了所有的钱，我不会让她留在这里……不会让她活着留在这里。我已经买了一把刀……我买了一把刀，我的老爷……我决不让她留在这里……决不让她活着留在这里……我受不了……请您跟她谈谈，我的老爷……”他像发了疯似的在我面前直打滚。就在这时，街上有两个警察朝这儿走来。我一把将他拉起。他直愣愣地盯着我看了一会儿，随后便用完全陌生的、干巴巴的声音说：

“顺着这条巷子，您在那儿拐进去，就到您住的旅店了。”他又一次愣愣地看着我，瞳孔好像融化了，白白的，空洞洞的，很是吓人。接着他就离开了。

我紧紧裹着大衣。我冷得发抖。我只感到疲倦，觉得醉醺醺的，昏沉而麻木，好似梦游一般，同时我又有一种不祥的预感。我想好好想一想，把这些事情思考一番，可是那疲倦却时时从我心头翻起黑浪，将我卷走。我摸索着回到旅店，往床上一倒，睡得沉沉的，像头牲畜。

第二天早晨，这件事情中到底哪些是梦幻，哪些是真的，我也弄不清了，而且我心中也有什么东西不让我去弄清楚。我醒得很晚，我是这座陌生城市里的陌生人。我去参观一座教堂，它的古代镶嵌艺术据说很有名。但是我的眼睛望着教堂，什么也没有看进去，昨天夜里所遇之事又浮现在我眼前，越来越清晰，而且轻而易举地推我去寻找这条小巷和那所房子。可是这些奇怪的小巷只有夜里才有生气，白天都戴着灰色的、冷冰冰的面具，只有熟悉的人才能认出面具下面的条条小巷来。我怎么找也没找到那条小巷。我又失望又疲惫地回到住处，脑子里总也摆脱不了那种种图像，不知是妄想中的还是回忆中的那些图像。

我乘坐的火车晚上九点开。我怀着遗憾的心情离开这座城市。挑夫扛起我的行李，在我前面朝车站走去。在一个十字路口，突然有什么东西使我转过头来：我认出了通向那座房子去的那条横着的小巷。我让挑夫等一下，就走过去再朝那条烟花巷看了一眼，挑夫先是有点吃惊，随后就调皮而会心地笑了。

巷子里黑黑的，同昨天一样，在淡淡的月光下我看见那座房子的玻璃门在闪闪发亮。我还想再走近一点，这时黑暗中出来一个身影，发出簌簌的声响，我感到不寒而栗。我认出了那个人，他正蹲在门槛上向我招手。我想走近一点，但是我心里发怵，所以赶紧逃走，怕被缠在这里，误了火车。

但是，后来在拐角处我正要转身时，又回头望了望。我的目光与他相遇时，他猛地一使劲，站了起来，朝大门撞去。他手里金属的亮光一闪，因为这时他飞快地打开了门，我从远处看不清他手里拿的到底是金币还是刀子，反正在月色中他手指缝里有亮晶晶的闪光……

（韩耀成 译）

# 一个陌生女人的来信

著名小说家 R 到山上去休息了三天，今天一清早就回到维也纳。他在车站上买了一份报纸，刚刚瞥了一眼报上的日期，就记起今天是他的生日。他马上想到，已经四十一岁了。他对此并不感到高兴，也没觉得难过。他漫不经心地窸窸窣窣翻了一会儿报纸，便叫了一辆小汽车回到寓所。仆人告诉他，在他外出期间曾有两个人来访，还有他的几个电话，随后便把积攒的信件用盘子端来交给他。他随随便便地看了看，有几封信的寄信人引起他的兴趣，他就把信封拆开；有一封信的字迹很陌生，写了厚厚一沓，他就先把它推在一边。这时茶端来了，于是他就舒舒服服地往安乐椅上一靠，再次翻了翻报纸和几份印刷品，然后点上一支雪茄，这才拿起方才搁下的那封信。

这封信约莫有二十多页，是个陌生女人的笔迹，写得龙飞凤舞，潦潦草草，与其说是封信，还不如说是份手稿。他不由自主地再次把信封捏了捏，看看有什么附件落在里面没有，但是信封里是空的。无论信封上还是信纸上都没有寄信人的地址，也没有签名。“奇怪。”他想，又把信拿在手里。“你，与我素昧平生的你！”信的上头写了这句话作为称呼，作为标题。他的目光十分惊讶地停住了：这是指的他，还是指的一位臆想的主人公呢？突然，他的好奇心大发，开始念道：

我的孩子昨天去世了——为挽救这个幼小娇嫩的生命，我同死神足足搏斗了三天三夜，他得了流感，可怜的身子烧得滚烫，我在他床边坐了四十个小时。我用冷水浸过的毛巾，敷在他烧得灼手的额头上。白天黑夜都握着他那双抽搐的小手。第三天晚上我全垮了。我的眼睛再也抬不起来了，眼皮合上了，连我自己也不知道。我在硬椅子上坐着睡了三四个小时，就在这中间，死神夺去了他的生命。这逗人喜爱的可怜的孩子，此刻就在那儿躺着，躺在他自己的小床上，就和他死的时候一样，只是把他的眼睛，把他那聪明的黑眼睛合上了，把他的两只手交叉着放在白衬衫上，床的四个角上高高点燃着四支蜡烛。我不敢看一下，也不敢动一动，因为烛光一晃，他脸上和紧闭的嘴上就影影绰绰的，看起来就仿佛他的面颊在蠕动，我就会以为他没有死，以为他还会醒来，还会用他银铃似的声音对我说些甜蜜而稚气的话语。但是我知道，他死了，我不愿意再往床上看，以免再次怀着希望，也免得再次失望。我知道，我知道，我的孩子昨天死了——在这个世界上我现在只有你，只有你了，而你对我却一无所知，此刻你完全感觉不到，正在嬉戏取闹，或者正在跟什么人寻欢作乐、调情狎昵呢。我现在只有你，只有与我素昧平生的你，我始终爱着的你。

我拿了第五支蜡烛放在这里的桌子上，我就在这张桌上给你写信。因为我不能孤零零地一个人守着我那死去的孩子，而不倾诉我的衷肠。在这可怕的时刻要是我不对你诉说，那该对谁去诉说！你过去是我的一切，现在也是我的一切！也许我无法跟你完全讲清楚，也许你不了解我——我的脑袋现在沉甸甸的，太阳穴不停地在抽搐，像有槌子在擂打，四肢感到酸痛。我想，我发烧了，说不定也染上了流感。现在流感挨家挨户地蔓延，这倒好，这下我可以跟我的孩子一起去了，也省得我自己来了结我的残生。有时我眼前一片漆黑，也许这封信我都写不完——但是我要振作起全部精力，来向你诉说一次，只诉说这一次，你，我的亲爱的，与我素昧平生的你。

我想同你单独谈谈，第一次把一切都告诉你，向你倾吐；我的整个一生都要让你知道，我的一生始终都是属于你的，而对我的一生你却始终毫无所知。可是只有当我死了，你再也不用答复我了，现在我的四肢忽冷忽热，如果这病魔真正意味着我生命的终结，这时我才让你知道我的秘密。假如我会活下来，那我就要把这封信撕掉。并且像我过去一直把它埋在心里一样，我将继续保持沉默。但是如果你手里拿到了这封信，那么你就知道，那是一个已经死了的女人在这里向你诉说她的一生，诉说她那属于你的一生，从她开始懂事的时候起，一直到她生命的最后一刻。作为一个死者，她再也无所求了，她不要求爱情，也不要求怜悯和慰藉。我要求你的只有一件事，那就是请你相信我这颗痛苦的心匆匆向你吐露的一切。请你相信我讲的一切，我要求你的就只有这一件事：一个人在其独生子去世的时刻是不会说谎的。

我要向你吐露我的整个的一生，我的一生确实是从我认识你的那一天才开始的。在此之前我的生活郁郁寡欢、杂乱无章，它像一个蒙着灰尘、布满蛛网、散发着霉味的地窖，对它里面的人和事，我的心里早已忘却。你来的时候，我十三岁，就住在你现在住的那所房子里，现在你就在这所房子里，手里拿着这封信——我生命的最后一丝气息。我也住在那层楼上，正好在你对门。你一定记不得我们了，记不得那个贫苦的会计师的寡妇（她总是穿着孝服）和那个尚未完全发育的瘦小的孩子了——我们深居简出，不声不响地过着我们小市民的穷酸生活——你或许从来没有听到过我们的名字，因为我们房间的门上没有挂牌子，没有人来，也没有人来打听我们。何况事情已经过去很久了，过了十五六年了，不，你一定什么也不知道，我亲爱的，可是我呢，啊，我激情满怀地想起了每一件事，我第一次听说你，第一次见到你的那一天，不，是那一刻，我现在还记得很清楚，仿佛是今天的事。我怎么会不记得呢，因为对我来说世界从那时才开始。请耐心，亲爱的，我要向你从头诉说这一切，我求你听我谈一刻钟，不要疲倦，我爱了你一辈子也没有感到疲倦啊！

你搬进我们这所房子来以前，你的屋子里住的那家人又丑又凶，又爱吵架。他们自己穷困潦倒，但却最恨邻居的贫困，也就是恨我们的穷困，因为我们不愿跟他们那种破落无产阶级的粗野行为沆瀣一气。这家男人是个酒鬼，常打老婆；哐啷哐啷摔椅子、砸盘子的响声常常在半夜里把我们吵醒。有一回那女人被打得头破血流，披头散发地逃到楼梯上，那个喝得酩酊大醉的男人跟在她后面狂呼乱叫，直到大家都从屋里出来，警告那汉子，再这么闹就要去叫警察了，这场戏才算收场。我母亲一开始就避免和这家人有任何交往，也不让我跟他们的孩子说话，为此，这帮孩子一有机会就对我进行报复。要是他们在街上碰见我，就跟在我后边喊脏话，有一回还用硬实的雪球砸我，打得我额头上鲜血直流。全楼的人大家都本能地恨这家人。突然有一次出了事——我想，那汉子因为偷东西给逮走了——那女人不得不收拾起她那点七零八碎的东西搬走，这下我们大家都松了口气。楼门口的墙上贴出了出租房间的条子，贴了几天就拿掉了，消息很快从清洁工那儿传开，说是一位作家，一位文静的单身先生租了这套房间。那时我第一次听到你的名字。

这套房间给原住户弄得油腻不堪，几天之后油漆工、粉刷工、清洁工、裱糊匠就来拾掇房间了，敲敲锤锤，又拖地、又刮墙，但我母亲对此倒很满意，她说，这下对门又脏又乱的那一家终于走了。而你本人在搬来的时候我还没有见到你的面：全部搬家工作都由你的仆人照料，那个个子矮小、神情严肃、头发灰白的管事的仆人，他轻声细语地、一板一眼地以居高临下的神气指挥着一切。他使我们大家都很感动。首先，因为一位管事的仆人在我们这所郊区楼房里，是件很新奇的事；其次，他对所有的人都非常客气，但并不因此而降格把自己等同于一个普通仆人，和他们好朋友似的山南海北地谈天。从第一天起他就把我母亲看作太太，恭恭敬敬地向她打招呼，甚至对我这个丑丫头，也总是既亲切又严肃。每逢他提到你的名字，他总带着某种崇敬，带着一种特殊的尊敬——大家马上就看出，他对你的关心远远超出了普通仆人的程度。为此我多么喜欢他、多么喜欢这个善良的老约翰啊！虽然我忌妒他时时可以在你身边侍候你。

我把一切都告诉你，亲爱的，把所有这些鸡毛蒜皮的、简直是可笑的小事都告诉你，为的是让你了解，从一开始你对我这个又腼腆、又胆怯的孩子就具有那样的魔力。在你本人还没有闯入我的生活之前，你身上就围上了一圈灵光，一道富贵、奇特和神秘的光华——我们所有住在这幢郊区小楼里的人（这些生活天地非常狭小的人，对自己门前发生的一切新鲜事总是十分好奇的），都在焦躁地等着你搬进来。一天下午放学回家，看到楼前停着搬家具的车，这时对你的好奇心才在我心里猛增。家具大都是笨重的大件，搬运工已经抬到楼上去了，现在正在把零星小件拿上去；我站在门口望着，对一切都感到很惊奇，因为你所有的东西都那样稀奇，我还从来没有见过；有印度神像、意大利雕塑、色彩鲜艳的巨幅绘画，最后是书，那么多、那么好看的书，以前我连想都没有想到过。这些书都堆在门口，仆人在那里一本本拿起来用小棍和掸帚仔仔细细地掸掉书上的灰尘。我好奇地围着那越堆越高的书堆蹑手蹑脚地走着，你的仆人并没有叫我走开，但也没有鼓励我待在那里，所以我一本书也不敢碰，虽然我很想摸一摸有些书的软皮封面。我只好从旁边怯生生地看看书名：有法文书、英文书，还有些书的文字我不认识。我想，我会看上几个小时的。这时我母亲把我叫进去了。

整个晚上我都没法儿不想你，而这还是在我认识你之前呀。我自己只有十来本便宜的、破硬纸板装订的书，这几本书我爱不释手，一读再读。这时我在冥思苦索：这个人会是什么样子呢？有那么多漂亮的书，而且都看过了，还懂得所有这些文字，他还那么有钱，同时又那么有学问。想到那么多书，我心里就滋生起一种超脱凡俗的敬畏之情。我在心里设想着你的模样：你是个老人，戴了副眼镜，留着长长的白胡子，有点像我们的地理教员，只是善良得多，漂亮得多，温和得多——我不知道，为什么我那时就肯定你是漂亮的，因为当时我还把你想象成一个老人呢。就在那天夜里，我还不认识你，我就第一次梦见了你。

第二天你搬来了，但是无论我怎么窥伺，还是没能见你的面——这又更加激起了我的好奇心。终于在第三天我看见了你，真是万万没有想到，你完全是另一副模样，和我孩子气的想象中的天父般的形象毫无共同之处。我梦见的是一位戴眼镜的慈祥的老人，现在你来了——你，你的样子还是和今天一样，你，岁月不知不觉地在你身上流逝，但你却丝毫没有变化！你穿了一件浅灰色的迷人的运动服，上楼梯的时候总是以你那种无比轻快的、孩子般的姿态，老是一步跨两级。你手里拿着帽子，我以无法描述的惊讶望着你那表情生动的脸，脸上显得英姿勃发，一头秀美光泽的头发：真的，我惊讶得吓了一跳，你是多么年轻、多么漂亮、多么修长笔挺、多么标致潇洒。这事不是很奇怪吗？在这第一秒钟里，我就十分清楚地感觉到，你是非常独特的，我和所有别的人都意想不到地在你身上一再感觉到，你是一个具有双重人格的人，是个热情洋溢、逍遥自在、沉湎于玩乐和寻花问柳的年轻人，同时你在事业上又是一个十分严肃、责任心强、学识渊博、修养有素的人。我无意中感觉到后来每个人都在你身上感觉到的印象，那就是你过着一种双重生活，它既有光明的、公开面向世界的一面，也有阴暗的、只有你一人知道的一面——这个最最隐蔽的两面性，你一生的秘密，我，这个着了魔似的被你吸引住的十三岁的姑娘，第一眼就感觉到了。

现在你明白了吧，亲爱的，当时对我这个孩子来说，你是一个多大的奇迹，一个多么诱人的谜呀！一个大家对他怀着敬畏的人，因为他写过书，因为他在那另一个大世界里颇有名气，现在突然发现他是个英俊潇洒，像孩子一样快乐的二十五岁的年轻人！我还要对你说吗？从今天起，在我们这所楼里，在我整个可怜的儿童天地里，没有什么比你更使我感兴趣的了。我把一个十三岁的姑娘的全部强劲，全部缠住不放的执拗劲一股脑儿都用来窥视你的生活，窥视你的起居了。我观察你，观察你的习惯，观察到你这儿来的人，这一切非但没有减少，反而更增加了我对你本人的好奇心，因为来看望你的客人形形色色，三教九流，这就反映了你性格上的两重性。到你这里来的有年轻人，你的同学，一帮衣衫褴褛的大学生，你跟他们有说有笑，忘乎所以；有时又有一些坐小汽车来的太太；有一回歌剧院的经理、那位伟大的乐队指挥来了，过去我只是怀着崇敬的心情远远地见到过他站在乐谱架前；到你这里来的人再就是些还在商业学校上学的小姑娘，她们扭扭捏捏地倏地一下就溜进了门去。总而言之，来的人里女人很多，很多。这一方面我没有什么特别的想法，就是一天早晨我去上学的时候，看见一位太太头上蒙着面纱从你屋里出来，我也并不觉得这有什么特别——我才十三岁呀，我以狂热的好奇心来探听和窥伺你的行动，孩子的心目中还并不知道，这种好奇心已经是爱情了。

但是，我亲爱的，那一天，那一刻，我整个地、永远地爱上你的那一天、那一刻，现在我还记得清清楚楚。我和一个女同学散了一会儿步，就站在大门口闲聊。这时开来一辆小汽车，车一停，你就以你那焦躁、敏捷的姿态——这姿态至今还使我对你倾心——从踏板上跳了下来，要进门去。一种下意识逼着自己为你打开了门，这样我就挡了你的道，我们两个人差点撞个满怀，你以那种温暖、柔和、多情的眼光望着我，这眼光就像是脉脉含情的表示，你还向我微微一笑——是的，我不能说是别的，只好说：向我脉脉含情地微微一笑，并用一种极轻的、几乎是亲昵的声音说："多谢啦，小姐！"

事情的经过就是这样，亲爱的；可是从此刻起，从我感到了那柔和的、脉脉含情的目光以来，我就属于你了。后来不久我就知道，对每个从你身边走过的女人，对每个卖给你东西的女店员，对每个给你开门的侍女，你一概投以你那拥抱式的、具有吸引力的、既脉脉含情又撩人销魂的目光，你那天生的诱惑者的目光。我还知道，在你身上这目光并不是有意识地表示心仪和爱慕，而是因为你对女人所表现的脉脉含情，所以你看她们的时候，不知不觉之中就使你的眼光变得柔和而温暖了。但是我这个十三岁的孩子却对此毫无所感：我心里像团烈火在燃烧。我以为你的柔情只是给我的，只是给我一人的，在这瞬间，我这个尚未成年的丫头的心里，已经感到是个女人，而这个女人永远属于你了。

"这个人是谁？"我的女友问道。我不能马上回答她。我不能把你的名字说出来：就在这一秒钟里，这唯一的一秒钟里，我觉得你的名字是神圣的，它成了我的秘密。"噢，一位先生，住在我们这座楼里。”我结结巴巴、笨嘴拙舌地说。“那他看你的时候你干吗要脸红啊？”我的女朋友使出了一个爱打听的孩子的全部恶毒劲冷嘲热讽地说。正因为我感到她的嘲讽触到了我的秘密，血就一下子升到我的脸颊，感到更加火烧火燎。我狼狈之至，态度变得甚为粗鲁。“傻丫头！”我气冲冲地说。我真恨不得把她勒死。但是她却笑得更响，嘲弄得更加厉害，直到我感到盛怒之下泪水都流下来了。我就把她甩下，独自跑上楼去。

从这一秒钟起，我就爱上了你。我知道，许多女人对你这个宠惯了的人常常说这句话。但是我相信，没有一个女人像我这样盲目地、忘我地爱过你，我对你永远忠贞不渝，因为世界上任何东西都比不上孩子暗地里悄悄所怀的爱情，因为这种爱情如此希望渺茫，曲意逢迎，卑躬屈节，低声下气，热情奔放，它与成年妇女那种欲火中烧的、本能地挑逗性的爱情并不一样。只有孤独的孩子才能将他们的全部热情集中起来：其余的人在社交活动中滥用自己的感情，在卿卿我我中把自己的感情消磨殆尽，他们听说过很多关于爱情的事，读过许多关于爱情的书。他们知道，爱情是人们的共同命运。他们玩弄爱情，就像玩弄一个玩具，他们夸耀爱情，就像男孩子夸耀他们抽了第一支香烟。但是我，我没有一个可以向他诉说我的心事的人，没有人开导我，没有人告诫我，我没有人生阅历，什么也不懂：我一下栽进了我的命运之中，就像跌入万丈深渊。在我心里生长、竞放的就只有你，我在梦里见到你，把你当作知音：我父亲早就故世了，我母亲总是郁郁寡欢、悲悲戚戚，她靠吃养老金过活，生性怯懦，掉片树叶还生怕砸了脑袋，所以我和她并不十分相投；那些开始沾上了行为不端这坏毛病的女同学又使我感到厌恶，因为她们轻佻地玩弄那在我心目中视为最高的激情的东西——因此我把原先散乱的全部激情，把我那颗压缩在一起而一再急不可待地想喷涌出来的整个心都一股脑儿向你掷去。在我的心里你就是——我该怎么对你说呢？任何比喻都不为过分——你就是一切，是我整个生命。人间万物所以存在，只是因为都和你有关系，我生活中的一切，只有和你相连才有意义。你使我整个生活变了个样。原先我在学校里学习并不太认真，成绩也是中等，现在突然成了第一名，我读了上千本书，往往每天读到深夜，因为我知道，你是喜欢书的；突然我以有点近乎顽固的劲头坚持不懈地练起钢琴来了，使我母亲大为惊讶，因为我想，你是喜欢音乐的。我把自己的衣服刷得干干净净，缝得整整齐齐，好在你面前显得干净利索，让你喜欢；我那条旧学生裙（是我母亲的一件家常便服改的）的左侧打了一个四方的补丁，我感到难看极了。我怕你会看见这个补丁，因而瞧不起我，所以我上楼的时候，总是把书包压在那个补丁上，我吓得直哆嗦，生怕被你看出来。但是这是多傻啊：你后来再也没有，几乎是再也没有看过我一眼。

再说我，我整天都在等着你，窥伺你的行踪，除此之外可以说是什么也没做。我们家的门上有一个小小的黄铜窥视孔，从这个小圆孔里可以看到对面你的房门。这个窥视孔——不，别笑我，亲爱的，就是今天，就是今天，我对那些时刻也并不感到羞愧！这个窥视孔是我张望世界的眼睛，那几个月，那几年，我手里拿了本书，整个下午整个下午地坐在那里，坐在前屋里恭候你，生怕妈妈疑心，我的心像琴弦一样绷得紧紧的，你一出现，它就不住地奏鸣。我时刻为了你，时刻处于紧张和激动之中，可是你对此却毫无感觉，就像你对口袋里装着的绷得紧紧的怀表的发条没有一丝感觉一样。怀表的发条耐心地在暗中数着你的钟点，量着你的时间，用听不见的心跳伴着你的行踪，而在它嘀嗒嘀嗒的几百万秒之中，你只有一次向它匆匆瞥了一眼。我知道你的一切，了解你的每一个习惯，认得你的每一条领带、每一件衣服，不久就认识并且能够一个个区分你那些朋友，还把他们分成我喜欢的和我讨厌的两类：我从十三岁到十六岁，每一小时都是生活在你的身上的。啊，我干了多少傻事！我去吻你的手摸过的门把手，捡了一个你进门之前扔掉的雪茄烟头，在我心目中它是神圣的，因为你的嘴唇在上面接触过。晚上我上百次借故跑到下面的胡同里，去看看你那一间屋子亮着灯，这样虽然看不见你，但是清清楚楚地感觉到你在那里。你出门去的那几个星期——我每次见那善良的约翰把你的黄旅行袋提下楼去，我的心便吓得停止了跳动——那几个星期我活着像死了一样，毫无意义。我满脸愁云，百无聊赖，茫然若失，不过我得时时小心，别让母亲从我哭肿了的眼睛上看出我心头的绝望。

我知道，我现在告诉你的，全是些怪可笑的感情波澜，孩子气的蠢事。我该为这些事而害臊，但是我并不感到羞愧，因为我对你的爱情从来没有像在这种天真的激情中更为纯洁、更为热烈的了。我可以对你说上几小时，说上好几天，告诉你，我当时是怎么同你一起生活的，而你呢，连我的面貌还不认识，因为每当我在楼梯上碰到你，而又躲不开的时候，由于怕你那灼人的眼光，我就低头打你身边跑走，就像一个人为了不被烈火烧着，而纵身跳进水里一样。我可以对你说上几小时，说上好几天，告诉你那些你早已忘怀的岁月，给你展开你生活的全部日历；但是我不愿使你厌倦，不愿折磨你。我要讲给你听的，只有我童年时期最最美好的那次经历，我请你不要嘲笑我，因为这是一件微乎其微的小事，但是对我这个孩子来说，这可是件天大的大事。一定是个星期天。你出门去了，你的仆人打开房门，把那几条他已经拍打干净的、沉重的地毯拽进屋去。他，这个好人，干得非常吃力，我一时胆大包天，走到他跟前，问他要不要我帮他一把。他很惊讶，但还是让我帮了他，这样我就看见了你的寓所的内部，你的天地，你常常坐的书桌，桌上的一个蓝水晶花瓶里插着几朵鲜花，看见了你的柜子、你的画、你的书——我只能告诉你，我当时怀着多么大的崇敬，甚至虔诚的仰慕之情啊！对你的生活我只是匆匆地偷望了一眼，因为约翰，你那忠实的仆人，是一定不会让我仔细观看的，可是就是这么看了一眼，我就把整个气氛吸进了胸里，这就有了入梦的营养，就能无休止地梦见你，无论醒着还是睡着。

这，这飞快的一分钟，它是我童年时代最最幸福的时刻。我要把这时刻讲给你听，好让你这个并不认识我的人终于能开始感觉到有一个生命在依恋着你，并为你而消殒。这个最最幸福的时刻我要告诉你，还有那个时刻，那个最最可怕的时刻也要告诉你，可惜这两个时刻是互相紧挨着的。为了你的缘故——我刚才已经对你说过——我把一切都忘掉了，我没有注意我的母亲，对任何人都不关心。我没有注意到，一位年纪稍长的先生，一位因斯布鲁克的商人，我母亲的远亲，常常到我们家里来，每回都待得很久，是的，这倒使我感到很高兴，因为他有时带我母亲去看戏，这样我便可以独自待在家里，想着你，守候着你，这可是我的最大最大的、我的唯一的幸福！一天，母亲郑重其事地把我叫到她房间里，说要跟我一本正经地谈一谈。我的脸都吓白了，听到自己的心突然怦怦直跳：她会不会感觉到什么，看出了什么苗头？我马上想到的就是你，就是这个秘密，这个把我和世界联系在一起的秘密。但是妈妈自己却感到不好意思，她温柔地吻了我一两下（她平素是从来不吻我的），把我拉到沙发上挨她坐着，然后吞吞吐吐、羞怯地开始说，她的亲戚是个鳏夫，向她求婚，而她呢，主要是为了我，就决定答应他的要求。一股热血涌到我的心头：我内心里只有一个念头，我的全部心思都在你的身上。“我们还住在这儿吧？”我结结巴巴地勉强说出这句话来。“不，我们要搬到因斯布鲁克去，斐迪南在那里有座漂亮的别墅。”别的话我什么也没有听见。我觉得眼前发黑。后来我知道，当时我晕倒了；我听见母亲对等候在门后的继父悄声说话，我突然伸开双手往后一仰，随后就像块铅似的摔倒了。以后几天里发生的事情，我，一个不能自己做主的孩子，是如何反抗她那说一不二的意志的，这些我都无法向你描述了：就是现在，一想到这件事，我正在写信的手还发抖呢。我真正的秘密是不能泄露的，因此我的反抗就显得纯粹是耍牛脾气，故意作对，成心别扭。谁也不再跟我说了，一切都在暗地里进行。他们利用我上学的时间搬运行李；等我回到家里，总是不是少了这样，就是卖了那件。我看着我们的屋子，我的生活变得零落了，有一次我回家吃午饭的时候，搬家具的人正在包装东西，把什么都搬走了。空空荡荡的屋子里放着收拾好了的箱子，以及母亲和我各人一张行军床：我们还要在这里睡一夜，最后一夜，明天就动身到因斯布鲁克去。

在这最后的一天，我怀着一种突然的果断心情感觉到，没有你在身边，我是不能活的。除了你，我想不出别的什么解救办法。我当时心里是怎么想的，在那绝望的时刻我究竟能不能头脑清楚地进行思考，这些我永远也说不出来，可是我突然站了起来，身上穿着学生装——我母亲不在家——走到对门你那里去。不，我不是走去的：我两腿发僵，全身哆嗦着，被一种磁石一般的力量吸到你的门口。我已经对你说过，我自己也不知道，我想干什么：跪在你的脚下，求你收留我做个女仆、做个奴隶，我怕你会对一个十五岁姑娘的这种纯真无邪的狂热感到好笑的，但是——亲爱的，要是你知道，我当时如何站在冰冷的楼道里，由于恐惧而全身僵硬，可是又被一种捉摸不到的力量推着朝前走；我又是如何把我的胳膊，那颤抖着的胳膊，可以说是硬从自己身上扯开，抬起手来——这场搏斗虽只经历了可怕的几秒钟，但却像是永恒的——用手指去按你门铃的电钮，要是你知道了这一切，你就不会再笑了。那刺耳的铃声至今还在我的耳朵里回响，随之而来的是沉寂，之后——这时我的心脏停止了跳动，我全身的血液凝固了——我只是竖起耳朵听着，你是不是来开门。

但是你没有来。谁也没有来。那天下午你显然出去了，约翰可能是为你办事去了；于是我就蹒跚地——单调刺耳的门铃声还在我的耳边震响——回到我们满目凄凉、空空如也的屋子里，筋疲力尽地一头倒在一条花呢旅行毯上，这四步路走得我疲乏之至，仿佛在深深的雪地里走了好几个小时似的，虽然疲惫不堪，可是在他们把我拉走之前我要见到你、跟你说话的决心依然在燃烧，并未熄灭。我向你发誓，这里面并没有一丝情欲的念头，我当时还不懂，除了你之外，我什么都不想：我只想见到你，只还想见一次，紧紧地抱着你。于是整整一夜，这漫长的、可怕的整整一夜，亲爱的，我都在等待着你。母亲刚一上床睡着，我就蹑手蹑脚地溜到前屋里，侧耳倾听，你什么时候回家。整整一夜我都在等待着，而这可是一个冰冷的一月之夜啊！我疲惫不堪，四肢疼痛，想坐一坐，可是屋里连张椅子都没有了，于是我就平躺在冷冰冰的地板上，从房门底下的缝隙里嗖嗖地吹进股股寒风。我的衣服穿得很单薄，又没有拿毯子，躺在冰冷的地板上，浑身骨节缝里都感到刺痛；我倒是不想要暖和，生怕一暖和就会睡着，就听不到你的脚步声了。这是很难受的，我的两只脚痉挛了，紧紧蜷缩在一起，我的胳膊颤抖着：我只好一次又一次地站起来，在这漆黑的夜里，可真把人冻死了。但是我等待着，等待着，等待着你，宛如等待着我的命运。

终于——大概已经是凌晨两三点钟了吧——我听见下面开大门的声音，接着就有上楼梯的脚步声。顿时我身上的寒意全然消失，一股热流在我心头激荡，我轻轻地开了房门，准备冲到你面前，伏在你的脚上……啊，我真不知道，我这个傻姑娘当时会干出什么事来。脚步声越来越近。烛光忽闪忽闪地照到了楼上。我哆哆嗦嗦地握着房门的把手。来的人果真是你吗？

是，是你，亲爱的——但你不是独自一人。我听到一阵挑逗性的轻笑，绸衣服拖在地上发出的窸窣声和你低声细语的说话声——你是带了一个女人回家来的……

我不知道，我是如何挨过这一夜的。第二天早晨八点钟，他们就把我拖往因斯布鲁克。我已经没有一丝力气来反抗了。

我的孩子已在昨天夜里去世了——如果我当真还要继续活下去的话，那我又将是孤苦伶仃的一个人了。明天要来人了，那些陌生的、黑炭似的大个儿笨汉子，他们将抬一口棺材来，收殓我那可怜的、我那唯一的孩子。也许朋友们也会来，送来花圈，但是鲜花放在棺材上又顶什么用？他们会来安慰我，对我说几句，说几句话，但是他们又能帮得了我些什么呢？我知道，这以后我又是孤零零一个人了。再也没有什么东西比在人群之中感到孤独更可怕的了。这一点我那时就体会到了。在因斯布鲁克度过的没有尽头的两年岁月里，即从我十六岁到十八岁的时候，像个囚犯，像个被摈弃的人似的生活在家里的两年时间里，就体会到了这一点。继父是个生性平和、寡言少语的人，对我很好；我母亲好像为了弥补她无意之中所犯的过失，所以对我的一切要求总是全部给予满足，年轻人围着我献殷勤，但是我都斩钉截铁地对他们一概加以拒绝。不和你在一起，我就不想幸福地、惬意地生活，我把自己埋进一个晦暗的、寂寞的世界里，自己折磨自己。他们给我买的新花衣服我不穿，我不肯去听音乐会，不肯去看戏，或者跟大家一起兴高采烈地去郊游。我几乎连胡同都不出：你会相信吗，亲爱的，我在这座小城里住了两年，认识的街道还不上十条？我悲伤，我要悲伤，看不见你，我就强迫自己过着清淡的生活，并且还以此为乐。再有，我怀着一股热情，只希望生活在你的心里，我不愿让别的事情来转移这种热情。我独自一人坐在家里，一坐就是几小时，就是一整天，什么也不做，只是想着你，一次一次地、反反复复地重温对你的数百件细小的回忆，每次见你啦，每次等你啦，就像在剧院里似的，让这些细小的插曲一幕幕从我的心里闪过。因为我把往日的每一秒钟都回味了无数次，因此我的整个童年时期还都历历在目，那些逝去的岁月的每一分钟我都感到如此灼热和新鲜，仿佛是昨天在我身上发生的事。

那时我的整个身心全都用在了你的身上。你写的书我全都买了，要是报上登有你的名字，那这天就像节日一样。你相信吗？你的书里每一行我都能背下来，我一遍又一遍地把你的书读得滚瓜烂熟。要是有人半夜里把我从睡梦中叫醒，从你的书里抽出一行来念给我听，今天，隔了十三年，今天我还能接着念下去，就像在梦里一样：你的每一句话，对我来说都是福音书和祷告文。整个世界，只是和你有关，它才存在；我在维也纳的报纸上翻阅音乐会和首演的广告，心里只有一个想法，那就是哪些演出会使你感兴趣；一到黄昏，我就在远方陪伴着你：现在他进了剧场大厅，现在他坐下来了。这事我梦见过千百次，因为我曾经有一次，唯一的一次，在一次音乐会上见过你。

可是我说这些干什么呢？说一个被遗弃的孩子的这些疯狂的、自己糟蹋自己的，这些如此悲惨、如此绝望的狂热干什么呢？把这些告诉一个对此一无所感、毫无所知的人干什么呢？那时我不确实还是个孩子吗？我长到十七岁，十八岁了——年轻人开始在街上转过头来看我了，可是他们只能使我火冒三丈。因为想着和别人，而不是和你谈恋爱，即使只是拿恋爱开个玩笑，我也觉得简直是闻所未闻、难以理解的，在我看来，受勾引本身就已经犯了罪。我对你的激情始终犹如当年，只是随着我身体的发育和性欲的萌发而变得更加炽烈、更加肉感、更加女性罢了。当时在那个女孩子、那个去按你的门铃的女孩子的朦胧的意识中没能预感到的东西，现在成了我的唯一的思想：把自己献给你，完全委身于你。

我周围的人认为我腼腆，都说我怕羞（我紧咬牙关，关于我的秘密，一个字也不露出来），但是在我心里却滋长了钢铁般的意志。我的全部心思都集中在一点上：回到维也纳，回到你的身边去。我费了好大的劲，终于实现了自己的愿望，在别人看来，我的这个愿望也许是荒谬的，不可理解的。我的继父颇有资财，他把我当作他的亲生女儿。我直闹着要自己挣钱来养活自己，后来终于达到了这个目的。我来到维也纳的一个亲戚家，在一家服装店里当职员。

在一个雾蒙蒙的秋日，我终于，终于来到了维也纳！难道还要我告诉你，我到维也纳以后第一程路是往哪儿去的吗？我把箱子存放在火车站，跳上一辆电车——我觉得电车开得太慢了，每停一站都使我感到恼火——一直奔到那座楼房前面。你的窗户亮着灯，我的整个心灵发出了动听的声音。这座城市，这座曾经如此陌生、如此毫无意义地在我四周喧嚣嘈杂的城市，现在才有了生气，我现在才重新复活，因为我感觉到你就在近旁，你，我那永恒的梦。我并没有感觉到，无论隔着多少峡谷、高山、河流，或是在你和我闪着喜悦光芒的目光之间只隔着一层透明的薄玻璃，我对于你的意识来说，实际上都是一样遥远的。我抬头仰望，仰望：这儿有灯光，这儿是楼房，你就在这儿，这儿就是我的世界。对于这一时刻，我已经做了两年的梦了，现在总算赐给了我，这个漫长的、柔和的、云遮雾漫的夜晚，我在你的窗前站了很久，直到你房里的灯熄灭以后，我才去寻找我的住处。

这以后，我每天晚上都这样站在你的房前。我在店里干活一直干到六点钟才结束，活计很重、很累，但我很喜欢，因为工作很杂乱，我对自己内心的不宁也就不那么感到痛楚了。等到卷帘式铁百叶窗在我身后哐当一声落了下来，我就直奔我心爱的目的地。只要看你一眼，只想碰见你一次，只想用我的目光远远地再次抚摩你的脸庞——这就是我唯一的心愿。大约一个星期之后，我终于遇见了你，而且恰恰在我没有预料到的那一瞬间：我正抬头朝你的窗户张望的时候，你横穿马路过来了。突然，我又变成了那个小姑娘，那个十三岁的小姑娘，我感到热血涌上我的面颊；违背我渴望看见你的眼睛的内心冲动，我下意识地低下了头，像是有人在追我似的，从你身边一溜烟似的跑了过去。后来我为自己这种女学生似的胆怯的逃遁而感到羞愧，因为现在我的目的是一清二楚的：我想遇见你，我在找你，过了那么多渴望的、难熬的岁月，我希望你能认出我来，希望你注意到我，希望你爱上我。

但是你好长时间都没有注意到我，虽然每天晚上，无论是纷飞的大雪，还是维也纳凛冽刺骨的寒风，我都站在你那条胡同里，我往往白等几小时，有时候等了半天以后，你终于在朋友的陪伴下从屋里走了出来，有两次我还看见你和女人在一起。当我看见一位陌生女人同你紧挽胳膊一起走的时候，我感觉到了自己的成人意识，我的心突然颤了一下，把我的灵魂也撕裂了，这时我感觉到对你有一种新的、异样的感情。我并没有吃惊，我在儿童时代就已经知道女人是陪伴你的常客，可是现在却使我突然感到有种肉体上的痛苦，我心里那根感情之弦绷得紧紧的，对你跟另一个女人的这种明显的、肉体上的亲昵感到非常敌视，同时自己也很想得到。我当时有种孩子气的自尊心，也许今天也还保留着，所以一整天没有到你的屋子跟前去：但是这个抗拒和愤恨的空虚的夜晚是多么可怕呀！第二天晚上，我又低声下气地站在你的房子跟前，等呀等，就像我的整个命运，都站在你那关闭的生活之前似的。

一天晚上，你终于注意到我了。我已经看见你远远地过来了，我就振作起自己的意志，别又躲开你。说也凑巧，有辆货车停在街上要卸货，因而把马路堵得很窄，你就只好紧挨着我的身边走过去。你那心不在焉的目光下意识地扫了我一眼，它刚遇到我全神贯注的目光，就立即变成了——回忆起心里的往事，使我猛然一惊——你那种勾引女人的目光，变成了那温存的、既脉脉含情又撩人销魂的、那拥抱式的、盯住不放的目光，这目光从前曾把我这个小姑娘唤醒，使我第一次成了女人，成了正在恋爱的女人。有一两秒钟之久，你的目光就这样凝视着我的目光，而我的目光却不能，也不愿意离开你的目光——随后你就从我身边走了过去。我的心怦怦直跳，我下意识地放慢了脚步，出于一种无法抑制的好奇心，我转过头来，看见你停住了，正在回头看我。从你好奇地、饶有兴趣地注视着我的神态里，我立刻就知道：你没有认出我来。

你没有认出我来，那时候没有，永远，你永远也没有认出我来。亲爱的，我怎么来向你描述那一瞬间的失望呢——当时我是第一次遭受到没有被你认出来的命运啊，这种命运贯穿在我的一生中，并且还带着它离开人世；没有被你认出来，一直还没有被你认出来。我怎么来向你描述这种失望呢！因为你看，在因斯布鲁克的两年中，我时刻都想着你，什么也不做，只是想象我们在维也纳的第一次重逢，根据自己的情绪状态，做着最幸福的和最可怕的梦。如果可以这么说的话，一切我都在梦里想过了；在我心情阴郁的时候，我设想过，你会拒我于门外，你会鄙视我，因为我太卑微，太丑陋，太不顾羞耻。你各种各样的怨恨、冷酷、淡漠，这一切我在热烈的幻象中都经历过了——可是这一点，这最最可怕的一点，就是在我心情最阴郁、自卑感最严重的时候，也没有敢去考虑过：你根本丝毫没有注意到我的存在。今天我懂得了——啊，那是你教我懂得的！——少女和女人的脸在男人眼里一定是变化无常的，因为脸通常只是一面镜子，时而是热情的镜子，时而是天真烂漫的镜子，时而又是疲惫的镜子，镜子中的形象极易流逝，所以一个男人也就更加容易忘记一个女人的容貌，因为年龄就在这面镜子里带着光和影逐渐流逝，因为服装会把一个女人的脸一下打扮成这样，等会儿又变成那样。那些听天由命的人，她们才是真正的智者。可是当时我这个少女，我对你的健忘还不能理解，因为由于我自己毫无节制、时刻不停地想着你，所以就产生了一种幻景，以为你也一定常常想着我，在等着我；如果我知道，你的心里并没有我，压根儿连想都没有想过我，那我活着还有什么意思！你的目光使我清醒了，你的目光表示，你一点也不认识我了，关于你的生活和我的生活之间，你竟连一根蛛丝那样的些微记忆也没有了。面对这样的目光，我如梦初醒，第一次跌到了现实之中，第一次预感到了自己的命运。

你那时没有认出我来。两天以后我们又再次相遇，你的目光带着点亲昵的神情周身打量着我，这时你依旧没有认出我就是曾经爱过你的、是被你唤醒的那个姑娘，你只认出我是那个漂亮的、十八岁的姑娘，两天以前曾在同一地点同你迎面相逢。你亲切而惊讶地看着我，嘴角挂着一丝轻柔的微笑。你又从我的身边走过去，马上又放慢了脚步：我颤抖，我狂喜，我祈祷，但愿你来跟我打招呼。我感到，我第一次为你而充满了活力；我也放慢了脚步，没有躲开你。突然，我没有回头便感觉到你在我的身后，我知道，这回我可以第一次听到你对我说话的可爱的声音了。这种期待的心情几乎使我软瘫了，我担心自己可能不得不停下来，心里像有十五个吊桶，七上八下——这时你走到我旁边来了。你用你特有的那种轻松愉快的神情跟我攀谈，仿佛我们是早就认识的老朋友了——啊，你没有感觉出我这个人，你也从来没有感觉出我的生活——你跟我说话的神态是那么富有魅力，那么泰然自若，甚至我也能够跟你答话了。我们一起走了一条胡同，这时你问我，是否愿意一起去吃饭。我说："行。"我怎敢拒绝你呢？

我们一起在一家小饭馆里吃饭——你还记得这家饭馆在哪里吗？啊，不，你一定跟其他这样的晚餐分不清了，因为在你心目中，我算得了什么？只不过是数万个女人中的一个，许许多多不胜枚举的风流艳遇中的一桩罢了。你有什么好想起我来的：我说得很少，因为在你身边，听你跟我说话，我就感到无限幸福了。我不愿意由于一个问题、一句愚蠢的话而白白浪费一秒钟。我永远不会忘记感谢你的这个时刻，你的心里满满地盛着我的热情的崇敬，你的举止如此温存风雅，轻松愉快，识体知礼，毫无迫不及待的妄为，没有匆忙的谄媚讨好的表示，从第一个瞬间起，就亲切自重，如逢知己，即使并没有早就把自己的整个身心都献给你，那么单凭这一点，你也会赢得我的心的。啊，你可不知道，我傻乎乎地等了你五年，你没有使我失望。你简直使我高兴得忘乎所以了！

天已经很晚了，我们起身离去。走到饭馆门口，你问我是否忙着回家，是否还有点时间。我怎么能瞒着你，怎么能不告诉你我乐意听从你的意愿呢！我说，我还有时间。随后，你稍稍迟疑了一下，就问，我是否愿意上你那里去聊一会儿。"好啊！"我自然而然地脱口而出。随后我立即发现，你对我如此迅速的允诺，感到有点儿难堪或者高兴，反正显然感到十分意外。今天我明白了你的这种惊异：我知道，一个女人，即使她心里火烧火燎的，想委身于人，但是她们通常总要否认自己有这种打算。还要装出一副惊恐万状或者怒不可遏的样子，非等男人再三恳求，说一通弥天大谎，赌咒发誓和做出种种许诺，这才愿意平息下来。我知道，也许只有那些吃爱情饭的妓女，或是幼稚天真、年未及笄的小姑娘才会兴高采烈地满口答应那样的邀请。但是在我心里，这件事只不过是——你怎么能料想得到呢——化成了语言的心愿，千百个白天黑夜所凝聚、而现在突然迸发的相思而已。总之，当时你很吃一惊，我开始使你对我发生兴趣了。我觉察到，我们一起走的时候，你一边说着话，一边带着某种惊异的神情从侧面打量着我。你的感觉，你那对于一切人性的东西具有魔术般的十拿九稳的感觉，在这里你立即在这位漂亮的、柔顺的姑娘身上嗅出了一种不同寻常的东西，嗅出了一个秘密。于是，你好奇心大发，我觉察到，你想从一连串拐弯抹角的、试探性的问题着手，来摸清这个秘密。可是我避开了你：我宁可显得傻里傻气的样子，也不愿对你泄露我的秘密。

我们上楼到你屋里。请原谅，亲爱的，要是我对你说，你不可能明白，这楼道，这楼梯对我来说意味着什么，当时我的心里充满了何等样的陶醉，何等样的迷乱，何等样的疯狂、痛苦，几乎是致命的幸福啊！我现在想起这些，还不禁泪湿衣襟，然而我已经没有眼泪了。你想一想吧，那里每一件东西都好像渗透了我的激情，每一样东西都是我童年时代、是我的憧憬的象征：那大门，我在前面等过你千百次的大门；那楼梯，我在那里倾听你的脚步声，并在那儿第一次看见你的楼梯；那窥视孔，通过这个小孔我看得神魂颠倒；你房门口铺的小地毯，有次我曾在上面跪过；那钥匙的响声，每回一听到这声音，我总是从我潜伏的地方猛地一跃而起。我的整个童年，我的全部激情都寄托在这几平方米大的空间里了，我的生命就在这里，而现在命运像暴风雨似的降落到我的头上来了，因为一切，一切都如愿以偿了，我和你在一起走，我和你在你的、在我们的房子里走着。你想想吧——这话听起来毫无意思，可我不知道怎么用别的话来说——一直到你房门口为止，一切都是现实，都是一辈子沉闷的、日常的世界，从那儿起，孩子的仙境，阿拉丁[1]的王国就开始了；你想一想，这房门我曾急不可待地盯过千百回，如今我飘飘然地走了进去，你将会预料到——但仅仅是预料到，永远也不会完全知道，我亲爱的——这转瞬即逝的一分钟从我的生活里带走了什么。

那个晚上，我在你身边整整待了一夜。你可没有想到，在这以前还从来没有一个男人触摸过我，没有一个男人紧贴着或者看见过我的身子哩。但是亲爱的，你又怎么会想到呢，因为我对你毫没反抗，我压制了因羞怯而产生的忸怩，只是为了使你无法猜到我对你的爱情的秘密，要是你猜了出来，准会把你吓一大跳的——因为你喜欢的只是轻松自在，嬉戏玩耍。怡然自得，你生怕干预别人的命运。你喜欢对所有的女人，像蜜蜂采花似的对世界滥施爱情，而不愿做出任何牺牲。假如我现在对你说，亲爱的，我对你委身的时候还是个处女，那么我求求你：不要误解我！我不埋怨你，你并没有引诱我、欺骗我、勾引我——是我，是我自己硬凑到你跟前、投入你的怀抱、栽进自己的命运中去的。我永远，永远不会埋怨你，不，我只有永远感谢你，因为对我来说那一夜是极致的欢乐，闪光的喜悦，飘飘欲仙的幸福。那天夜里我一睁开眼，感到你在我的身边，总是感到奇怪，星星怎么没有

---

[1]　阿拉丁，《一千零一夜》中的人物。巫师叫阿拉丁从井里取出一盏神灯，只要把灯一蹭，立即就有一位神灵来到你的跟前，可以满足你的一切要求。阿拉丁发现这个秘密后，就拿走了这盏灯，并娶了一个公主为妻，巫师想了各种办法还是没有得到神灯。

在我头上闪烁，因为我真觉得自己到了天上了——不，我从来没有后悔，我亲爱的，从来没有因为那一刻而后悔。我还记得：你睡着了，我听见你的呼吸，贴着你的身子，感到自己挨你那么近，在黑暗中我流出了幸福的泪水。

第二天一大早我就急着要走。我得到店里去，也想在仆人来到之前就走，可不能让他看见。当我穿好衣服站在你面前，你就把我搂在怀里，久久端视着我；莫非在你心里激荡着某个模糊而遥远的回忆，或者你只是觉得我当时神采飞扬、容貌美丽呢？然后你在我嘴上吻了一下。我轻轻从你手里挣脱，想走掉。这时你问我："你带几朵花去，好吗？"我说好吧。你就在书桌上的蓝水晶花瓶里（啊，这只花瓶我是认识的，小时候我曾偷看过一眼）取出四朵洁白的玫瑰给了我。连着几天我还不住地吻着这几朵玫瑰哩。

我们事前约好在另一个晚上见面。我去了，那晚又是那么美妙。你还赐给了我第三夜。后来你就对我说，你要出门了——噢，我从小就恨你的这种旅行——你答应我，一回来就立即通知我。我给了你一个留局待取的地址——我不愿把我的姓名告诉你。我保守着自己的秘密。你又给了我几朵玫瑰作为临别纪念——作为临别纪念。

这两个月里我每天都去问……唉，算了，向你描述这种期待和绝望的极度痛苦干什么呢！我不埋怨你，我爱你，爱的就是这个你：感情炽烈，生性健忘，一见倾心，爱不忠诚。我爱你这个人就是这个样，只是这个样，你过去一直是这个样，现在还是这个样。你早就回来了，从你亮着灯的窗户我断定你回来了，你没有给我写信。在我生命的最后时刻，我也没有收到你的一行字，你的一行字，而我却把自己的生命都给了你。我等着，绝望地等着。你没有叫我，没有给我写一行字……没有写一行字……

我的孩子昨天死去了——他也是你的孩子呀。他也是你的孩子，亲爱的，这是那如胶似漆的三夜所凝结的孩子，这一点我向你发誓，人之将死，其言也真，我快踏上黄泉路了，是不会撒谎的。这是我们的孩子，我向你发誓，因为从我委身于你的那一刻起，到这孩子从我肚子里生出来这一段时间里，没有任何男人接触过我的身子。我的身子任你紧紧贴过之后，我就有了一种神圣的感觉：我怎么能把自己既给你又给别人呢？你是我的一切，而别人只不过是从我生命边上轻轻擦过的路人。他是我们的孩子，亲爱的，是我那专一不二的爱情和你那漫不经心的、毫不在乎的、几乎是无意识的柔情蜜意所凝成的孩子，他是我俩的孩子，我俩的儿子，我俩唯一的孩子。那么你一定要问——也许吓一大跳，也许只是不胜惊愕——那么你一定要问，我的亲爱的，问我在这么多年的漫长岁月里，为什么不把这个孩子告诉你，一直到今天他躺在这里，躺在这里的黑暗里的时候才谈到他，而此刻他已准备去了，永远不再回来了，永远不再回来了！可是我又怎么能告诉你关于孩子的事呢！我这个与你素昧平生的女人，我这个心甘情愿地跟你过了销魂荡魄的三夜，而且毫无反抗地甚至是渴求地向你敞开了自己心怀的陌生女人，对她你是永远也不会相信的，你永远不会相信，她这么个跟你短暂萍水相逢的无名女人，会对你这个不忠诚的男人忠贞不渝，你永远也不会毫无疑虑地承认这孩子是你的亲生骨肉！即使你觉得我的话蛮有道理，真假难分，你也不可能消除这种暗暗的怀疑：我很富有，为此你企图把你在另一次风流欢会时种下的这个孩子硬塞给我。这样你就会对我猜疑，在你和我之间就会产生一片阴影，一片飘浮不定、腼腆的怀疑的阴影。这我不愿意。再说，我了解你，非常了解你，比你对自己还了解得清楚，我知道，你这个人只喜欢爱情中无忧无虑，轻松自在，游戏玩耍，要是突然间成了父亲，突然间要对一个命运负责，那你一定会感到难堪而棘手的。你一定会觉得，好像我把你拴住了，而你这个人是只有在自由自在的情况下才能呼吸的。因为我把你拴住了，你一定会因此而恨我的——不错，我知道，你会违背你自己清醒的意志而恨我的。也许只有几小时，也许只有短短的几分钟，你会觉得我是个累赘，会恨我——但是我要保持我的自尊心，我要让你这一辈子想起我的时候没有一丝忧虑。我宁可独自承担一切，也不愿让你背上个包袱，我要使自己成为你所钟情过的女人中的独一无二的一个，让你永远怀着爱情和感激来思念她。可是当然，你从来也没有思念过我，你已经把我忘在九霄云外了。

我不埋怨你，我的亲爱的，不，我不埋怨你。如果我的笔下偶尔流露出几滴苦痛的话，那就请你原谅我，请你原谅我——我的孩子——我们的孩子死了，就躺在这里影影绰绰的烛光下；我冲上帝攥紧拳头，管他叫凶手，我的心绪阴郁，神志紊乱。请原谅我倾吐我的哀怨，原谅我吧！我知道，你是善良的，内心深处是乐于助人的，你帮助每一个人，就是素昧平生的人有求于你，你也给予帮助。你的恩惠非常奇特，它对每个人都是敞开的，因此谁都可以自取，两只手能抓多少就取多少，你的恩惠是博大的，是博大无际的，你的恩惠，但是，它是——请原谅我——懒散的。你的恩惠要人家提醒，要人自己去拿。你帮助人要人家叫你、求你，你帮助人是出于害羞、出于软弱，而不是出于快乐。容我坦率地对你说吧，你可以和别人共幸福，而不愿和人共患难。像你这样的人，即使是其中最有良心的人，求他也是很难的。有一次，那时我还是孩子，我从门上的窥视孔里看见有个乞丐按响了你的门铃，你给了他一点钱。还没等他开口向你要，你就迅速给了他，甚至给得还不少，可是你给他的时候心里有点害怕，是慌慌张张递给他的，好把他立即打发走，仿佛你怕看他的眼睛似的。你帮助人家的时候那种忐忑不安、羞羞答答、怕人感激的神态，我永远忘不了。因此我从来也不来求你。当然，我知道，那时即使你还拿不稳这是你的孩子，你也会帮助我的，你也一定会安慰我，给我钱，给我一笔数目相当可观的钱，可是你心里却总悄悄怀着焦躁的情绪，要把这件煞风景的事从你身上推得一干二净；是的，我相信，你甚至要说服我尽早把胎打掉。这是我顶顶害怕的事，因为你所希望的事，我怎么会不去做呢？我又怎么能拒绝你的要求呢？！可是这孩子就是我的一切，他也确实是你的，他就是你，但已经不再是那个我无法驾驭的、幸福无忧的你了，而是那个永远——我这样认为——给了我的、禁锢在我的身体里、连着我生命的你了。现在我终于把你捉住了，我可以在自己的血管里感到你在生长，感到你的生命在生长，只要我心里忍不住了，我就可以用食品喂你，用乳汁哺你，可以轻轻抚摩你，温柔地吻你。你瞧，亲爱的，因此当我知道，我怀了你的孩子，我是多么幸福，因此我就没有把这事对你说：因为这样，你就再也不会从我身边逃走了。

当然，亲爱的，后来的生活也并不全是我原先所想的那种幸福的日子，也有的日子充满了恐惧和烦恼，充满了对人的卑鄙下流的憎恶。我的日子过得很艰难。为了不让我的亲戚发现我怀了孕，并把这事告诉我家里，因此临产前的几个月我不能再到店里去上班了。我不愿向我母亲要钱——我就把身边有的那点首饰卖掉，这样才勉强维持了分娩前那段时间的生活。分娩前一星期，一个洗衣女工从柜子里偷走了我剩下的最后几枚克朗，因此我只得进了一家妇产医院。只有那些身上分文不名的穷人，那些被抛弃、被遗忘的女人，在走投无路的时候才到那里去，置身于贫困的社会渣滓之中，这孩子，你的孩子，就是在那里呱呱坠地的。那儿真是叫人活不下去：陌生，陌生，一切都陌生，我们躺在那儿的人，互相也都是陌生的，大家寂寞孤独，彼此仇视，大家都是被贫困、被同样的痛苦踢进这间沉闷的、充满哥罗仿[1]和血腥气的、充满叫喊和呻吟的产房里来的。穷人不得不忍受的轻薄，精神上和肉体上的羞辱，在那里我全受过了：我得跟那些娼妓、那些病人挤在一起，她们惯于对有同样命运的病人使坏；我忍受了年轻医生的玩世不恭的态度，他们脸上挂着一丝嘲讽的微笑，掀开我这个毫无反抗力的女人的被单，在身上摸来摸去，美其名曰检查；我忍受着女护理人员贪得无厌的私欲——啊，在那里，人的羞耻心被目光钉上了十字架，任凭语言的鞭笞。只有写着你的名字的那块牌子，在那里只有这块东西还是你自己，因为那床上躺着的，只不过是一块抽搐着的、任凭好奇的人东捏西摸的肉，只不过是一个供观赏和研究的对象而已——啊，那些妇女，那些在自己家里为守候着她们的温存爱抚的丈夫生孩子的妇女，她们不懂得举目无亲、不能防卫、像在实验桌上似的把个孩子生下来是个什么滋味！要是我今天在哪本书里看到“地狱”这个词，我就仍然会不由自主地突然想到那间塞得满满的、水汽腾腾的，充满了呻吟、狂笑和惨叫的产房，那间宰割羞耻心的屠场，我就是在那儿遭的罪。

请原谅，请原谅我说了这些事。可是我就谈这一次，以后永远、永远不再说了。这些事十一年来我一句也没说过，不久我就将闭口不语，直到无垠的永恒，但是我得叫喊一次，嚷一次：为了这个孩子，我付出了多么昂贵的代价啊！这孩子就是我的幸福，如今他躺在那里，已经停止了呼吸。我已经忘掉了那些时刻，在孩子的笑容和声音里，在他的幸福中早就把它们忘在九霄云外了；但是现在孩子死了，痛苦

[1] 哥罗仿，英文Chloroform的音译，即“氯仿”。

又潜入了我的心头，这一次，就这一次，我得把它从心里倾吐出来。但是我并不是埋怨你，我只是埋怨上帝，是他让这些痛苦到处狂奔乱闯的。我不埋怨你，我向你发誓，我从来没有对你发过脾气。即使我腹痛得蜷缩起来的时候，即使在大学生触摸般的目光下我羞愧得无地自容的时候，即使在痛苦撕裂我的灵魂的时候，我都没有在上帝面前控告过你；对于那几夜，我从来都没有后悔过，从来没有责骂过我对你的爱情，我始终都爱着你，一直为你所给我的那个时刻而祝福。假如由于那些时刻我还得再进一次地狱，而且事先知道我将受的苦，那么我还愿意再进一次，我亲爱的，愿意再进一次，再进一千次！

我们的孩子昨天死了——你从来没有见过他。这个活泼可爱的小人儿。你的骨肉，从来没有，连偶然匆匆相遇也未曾有过，就是擦身走过时他也没有碰到过你的目光。有了这个孩子，我就躲了起来，不见你的面；我对你的相思也不那么痛苦了，自从赐给我这个孩子以后，我觉得我爱你爱得没有先前那么狂热了，至少不像先前那样受爱情的煎熬了。我不愿把自己分开来，分给你和他两个人，所以我就没有把自己的感情倾注给你，而是一股脑儿全部给了这个孩子，因为你是个幸运儿，你的生活和我不沾边，而这孩子却需要我，我得抚养他，我可以吻他，可以搂着他。看样子我从由于想你——我的厄运——而陷入的神思恍惚的状态中解救出来了，我是由于这个另外的你，真正属于我的这个你而得救的——只有在很少很少的时候，我的感情才会低三下四地再到你的房前去。我只做一件事：在你生日的时候，我每次都送你一束白玫瑰，和当年我们一起过了第一个恩爱之夜以后，你送给我的一模一样。这十来年当中，你心里是否问过自己，这些鲜花是谁送来的？也许你也想到过你从前送过她这样的玫瑰的那个女人？我不知道，我也不想知道你的回答。我只是暗中把玫瑰给你递过去，一年一次，为了唤醒你对那一时刻的回忆——对我来说，这已经足够了。

你从来没有见过他，没有见过我们可怜的孩子——今天我责备自己，我一直把他对你隐瞒了，因为你是会爱他的。你从来没有见过他，没有见过这个可怜的男孩儿，从来没有见过他的微笑，每当他轻轻抬起眼睑，然后用他那聪明的黑眼睛——你的眼睛——向我，向全世界投来一道明亮而欢快的光芒的时候，你从来没有见过他的微笑！啊，他是多么快活、多么可爱呀：在他身上天真地再现了你的全部轻快的性格，在他身上重演了你那敏捷的、驰骋的想象力：他可以接连几小时沉迷在他的玩意儿里，就像你游戏人生一样，然后他就竖着眉毛，一本正经地坐着看书。他越来越像你了，你所特有的那种既有严肃又有戏谑的性格上的两重性，已经明显地在他身上滋长起来了。他越是像你，我就越发爱他。他学习成绩很好，说起法文来真像只小喜鹊，他的作业本是全班最干净的，再说他的模样多好看，穿身黑天鹅绒衣服或是穿件白海员衫是多么帅气。无论走到哪里，他都是最雅致漂亮的；在格拉多[1]海滨，我跟他一起散步的时候，女人们都停下来，抚摩他那金色的长发；在塞默林[2]，他滑雪橇的时候，大家都朝他转过头来啧啧称羡。他是这么漂亮，这么娇嫩，这么惹人爱，去年他进了特莱茜娅寄宿中学[3]，穿了制服，身佩短剑，活像个十八世纪的王室

[1] 格拉多，位于亚德里亚海滨，是意大利著名的海滨浴场。

[2] 塞默林是维也纳附近阿尔卑斯山的一个隘口，是著名的避暑胜地和冬季运动场所。

[3] 特莱茜娅寄宿中学，原为奥地利女王玛丽亚·特莱茜娅于1746年创办的特莱茜娅贵族学院，1849年以后改为普通文科中学，一直是维也纳的一所有名的中学。

侍从——可是他现在除了身上的一件衬衫之外，别无他物了，这可怜的孩子，他躺在这里，嘴唇苍白，双手交叉叠在一起。

也许你要问我，我怎么能够让孩子在奢华的环境中受教育的呢？怎么能够让他享受到上流社会光明、快活的生活的呢？亲爱的，我在黑暗中跟你说话：我没有廉耻了，我要告诉你，但你别吓坏了，亲爱的——我卖淫了。我倒不是那种街头野鸡，不是娼妓，但是我卖淫了。我有很阔的朋友，很阔的情人，先是我去找他们的，后来他们就来找我了，因为我非常之美——不知你注意到没有？每一个我向他委身的男人都喜欢我，他们大家都感谢我，都依恋我，都爱我——只有你不是，只有你不是，我的亲爱的！

我对你吐露了我卖淫的真情，你会看不起我吗？不会，我知道，你不会看不起我，我知道，你理解这一切，你也将会理解，我只是为了你，为了你的另一个“我”，为了你的孩子才走这一步的。在妇产医院的那间病房里，我就曾经领略过穷困的可怕，我知道，在这个世界上，穷人总是被践踏、被凌辱的，总是牺牲品，我不愿意，无论如何都不愿意让你的孩子，让你的这个开朗、美丽的孩子在社会深深的底层，在小胡同的垃圾堆里，在霉气熏天、卑鄙下流的环境中，在一间陋室的污浊的空气中长大成人。不能让他稚嫩的小嘴去说些俚言俗语，不能让他那雪白的身体去穿霉气熏人的、皱皱巴巴的寒酸的衣裳——你的孩子应该享有一切，世上的一切财富，人间的一切快乐，他应该重新升到你的地位，升到你的生活范围里去。由于这个原因，只是因为这个原因，我的亲爱的，我卖淫了。对我来说，这不是什么牺牲，因为大家通常称之为名誉、耻辱的东西，对我来说全是空的：你不爱我，而我的身子又只属于你一个人，既然这样，那么我的身子不管做出什么事来，我也觉得是无所谓的了。男人的爱抚，甚至于他们内心深处的激情，都不能丝毫打动我的心灵，虽然我对他们之中的有些人也很敬重，由于他们的爱情得不到回报而对他们深表同情，这使我想起自己的命运，而内心常常感到深受震动。我所认识的那些男人，他们大家都对我很好，大家都很宠爱我、尊敬我。尤其是有位年纪较大的、丧了妻的帝国伯爵，就是他为我四方奔走，八方说情，好让特莱茜娅中学录取这个没有父亲的孩子、你的孩子——他像爱女儿那么爱我。他向我求过三四次婚——要是我答应了这门亲事，今天就是伯爵夫人了，就是蒂罗尔[1]某座迷人的王宫的女主人了，我就可以过着无忧无虑的生活，因为孩子有了一个慈祥的父亲，把他当作宝贝，而我身边就有了个文静、显贵的善良的丈夫——我没有答应，无论他催得多么急迫、频繁，也不论我的拒绝是多么伤他的心。也许我做了件蠢事，因为要不现在我便在什么地方过着安静、悠闲的生活了，而把这孩子，这可爱的孩子，带在我的身边，但是——我干吗不向你承认呢——我不愿自己为婚姻所羁绊，为了你，我任何时候都要使自己是自由的。在我内心深处，在我的潜意识里，我一直还在做着那个陈旧的孩子梦：也许你会再次把我召唤到你的身边，哪怕只叫我去一小时。为了这可能的一小时，我把一切都推开了，只是为你而保持自己的自由，一听召唤，就扑到你的怀里。自从童年时代之后青春萌发以来，我的整整一生不外乎就是等待，等待你的意志！

这个时刻果真来到了。可是你并不知道，你没有觉察到，我的亲爱的！就在那个时刻你也没有认出我——永远，永远，你永远没有认出我！以前我常常遇见你，在剧院里，在音乐会上，在普拉特公园

[1] 蒂罗尔，奥地利的一个州，首府在因斯布鲁克。

里[1]，在大街上——每次我的心都猛地一抽，但是你的眼光只在我身边一晃而过；当然，外表上我已经完全变成另外一个人了，我从一个腼腆的小姑娘变成了一位妇人，正像他们所说的，长得漂亮，衣着十分名贵考究，身边围了一帮仰慕者；你怎么会想到，我就是在你卧室里昏暗的灯光下的那个羞答答的姑娘呢！有时候跟我一起走的先生中有一位向你打招呼，你向他答谢，并对我表示敬意；可是你的目光是客气而生疏的，是赞赏的，但从来没有认出我的神情。生疏，可怕的生疏。我还记得，有一次你那认不出我来的目光——虽然我对此几乎已经习以为常了——使我像被火灼了一样痛苦不堪：我跟一位朋友一起坐在歌剧院的一个包厢里，而隔壁的包厢里就是你。序曲开始的时候，灯光熄灭了，你的面容我看不到了，只感到你的呼吸挨我很近，就像当年那个夜晚那样近，你的手，你那纤细、娇嫩的手，支撑在我们这两个包厢的铺着天鹅绒的栏杆上。一种强烈的欲望不断向我袭来，我想俯下身去卑躬屈节地吻一吻这只陌生的、如此可爱的手，过去我曾经领受过这只手的温存多情的拥抱的呀！我耳边音乐声浪起伏越厉害，我的欲望也越狂热，我不得不攥紧拳头，使劲控制住自己，我不得不强打精神，正襟危坐，一股巨大的魔力把我的嘴唇往你那只可爱的手上吸引过去。第一幕一完，我就求我的朋友跟我一起走。在黑暗中你如此生疏，如此贴近地挨着我，我再也忍受不住了。

但是这时刻来到了，又一次来到了，最后一次闯进了我这无声无息的生活之中。那差不多是正好一年以前，你生日的第二天。奇怪，我时时刻刻都在想着你，你的生日我每年都是过节一样来庆祝的。一

[1] 普拉特是维也纳的一座规模很大的自然公园，并以其游乐场而著称，地处多瑙河和多瑙运河之间。

大早我就出门去买了那些年年都让人给你送去的白玫瑰，作为对那个你已经忘却了的时刻的纪念。下午我带着孩子一起乘车出去，把他带到戴默尔点心铺[1]，晚上带他去看戏。我想让他从少年时代起就感觉到，他也应该感觉到，这一天是个神秘的节日，虽然他对这个日子的意义并不了解。第二天我就和我当时的朋友，布吕恩的一位年轻、有钱的工厂主待在一起。我已经和他同居两年了，我是他的掌上明珠，他娇我宠我，也同别人一样要跟我结婚，而我也像对别人一样，好像莫名其妙地拒绝了他，尽管他馈赠厚礼给我和孩子，尽管他本人有点儿呆板，有点儿谦卑的样子，但心地善良，人还是很可爱的。我们一起去听音乐会，在那里碰到一帮兴高采烈的朋友，随后大家便到环城马路的一家饭馆去共进晚餐，在欢声笑语之中，我提议再到塔巴林舞厅去跳舞。本来我对这种灯红酒绿、醉生梦死的舞厅，夜间东游西逛的行为一向都很反感，平素别人提议到那儿去，我总是竭力反对的，但是这一次——我心里像有一种莫名的神奇力量，使我突如其来地、本能地做出了这个提议，在在座的人当中引起一阵激动，大家都兴高采烈地表示赞同——我却突然产生了一个无法解释的愿望，仿佛那里有什么特别的东西在等着我似的。他们大家都习惯于迎合奉承我，便迅速站起身来。我们大家一起来到舞厅，喝着香槟酒，突然我心里产生了一种从未有过的疯狂的、然而又差不多是痛苦的兴致。我喝酒，跟着唱一些拙劣的、多愁善感的歌曲，心里产生了一种想要跳舞、想要欢呼的欲望，几乎无法把它摆脱开。可是突然——我觉得仿佛有种什么冷冷的或者灼热的东西猛地放到我的心上——我竭力振作精神，正襟危坐：你和几个朋友坐在邻桌，用欣赏的、露着色眯眯的目光看

[1] 戴默尔点心铺，维也纳的一家高级点心铺。

着我，用那种每每把我撩拨得心旌飘摇的目光看着我。十年来你第一次又以你气质中所具有的全部本能的、沸腾的激情盯着我。我颤抖了。我举着的酒杯差一点儿从手中掉落下来。幸好同桌的人都没有注意到我心慌意乱的神态，它在音乐和欢笑的喧嚣中消失了。

你的目光越来越灼人，使我浑身灼烫如焚。我不知道，你是到底，到底认出我来了呢，还是把我当作另外一个女人，一个陌生女人，想把我弄到手？热血涌上了我的双颊，我心不在焉地和同桌的人答着话：你一定注意到了，我被你的目光弄得多么心慌意乱。你脑袋一甩，向我示意，别人根本没有觉察到，你示意我到前厅去一会儿。接着你就十分张扬地去付账，告别了你的朋友，走了出去，临走前又再次向我暗示，你在外面等着我。我浑身直哆嗦，像是发冷，又像发烧，我答不出话也控制不住冲动起来的热血。在这一瞬间正好有一对黑人，用鞋后跟踩得啪啪直响，嘴里发出尖声怪叫，开始跳一个奇奇怪怪的新舞蹈：所有的眼睛都注视着他们，而我正好利用这一瞬间。我站起身来，对我的朋友说，我马上就回来，说着就跟着你出来了。

你站在外面前厅里的衣帽间前面等着我。我一来，你的目光就亮了起来。你微笑着快步朝我迎来。我马上看出，你没有认出我来，没有认出从前的那个孩子，没有认出那个少女来，你又一次把我当成一个新欢，当成一个素不相识的人，想把我弄到手。“您也给我一小时行吗？”你亲切地问道——你那副十拿九稳的样子使我感觉到，你把我当作做夜间生意的野鸡了。“行。”我说，这是同样的一个颤抖的但却是不言而喻地表示同意的“行”字，十多年前在灯光昏暗的马路上那位少女曾经对你说过这个字。“那么我们什么时候可以见面？”你问道。“您什么时候愿意就什么时候见。”我回答说——在你面前我不感到羞耻。你略为有点惊讶地望着我，眼睛里带着和当年完全一样的那种狐疑、好奇的惊讶，那时我的十分迅速的允诺也曾同样使你感到惊异。“您现在行吗？”你略为有些迟疑地问道。“行，”我说，“我们走吧。”

我想到衣帽间去取我的大衣。

这时我想起，存衣单还在我朋友那里哩，因为我们的大衣是存放在一起的。转去问他要吧，没有一大堆理由是不行的；另一方面，要我放弃同你在一起的时刻，放弃这个多年来我朝思暮想的时刻，我又不愿意。于是，我一秒钟也没迟疑：我只拿条围巾披在晚礼服上，就走到外面湿雾弥漫的夜色中去了，根本没去管那件大衣，也没有去理会那个情意绵绵的好人，多年来我是靠他生活的，而我却当着他朋友的面使他成了个可笑的傻瓜，出他的洋相：他结识多年的情妇，一个陌生男人冲她吹了个口哨，就跑掉了。啊，我内心深处意识到，我对一位诚实的朋友所做的事是多么低贱下流，忘恩负义，卑鄙无耻啊，我感到，我做的事很可笑，我以自己的疯狂行为使一个善良的人受到了永久的、致命的精神创伤，我感到，我把自己的生活从正中间撕成了两半——同我急于再一次吻你的嘴唇，再一次听你温柔地对我说话相比，友谊对我来说算得了什么？我的存在又算得了什么！我就是如此地爱你，现在一切都过去了，都消逝了，此刻我可以告诉你了，我相信，哪怕我已经死在床上，假如你呼唤我，我就会立即获得一种力量，站起身来，跟着你走。

门口停了一辆车，我们把车开到你的寓所。我又听到了你的声音，感到你情意绵绵地就在我的身边，我感到如此陶醉，如此孩子气的幸福，简直不知所措，和当年完全一样。事隔十多年以后，我第一次重又登上了这楼梯——不，不说了，我无法向你描述，在那些瞬间，我对一切总是有着双重的感觉，既感觉到流去的岁月，又感觉到现时的光阴，而在这一切之中，只感觉到你。你的房间里变化不大，多了几幅画，添了几本书，有几处地方添了几件以前没有见过的家具，不过我对一切都感到十分亲切。书桌上放着花瓶，瓶里插着玫瑰，插着我的玫瑰，这是前一天你过生日的时候我送你的，以纪念一个女人，对于她你已经记不起来，也认不出来了，即使现在她正在你的身边，手拉着手，嘴唇贴着嘴唇，你也认不出她了。不管怎么说，这些鲜花你供养着，这使我心里高兴：这样总还有我心底的一片情分，还有我的一缕呼吸萦绕着你。

你把我搂在你的怀里。我又在你那里过了一个风流夜晚。不过我赤裸着身子的时候，你也没有认出我来。我幸福地承受着你娴熟的温存和情意，并且看到，你的激情对一个情人和一个妓女是没有区别的，你纵情恣欲，毫不在乎消耗掉自己大量元气。你对我这个从夜总会叫来的女人是如此温柔、如此多情，如此风雅和如此亲切敬重，而同时在消受女人的时候又是如此激情奔放；我陶醉在往日的幸福之中，我又感觉到了你这种独一无二的心灵上的两重性，在肉欲的激情之中含着意识的、亦即精神的激情，这种激情当年就已经使我这个女孩子对你俯首听命、难舍难分了。我从来没有见过一个男人在柔情蜜意之中，在那片刻之际是如此不要命，如此一览无遗地暴露自己的灵魂——当然，事过境迁，此事也就被无情无义地掷进无边无际的遗忘的汪洋大海里去了。不过我自己也忘了自己：此时在黑暗中挨着你的我到底是谁？我就是往昔那个感情炽烈的姑娘吗？就是你的孩子的母亲，就是这个陌生女人吗？啊，在这个销魂之夜，这一切是多么亲切、多么熟悉，又是多么新鲜。我祈祷，但愿这一夜永无尽头。

但是黎明来临了，我们起得很迟，你请我跟你一起去吃早餐。侍者老早就谨慎地摆好了茶，我们一起喝着，聊着。你又用那种非常坦率、亲切的知心人的态度跟我说话，又是不谈任何不得体的问题，对我这个人的情况一句也不打听。你没有问我的姓名，没有问我的住处；对你来说，这只不过又是春风一度，是件无名的东西，是一刻火热的时光在忘却的烟雾中消散得无影无踪。你说，你现在要出远门了，要到北非去两三个月；我在幸福之中颤抖起来了，因为这时我的耳边响起了一个声音：完了，完了，已经忘了！我真恨不得扑到你的膝下，大声呼喊："带着我去，你终究会认出我来的，终究，终究，过了那么多年之后，你终究会认出我来的！"但是在你面前我是如此腼腆，如此胆怯，如此奴性十足，如此软弱。我只能说："多遗憾啊。"你笑嘻嘻地看着我，说："你真觉得遗憾吗？"

这时我野性突发。我站起来，盯着你，长时间地、紧紧地盯着你。接着我说："我过去爱过一个人，他也老是出门旅行。"我盯着你，目光直刺你眼睛里的瞳仁。"现在，现在他会认出我来了！"我浑身战栗，心都快要跳出来了。可是你却对我微笑着，安慰我说："会回来的。""是的，"我回答说，"会回来的，不过到那时也就忘掉了。"

我跟你说话的样子，一定有点特别，一定很有激情。因为你站了起来，凝视着我，十分诧异，充满爱怜。你抓着我的肩膀。"美好的东西是忘不了的，我永远也忘不了你。"你说，同时低下头来，目光直射进我的心里，仿佛要把我的形象深深印在你的脑海里似的。我感到这目光透进了我的心灵，在探索、追踪、在吮吸我的整个生命，这时我以为，盲人终于、终于复明了。他要认出我了，他要认出我了！我的整个灵魂都沉浸在这个想法之中，颤抖了。

可是你并没有认出我。没有，你没有认出我，在你的心目中，我此刻比以往任何时候都更为陌生，因为否则——否则你就绝对不可能干出你几分钟以后所干的事来。你吻了我，又一次热烈地吻了我。我的头发乱了，我得把它重新整理好，我站在镜子前面，这时我从镜子里看到——我羞惊难言，几乎摔倒在地——我看到，你正小心翼翼地把几张大面值钞票塞进我的暖手筒里去。这一瞬间，我怎么会没有叫起来，没有给你一记耳光呢——我，我从童年时代起就爱你了，我是你的孩子的母亲，而你却付给我钱，为了这一夜！在你的心目中我是一个塔巴林的妓女，只不过如此而已——你就付钱给我！被你忘了，这还不够，我还得受凌辱！

我迅速收拾我的东西。我要离去，马上离去。我的心都碎了。我伸手去拿我的帽子，帽子就搁在书桌上那只插着白玫瑰、插着我的白玫瑰的花瓶旁边。这时我心里又产生了一个强烈的、不可抗拒的希望：我要再来试一试，提醒你想起往事：“你愿意给我一朵你的那些白玫瑰吗？”“好啊。”说着，你立即取了一朵。“可是这些玫瑰也许是一个女人、一个爱你的女人给你的吧？”我说。“也许是，”你说，“我不知道。花是别人送的，我不知道是谁送的；正因为这样，我才如此喜欢这些花。”我凝视着你。“说不定也是一个已经被你忘却的女人送的呢！”

你不胜惊讶地望着我。我死死地盯着你。“认出我吧，最后认出我来吧！”我的目光在呼喊。但是你的眼睛亲切地、莫名其妙地微笑着。你又再一次吻我。可是你并没有认出我来。

我快步走到门口，因为我感觉到眼泪要涌出来了，可不能让你看见。我急忙奔了出去，跑得太急，在前屋差点儿同你的仆人约翰撞个满怀。他怯生生地忙不迭闪到一边，打开房门让我出去，就在这时——就在这一秒钟，你听见了吗？就在我眼噙泪水看着他、看着这位面容衰老的仆人的一秒钟，他的眼里突然一亮。在这一秒钟，你听见了吗？在这一秒钟，这位从我童年时代过后就一直没有见过我的老人认出了我。为了这个，我真要跪倒在他面前，吻他的手。我迅速从暖手筒里把钞票，把你用来鞭笞我的钞票扯出来，塞给了他。他哆嗦着，不胜惊讶地注视着我——在这一瞬间他比你在一生中对我的了解还多。所有的人都很娇惯我，大家都对我很好——只有你，只有你，只有你把我忘掉了，只有你，只有你从来没有认出我！

我的孩子死去了，我们的孩子——现在这个世界上，我除你之外再没有一个好爱的人了。但是对我来说你又是谁？你，你从来都没有认出我，你从我身边走过像是从一条河边走过，你踩在我身上如同踩着一块石头，你总是走啊，不停地走，却让我在等待中消磨一生。我曾经以为在这孩子身上可把你这个逃亡者抓住了。但是这毕竟是你的孩子：一夜之间他就残酷地离开我旅行去了，他把我忘掉了，永远不回来了。我又是孤单单的一个人了，比以往任何时候还孤单，我什么都没有，你的东西什么都没有了——再没有孩子了，没有一句话，没有一行字，没有一点回忆，假若有人在你面前提起我的名字，对你来说是生疏的，你也就这只耳朵进，那只耳朵出。我为什么不乐意死去，因为对你来说我已经死了？我为什么不走开，因为你已经离开了我？不，亲爱的，我不是埋怨你，我不愿把我的哀愁掷进你快乐的屋子里去。请不用担心我会继续来逼你——请原谅我，此刻孩子已经死了，孤零零地躺在那里，此刻我得让我的灵魂呼喊一次。只有这一次我必须得跟你说——说完我就默默地重新回到我的晦暗中去，就像我一直默默地在你身边一样。但是只要我活着，你就不会听到我这呼喊——只有我死了，你才会收到一个女人的这份遗嘱，这个女人她生前爱你胜过所有的人，而你始终没有认出她；她曾经一直等你的，而你从来没有召唤过她。也许，也许将来你会召唤我，而我将第一次没有忠实于你，那是因为我死了，再也不会听到你的召唤了：我没有留给你一张照片，没有留给你一件信物，就像你什么也没有留给我一样；你永远，永远也不会认出我了。我活着命运如此，死后命运也依然如此。在我生命的最后一刻，我不想叫你了，我去了，你连我的名字、我的面容都不知道。我死得很轻松，因为你在远处是不会感觉到的。倘若我的死会使你感到痛苦，那我就不会死了。

我写不下去了……我的脑袋里在嗡嗡直响……我四肢疼痛，我在发烧……我想，我得马上躺下。也许很快就过去了，也许命运会对我大发慈悲，我不必看着他们把孩子抬走……我写不下去了。永别了，亲爱的，永别了，我感谢你……不管怎样，事情这样还是好的……我要感谢你，直到我最后一口气。我感到很痛快：我把一切全对你讲了，现在你就知道，不，你只会感觉到，我曾经多么爱你，而你在这份爱情上却没有一丝累赘。我不会让你痛苦地怀念的——这使我感到安慰。在你美好、光明的生活里不会发生些微变化……我并不拿我的死来做任何有损于你的事……这使我感到安慰，你，我的亲爱的。

可是谁……现在谁会在你的生日老送你白玫瑰呢？啊，花瓶也将是空的了，我的一缕呼吸，我的心底的一片情分，往昔一年一度萦绕在你的身边，从此也即烟消云散了！亲爱的，听着，我求你……这是我对你的第一个也是最后一个请求……请你做件让我高兴的事，你每逢生日——生日是一个想起自己的日子——都买些玫瑰来供在花瓶里。请你这样做，亲爱的，请你这样做吧，像别人一年一度为亲爱的亡灵做次弥撒一样。我可不再相信上帝了，所以不要别人给我做弥撒，我只相信你，我只爱你，我只想继续活在你的心里……啊，一年只要一天，悄悄地、悄悄地继续活在你的心里，就像过去我曾经活在你身边一样……我求你这样去做，亲爱的，这是我对你的第一个请求，也是最后一个……我感谢你……我爱你，我爱你……永别了……

他从颤抖着的手里把信放下，然后就久久地沉思。某种回忆浮现在他的心头，他想起了一个邻居的小孩儿，想起一位姑娘，想起夜总会的一个女人，但是这些回忆模模糊糊、朦胧不清，宛如一块石头，在流水底下闪烁不定，飘忽无形。影子涌过来，退出去，可是总构不成画画。他感觉到了一些藕断丝连的感情，却又想不起来。他觉得，所有这些形象仿佛都梦见过，常常在深沉的梦里见到过，然而仅仅是梦见而已。

他的目光落到了他面前书桌上的那只蓝花瓶上。花瓶是空的，多年来在他过生日的时候第一次是空的。他全身觳觫一怔：他觉得，仿佛一扇看不见的门突然打开了，股股穿堂冷风从另一世界嗖嗖吹进他安静的屋子。他感觉到一次死亡，感觉到不朽的爱情：一时间他的心里百感交集，他思念起那个看不见的女人，没有实体，充满激情，犹如远方的音乐。

（韩耀成 译）

# 被遗忘的梦

一座别墅紧靠在海边。

咸腥味的海的氤氲弥漫在静谧的朦胧的五针松甬道中间，不断吹来的微风戏弄着橘子树的四周，拂来掠去，宛如用谨慎的手指抚摩着一朵绚丽多彩的鲜花。阳光闪耀中的远方、山丘，它们中间秀丽的房屋有如白色的珍珠在熠熠发光。几里之遥有一座灯塔，它像一根蜡烛似的笔直地矗向天际；在清晰明显、界限清楚的轮廓中间，一切都泛着亮光并浸入大海的湛蓝之中，如一幅闪光的镶嵌图案。大海动情地把它的波浪紧紧偎依在带有台阶的平台旁边——别墅就在上面。白色的光华映进大海，在远处点缀着孤寂的闪光的船帆，越来越深入地升到一个宽大的阴影下的庭院中的绿地上，并消失在疲惫的、童话般寂静的公园里。

上午的炎热压在沉睡的房屋上面，一条狭窄的铺着沙砾的小路像一条白线从房屋通向凉爽的望景台，台下波浪粗暴地不停地在冲击，噼啪作响，这些闪光的水珠子不时四下飞溅，由于刺眼的阳光扩散成钻石般的彩虹的光华。熠熠发亮的太阳光芒一部分洒落在五针松树叶上，这些树叶浓密地靠在一起，宛如在窃窃私语；另一部分由一把张开的日本雨伞遮挡住，被刺眼的不舒服的颜色固定在欢快的形状上。

在这把伞的阴影中间，一个女人倚在一把柔软的草椅上，她把她漂亮的身躯舒适地偎依在软塌塌的纺织物里。一只消瘦的没有戴指环的手像被遗忘似的垂了下来，轻轻地惬意地戏弄着一条狗的发亮的丝绸般的皮毛，另一只手拿着一本书，深色的长有黑色睫毛的眸子把它的注意力都集中到书本上，一刻也没有间断，眼睛里含着一丝强忍住的微笑。这是一双不安静的眼睛，长得大大的，在呆滞的、模模糊糊的光亮里显得更为秀丽。线条清晰的瓜子面庞所散发出的一种强烈的吸引力并不是天然的、和谐的，而是把经过精心修饰的个别部分的美以一种精心的方式显露出来。表面看来是凌乱的鬈发闪闪发光，散发着芳香，仿佛一位艺术家的精心之作，在阅读时围绕唇边现出的微笑露出牙齿那洁白光滑的珐琅质，可就是这种微笑也是一种多年览镜得出的结果，但现在已经成了固定的、无法摆脱的一种习惯的艺术了。

沙砾上响起了一种轻微的沙沙声。

她望去，姿态没有任何改变，像一只躺在耀眼的灼热的阳光里沐浴的猫一样，她用炯炯发光的眼睛迎向来人。

脚步迅速走近，一个身着号衣的仆人站到她的面前，递上一张狭长的拜访名片，然后后退少许等在那里。

她读着名片，表情显得惊愕，在马路上当一个陌生人向你亲切打招呼时，你就会有这样的表情。眼睛上面清晰而又浓黑的眉毛显出一道小小的皱纹，这是在费力思考的一种表示，随即突然在她的面庞上流露出一种欢快的光辉，眼睛在傲慢的光亮里闪动，她像在回想早就逝去的、完全遗忘的青春年华一样，而这个名字重新唤起了那个岁月的明快的画面。形象和梦幻重又获得结实的形体，清晰得如实实在在的一样。

“那么，”她突然清醒过来，转向仆人说，“这位先生当然可以前来。”

仆人迈着卑恭的脚步走开了。有一分钟的时间寂静无声，只有永不疲倦的风儿在轻轻吟唱，从充满强烈的正午阳光的山峰那边飘来。

突然间传来了轻快的脚步，它在沙砾路上有力地发出了响声，一条长长的身影直落到她的双足跟前，随即一个高大的男人站到了她的前面，她从她那臃肿的座位上伶俐地立起身来。

先是他们的目光相遇。他朝绰约娇丽的身躯抛去飞快的一瞥，而她在眸子里闪烁出一丝嘲弄的微笑。

“你真是太好了，还记得起我来。”她开始说，同时她把消瘦发亮、精心保养的手递给了他，他敬畏地用嘴唇吻了吻。

“仁慈的夫人，我要坦诚地对您，因为这是阔别多年以来的一次重逢，并且是，我感到害怕，好多年了。我到这里来，纯系一种偶然，这座宫殿的占有者的名字重又使我想起了你。我是因为他的杰出的地位才打听到这幢别墅的。这就是说我本来是作为一个深感内疚的人来到这里。”

“但这不会使你不受欢迎，因为我也不是立刻就想起了您，尽管你对我来说是相当重要的。”

现在两个人都笑了。半是隐蔽的青年时代的初恋的那种甘美的淡淡的芬芳，同它整个的迷人的甜蜜感在他们心中苏醒了，犹如一个梦，一个人们在醒来时会轻蔑地撇一下嘴的梦，尽管他还是希望再去做一次。美梦有头没尾，这只能希望而无法要求，这只能应允而不能给予。

他们继续谈下去。但在语调里已经有了一种真诚，一种温柔的信赖感，它能保守一种玫瑰色的、业已半是苍白的秘密。她吐出的轻松的字眼儿，一种欢愉的笑声不时像落在玉盘里的流动的珍珠。他们谈起过去的事情，谈起忘掉的诗歌、枯萎的花朵、丢失的和抛掉的饰带，这是他们之间的故事，像了无痕迹的传说一样，在他们心里撞击起多年沉默的、尘封的大钟，慢慢地、慢慢地充满了一种痛苦的、疲惫的庄重感；他们业已死去的青年时代的爱情的结局在他们的谈话中有着一种深沉的，几乎是悲哀的严肃性。

他讲道：“在美国那边我得到一个消息，说您订婚了，那是在婚礼早已举行了的时候。”在讲这段话时，他的富有旋律的声音有些轻微的颤抖。

她什么也没有回答。她的思想已退回到了十年前。

一阵郁闷的沉默压在两个人身上，几分钟的时间过去了。

随后她轻轻地问，几乎听不到声音：

“您当时对我是怎样想的？”

他惊愕地朝她望去。

“我可以坦白地告诉您，因为明天我就会回到我的新的故乡去了。我没有惹您生气过，瞬间都没有过混乱的充满敌意的念头，因为生活当时已经把爱情的斑斓的火焰冷却成一种同情的发出微光的火苗了。我不理解您，只是——惋惜。”

一片轻微的深红泛上她的面颊，她的眸子里的光华变得强烈了，当即激动地喊道：

“惋惜我！我不知道这是为什么。”

“因为我想到您未来的丈夫，一个冷漠的、总是去想赚钱的人——您不要反驳我，我完全不是想去污辱您的丈夫，我一直尊重他——我是因为想到您，一个少女，我是怎么离开她的。因为我无法想象。像您这样一个孤独的人，理想的人，对日常生活有的只是一种轻蔑的嘲弄，怎么能成为一个常人的诚实的妻子。”

“如果情况果真这样，那我为什么同他结婚？”

“我知道得不很清楚。也许他有一些隐藏起来的优点，表面上看不到，只有在私下交往中才开始显露出来。这对我是一个容易解开的谜，因为我不能也不愿意相信。”

“这是什么意思？”

“他有伯爵的头衔和百万的家财，这是我唯一缺少的。”

她好像是没有听到最后一句话，因为她用手指遮在眼睛上方，在阳光中手指透出深色的玫瑰红，像是紫色的贝壳在发光，她向远方，向很远的模糊不清的天水一线的地方望去，在那里天空把它淡蓝色的衣裳浸入海浪的深色的绚丽之中。

他也陷入沉思，几乎忘记最后的话；她避开他，突然用听不到的声音说：

“是这么回事。”

他吃惊地，几乎是畏惧地向她望去。她用一种慢慢地显然是做作的安详姿态重新坐进她的圈手椅里，以一种平静的感伤，单调地，嘴唇几乎不动地继续说道：

“那时你们没有一个人理解我，当我还是一个小女孩儿、说着怯生生的孩子话时，连您跟我那么要好也不理解我。也许我自己也不理解。我现在还时常想到，我不明白自己，因为女人对她们的迷恋奇迹的少女灵魂能知道些什么呢？她们的梦想像柔弱的、细小的白色花朵，现实哈出的头一口气就使它枯萎。我不像其他的少女，她们梦想着健壮有阳刚之气的英雄，他们应当使她们寻觅的渴望变成闪光的幸福，使她们的平静的预感成为欢愉的领悟，并把她们从那种模糊不清、莫名所以、无法把握却是感觉得到的痛苦中解脱出来，这种痛苦把它的阴影越来越浓烈、越来越咄咄逼人和越来越沉重地笼罩住少女的时光。我从来不知道这种痛苦，我的灵魂乘着另一种梦的小舟驶向未来的遮蔽起来的丛林，这丛林隐藏在未来岁月的浓密雾霭的后面。我的梦是我特有的。我总是做一个国王的孩子去做的梦，这些梦像古老童话书里的那样，他们用熠熠闪烁、光彩耀眼的宝石玩耍，他们的手发射出童话宝藏的金色光华，他们穿的飘动的衣服价值连城。我梦想豪华和富丽，因为我爱这两样东西。当我的双手可以抚摩飒飒颤动、轻吟浅唱的丝绸时，当我的手指能够在一块贵重的天鹅绒衣料的质地柔软的长筒中像睡眠一样伸展开来时，我是多么快乐！当我能够把珠宝像一条锁链似的戴在我那因喜悦而发抖的手指上时，当洁白的宝石在我的头发的波浪里像珍珠一样闪耀时，我是多么幸福！我的最高的目的就是坐到一辆时髦的汽车的柔软座位里。我当时醉心于艺术的美，这种陶醉使我瞧不起我的现实生活。当我身着日常普通的衣服，像一个修女一样的朴素和简陋，并经常整天地待在房子里时，我恨自己，因为我为我的平庸感到羞愧，我躲在自己狭小的丑陋的房间里。我的最美好的梦就是一个人单独地生活在海边，在属于自己的家产上，这家产是豪华的，同时也富有艺术性；在树荫遮盖、绿叶浓密的甬道上，那里没有脏兮兮的爪子来干些卑下的工作，那里是一种丰腴的祥和——几乎就像这儿一样。我梦里所要的，我的丈夫都满足了我，也正因他能够这样做，他才成了我的夫君。”

她沉默不语了，脸上泛出一种放肆的美。她眼睛里的光亮变得强烈而逼人，面颊的红晕燃烧得越来越灼人。

深沉的寂静。

只有粼粼波浪在下面发出节奏单调的歌声，浪花把自己抛向平台的台阶，就像投入一个可亲的胸脯中似的。

这时他轻声地说，仿佛自言自语：

“但是爱情呢？”

她听到了。嘴唇上露出一丝微笑。

“您今天还有您的那些理想，所有的那些，您当时不都带到远方的世界去了？难道所有的您都保留下来，一点没有损害，或者有一些已经死去了，枯萎了？或者有人最终把它们用暴力从您的胸膛撕扯了出来，并抛到污泥里去，被成千上万奔向生活目的的车轮碾得粉碎？或者您什么也没有失掉？”

他忧郁地点了点头，一声不响。

突然他握住她的手，放在嘴唇上，沉默地吻了吻。随后他用动情的声音说：“永别了！”

她有力和真诚地对他做出了反应。她向一个由于久别而变得陌生的人袒露了她内心深处的秘密，展示了她的灵魂，她并不为此感到羞愧。她目送他而去，露出微笑。她想到他谈到“爱情”这个词儿，往昔重又用轻轻的听不到的脚步把她和现实隔离开来。突然她想到，那个人本来是能引导她的生活的，这种想法用色彩描绘着这个古怪的念头。

慢慢地，慢慢地，完全察觉不到地，这种微笑在她那梦幻般的嘴唇上消逝了……

（高中甫 译）

# 看不见的收藏

——德国通货膨胀时期中的一段插曲

列车过了德累斯顿两站，一位上了年纪的先生登上了我们这小节车厢，他彬彬有礼地打了招呼，向我颔首致意，再次富有表情地望了我一眼，像是遇见一位故人。乍一看我想不起来，可当他面带微笑刚一说出他的名字时，我马上就想起来了：他是柏林最有声望的艺术古玩商人之一，和平时期我经常在他那里浏览和购买旧书以及作家手稿。我们先是随便地聊了一会儿，突然间他径直说道：

“我得告诉您，我这是从哪来的。作为一个艺术商人，这是我三十七年来遇见的一桩奇怪之极的插曲。您大概知道，自从货币的价值像空气一样地不值钱，现在我们这一行的行情是什么样子：一批暴发户骤然间都对哥特式的圣母像、古版书以及古老的铜版雕刻画和古画感兴趣了。根本就无法满足他们的奢望，您甚至不得不防范他们把你的整个家底搜净刮光呢。他们恨不能把衣袖上的纽扣和写字台上的桌灯都买了去。于是收进新的货物就越来越困难了——请您原谅，我突然把这些东西说成是货物，往常这可是令我们感到多少有些敬畏的呢——可是这群坏家伙就是习惯于把一本杰出的威尼斯古版书看作一大堆美元，把一张古尔希诺[1]的素描当成几张一百法郎钞票的化身。这股突然涌来的抢购浪潮，其势头锐不可当。于是隔夜之间我就被搜刮得一干二净。我真想把店门一关了事。在我们这样一家老字号里——这还是我父亲从我祖父手里接过来的——竟然只有一些可怜巴巴的劣等货色，过去，在北方这都是些连走街串巷的小贩也不愿放到车上的东西，我为此羞愧至极。

“在这种狼狈的境地里，我想出了个主意，去翻阅我们的老账本，搜索一下我们的老顾客，或许可能从他们手中重新买回几件复制品，这样一本陈旧的顾客名单一直都是某种类型的坟墓，特别是在眼下这年代，它对我的用处根本不大。我们早先的那些买主大多数不是早就把他们的收藏送进了拍卖行，就是已不在人世了，对极个别的人也不能抱什么希望。突然间翻出我们的一个老顾客的一整捆来信，我一下子就想起他来，因为从一九一四年世界大战爆发以来，他就再也没有写信向我们订过货和询问过情况了。这些信件大约都是六十年代[2]以前的，这绝不是夸张！他从我祖父和父亲手里买过东西，可我记不起来，在我经营的三十七年中他进过我们的商店。一切都表明，他一定是一个古怪的、老式的、滑稽可笑的人。这样的德国人已经变得罕见了，只有在偏远的小镇里还有个把这样的人一直活到我们的时代。他写的字都是一种书法艺术，写得十分工整，钱数总额都用尺和红笔画上直道，而在数字下面都是再画上一道，以免出错。这一点以及他所用的简陋的信封和很不起眼的信纸都说明了这个无可救药的外省人的琐细和吝啬。落款处除了签上他的名

[1] 意大利画家乔万尼·弗兰西斯科·巴比埃利·达·秦托（1590—1666）的绰号。

[2] 指十九世纪六十年代。

字之外，他还经常带上一大串繁琐的头衔：退休的林务官，农业学家，退休上尉，一级铁十字奖章获得者。这个七十年代的老兵，要是还活着的话，那至少年过八十了。但是，这个滑稽可笑的节俭人，作为一个古老的绘画艺术的收藏家却表现出一种非凡的聪颖、杰出的知识和出色的鉴赏力。我慢慢地整理他大约六十年之内的订单——最早的一批订货还只是几枚银币的事情——这时我发现，这个卑微的外省人在当时人们用一个塔勒[1]可以买一大堆精美的德国木刻画的年代里，不声不响地搜集到一批铜版雕刻画，这笔收藏与那些暴发户借以炫耀自己的东西相比，毫不逊色。在半个世纪里，光是他在我们这里仅用极少马克和芬尼成交的，今天的价值就会令人咋舌，除此，可以想象得出，他定也从拍卖行和其他商人手中弄到不少名贵的东西呢。从一九一四年起我们再也没有从他那里收到过订单了，但我对艺术商界里的事情十分熟悉，这样一批收藏如果进行拍卖或者私下里出售那是瞒不过我的。因此，这个古怪的人现在一定还活着，要不这批收藏就在他的继承人手里。

“这件事引起了我的兴趣，于是我在第二天，即昨天晚上立刻动身，直奔萨克森的一座十分破旧的小镇。当我从简陋的车站穿越城镇的那条主要街道时，我简直不能相信，在这些平庸的、市民气的简陋房屋里，其中某间陋室竟住着一个拥有伦勃朗的最杰出的绘画、丢勒和蒙台纳的木刻人像的人。使我惊讶的是我在邮局询问这里是否住有叫这个名字的林务官和农业学家时，得知这位老先生确实还健在，于是我就在上午前去拜访，应当承认，我的心当时跳个不停呢。

“我没费什么力气就找到了他的住处。他住在那种租费低廉的、

[1] 德国旧时的一种银币。

土里土气的楼房里，这种建筑物都是在六十年代草率匆忙修建起来的，他住在三楼，二楼住着一位老实的裁缝，在三楼的左边挂着一位邮政局长的牌子，闪闪发光；而在右边挂着一个小型的珐琅牌子，上面有林务官和农业学家的字样。我胆怯地拉动了门铃，随即出来了一个年迈的白发女人，她头戴一顶整洁的黑色小帽。我把我的名片递给了她，问是否可以同林务官先生面谈。她感到惊讶，先是怀有某种疑惑似的打量我，随即看了看我的名片。在这远离世界的小镇里，在这老式的房子里，出现了一个从外地来的客人，这可是一件大事。但是她和气地请我稍候，拿着名片，走进房间，我听到她轻轻地说话，随即突然响起了一个男人的洪亮的声音：'啊，R 先生，柏林来的，一家大古玩店的老板……请进来，请进来……我太高兴了！'那个老妇人快步重新走了出来，把我让进屋内。

"我脱掉大衣，进了房间。在简朴的房间正中，笔直地站着一个健壮的老人，浓髭密髯，身上穿着一件半军用的便服，亲切地向我伸出双手。但他站在那里的这种奇怪的、僵直的姿态与他那外表上不容置疑的高兴非凡和喜出望外的欢迎姿态毫无共同之处。他一步也不朝我走来，我感到一丝愕然，只得走到他跟前，以便和他握手。可当我正要握他的手时，我发现他的那双手仍一动不动保持着水平姿势，不是来握我的手，而是在那儿等我去握。随即我全明白了，这个人是个盲人。

"早从孩提时代起，在一个盲人面前，我总是觉得不舒服；我明知他是一个活生生的人，可同时又知道，他不能像我看到他那样看到我，这总免不了使我感到某种羞赧和窘迫。当我现在看到白色浓眉下的一双业已死亡了的、僵直的、空无所视的眼睛时，我不得不克制我的愕然。但是这个盲人却不让我有更多时间发怔，我刚一握住他的手，他就使劲地摇动起来，急促地、高兴得粗声粗气地再度表示欢迎。‘稀客啊，’他满脸堆笑地对我说，‘这真是奇迹呀，柏林的一位大老板竟然光临寒舍……可一当某个生意人上路，那就要当心啊……在我们这里，人们常说：要是吉卜赛人来了，那就要紧锁房门，看好钱包……是的，我想得出您为什么来找我……眼下，在我们这个可怜的、走下坡路的德国，生意不好做啊。没有买主了，于是大老板们就又想起了他们的旧主顾，寻找他们走失了的羔羊……但在我这里，恐怕您交不上运气啦，我们这些穷苦人，靠养老金过活的老人，饭桌上有块面包，就够高兴的了。你们现在要的令人发疯的价格，我们再也付不起了……我们这样的人永远也没有份儿了。’

“我立即解释说，他误解了我的来意。我来这儿不是向他出售什么，我只是偶尔来到这一带，有了机会，也不想错过这个机会来拜访我们的一位多年的老主顾和德国最大的收藏家之一，我刚一说完‘最大的收藏家之一’这句话，这老人的脸上便起了一种奇怪的变化。虽说他还是笔直地、僵硬地站在房子中央，可是现在他的态度突然显出欢快明亮和洋洋得意的神情。他把身子转向估计是他妻子的方向，说道：‘你听听。’声音里充满了快乐，没有一丝那种在军队里养成的粗鲁语气，而是和气地甚至是温柔地对我说：‘您这真是太好、太好了……您确是不虚此行啊。您可以看到您不是每天都能看得到的东西，即使是在你们豪华的柏林……有几幅画，在阿尔帕梯纳[1]，在该死的巴黎都找不出比它们更美的了……真的，收藏了六十年，什么样的东西能没有啊，这可不是在马路上随便看得到的。露易丝，把柜子的钥匙给我！’

[1] 阿尔帕梯纳：维也纳著名的艺术陈列馆。

“这时候却发生了有些意想不到的事情。那个一直站在他身边、面带微笑客气地静听我们谈话的老妇人，突然向我恳求地举起双手，与此同时猛烈地摇头表示不同意，这个暗示一开头我没有理解。这时她走到丈夫跟前，把两只手放到他的双肩上。‘海瓦特，’她提醒说，‘你还根本没问这位先生现在是不是有时间来看你的收藏呢，现在已经中午了。而饭后你得休息一个钟头，这是医生明确嘱咐了的。饭后你让这位先生看你的东西，然后我们一同喝杯咖啡，不是更好吗？那时安娜玛丽也在这儿了，她对这些东西很熟悉，可以帮你的忙！’

“这番话她刚一说完，就立即再次背着什么也察觉不到的老人重复那种迫切乞求的手势。我现在懂得了她的意思。我知道，她希望我现在拒绝观看他的收藏，我很快找到一个遁词，说中午有一个约会。如果能够欣赏他的收藏，我当然感到高兴和光荣，但是在三点钟之前几乎不可能了，在此之后我十分愿意。

“他像一个孩子被人夺去了心爱的玩具那样恼火起来，老人转过身来。‘当然，’他嘟囔说，‘柏林的先生们从来都没有时间的，可这次您一定得花点时间的，这可不是三五幅画，这是整整二十七本画册，每本是一个大师的作品，而且没有一本里是有空页的。那就说好三点，可要准时，否则我们是看不完的。’

“他又空无所视地把手伸给我。‘您注意，您会高兴——或者恼火。而您越是恼火，我就越是高兴。我们收藏家一向就是这样：一切都弄来给自己，而没有我们给别人的！’他再次有力地摇动我的手。

“老妇人陪我出门。整个时间里我已觉察到她闷闷不乐、畏葸不安和不知所措的表情。刚一走出门口，她完全压低了声音、结结巴巴地对我说：‘在您来我们这里之前，是否请您允许……请您允许……

我的女儿安娜玛丽去领您前来？这更好些……更妥当些……您大概是在旅馆用饭吧？’

“‘当然，我为此感到非常高兴，乐于从命。’我说。

“真的，就在一个小时之后，我在市集广场旁边旅馆的小饭堂里刚吃完中饭，就走进来一个老气的姑娘，她衣着简朴，用目光在搜寻。我向她走去，介绍我自己，说明我已准备停当，可以立即动身去欣赏她父亲的收藏。可她突然脸红了起来，像她母亲一样慌乱窘迫，她问我在去之前可否同我谈几句话。我立刻看出来她很为难。每当她要开口说话时，总是十分羞赧，面泛红晕，不安地用手抚弄衣服。最后她总算开始说了，结结巴巴，并且老是一再地慌乱无措：

“‘母亲叫我到您这儿来……她把一切都讲给我听了……我们对您有一个请求……在您去我父亲那儿之前，我们是想告诉您，我父亲当然想把他的收藏拿给您看……可是这批收藏……这批收藏……不再是完整无缺的了……其中少了一些……不幸的是，甚至可以说少了很多……’

“她不得不又停下来喘口气，随即突然望着我，匆忙地说下去：

“‘我必须完全坦率地对您讲……您清楚眼下的时代，您会了解这一切的……战争爆发后父亲的双目就完全失明了。早在这之前他的眼睛就经常犯病，而由于激动终于完全失明——战争开始那年，他虽然已七十六岁了，可还是要到法国去打仗，当军队没有像一八七〇年那样长驱直入，他就可怕地激动起来，于是他的视力就急剧减退，要没有这场变故，他一直还完全是健壮的，在这之前不久他还能整小时地走动，甚至外出打猎，这是他最喜爱的一种运动。可现在他不能出外散步，他剩下的唯一乐趣就是这批收藏，每天他都得看上一遍……说实在的，他根本不是在看，他根本也看不见了，但他每天下午把画册都拿出来，为的是至少可以用手去摸摸它们，一张接着一张，总是按着固定的次序，这是数十年来他熟记好了的……今天没有什么再引起他的兴致了，我总是给他念报纸上的拍卖价格，他听到价格越高，就越是高兴……可是……可这太可怕了，我父亲对物价、对时代是一窍不通啊……他不知道我们失去了一切，他不知道他一个月的养老金只够两天的生活用……此外还得加上我妹妹和她的四个孩子，她的丈夫战死了……可我父亲对我们经济上的困难一无所知。开头我们节俭地过，省吃俭用，可这无济于事。于是我们开始卖东西——我们当时不动他心爱的收藏——卖我们有的零星首饰，可是，我的上帝，六十年来我父亲把他省下来的每个芬尼都用在买画上了，我们能有什么值钱的东西呢。山穷水尽，我们不知该怎么办……于是，于是母亲和我卖了一张画。父亲要知道的话，是不会允许的，他不知道境况多么坏，他想象不出在黑市里买一口吃的是多么困难，他也不知道我们被打败了，阿尔萨斯和洛林被割让出去了，我们不再给他念报纸上这一类的事情，免得他激动起来。

"'我们卖了一幅非常珍贵的画，那是伦勃朗的一张铜版蚀刻画。买主给了我们好几千马克，我们希望用这笔钱能过上一年。可是您知道，这钱也太不值钱了……我们把余款存放在银行里，可是两个月后就变得一文不值了。这样我们只得又卖一张，接着再卖一张，而买主汇来的钱老是很迟，等钱到手又不值钱了。随后我们去拍卖行，可在那儿他们也欺骗我们，出的价格是上百万……可是等这几百万马克到我们手就又变成一堆废纸。慢慢地就这样把他那批收藏中的最珍贵的卖得一张不剩，用来维持起码的、最可怜不过的生活，而我父亲对此一无所知。

“‘因此，当您今天前来，我母亲十分惊慌……要是他给您打开他的画册，那一切就隐瞒不住了……我们把复制品或类似的画塞到画册里的旧框里去代替我们卖出的画，这样，他抚摩的时候就不会发觉。当他抚摩和数这些画（每一张的次序他记得非常清楚）的时候，那种喜悦劲和他过去眼睛能看得见的时候一样。在这座小城镇里，父亲认为，没有一个人配看他的宝贝……他怀有一种狂热爱着每一张画，我相信，要是他知道了他手里的这批画都早已无影无踪的话，那他会心碎的。这么多年来，您是第一个他要把他的画册给除他之外的人看的人。为此我请求您……’

“突然这个女人举起双手，眼睛含着泪水，闪闪发光。

“‘我们恳求您……您不要使他不幸……您不要使我们不幸……您不要毁掉他这最后的幻想，请您帮助我们，使他相信他要对您讲述的这些画都还在……要是他猜出了都是假的，那他肯定会死去的。或许我们这样对待他是不对的，但是我们没有别的办法。人总得活下去……人的生命，我妹妹的四个孤儿，这总比画要重要啊……直到今天我们确也没有剥夺掉他的快乐；每天下午有三个钟点他翻阅他的画册，同每张画说话，像同一个活人一样。而今天……今天也许是他最幸福的日子，多年以来，他一直等待这么一天，好向一个行家展示他这些心爱之物；我请求您……用举起的双手恳求您，不要毁掉他的幸福！’

“她说的这一切是那样感人，我的复述根本无法表达出万一。我的上帝，作为一个生意人，我看到过许多人被无耻地掠夺得一干二净，被通货膨胀弄得倾家荡产，他们宝贵的家私为了换口奶油面包而被骗去。但是这儿，命运创造了另外一番奇特的情景，它使我极为感动。不言而喻，我答应她一定保守秘密，并尽我最大的努力去做。

“我们一道前往。在半路上我又愤慨地得知，别人用区区小数的钱欺骗了这两个穷苦的、无知的女人，这更坚定了我去帮助她们的决心。我们上了楼，还没等我们拉门铃，我就听见从房间里面传出来老人高兴的叫喊声：‘进来！进来！’盲人的灵敏听觉使他在我刚一上楼时就听到了我们的脚步声。

“‘海瓦特今天等着您看他的宝贝，急得连觉都没睡着。’老妇人微笑着说。她女儿的一个眼色就使她安下心来，知道已经取得了我的同意。在桌面上早就摆满了画册，这位双目失明的老人刚一握到我的手，来不及说其他的欢迎词儿，就抓住我的胳膊把我按在扶手椅上。

“‘好了，现在我们马上开始——有好多东西要看呢，从柏林来的先生们没有时间哪。第一本画册是丢勒大师的，您可以看得出来，是相当完整的，一张比一张好，喏，这您自己能判断出来的，您看这一张！’他翻开画册的第一张，‘这是《大马》。’

“于是他十分谨慎地，就像是接触一件易碎的物件似的，用指尖小心翼翼地从画册的纸框里取下一张上面什么也没有的、发黄的纸张，兴高采烈地把这张废纸头摆在自己的面前。他看着它，有好几分钟，实际上他什么也看不见，但他兴奋地用手把这张白纸举到眼前，脸上奇妙地呈现出一个明目人那样的聚精会神的表情。在他那双瞳仁业已僵死的眼睛里霎时间闪出一种明镜般的光亮，一种智慧的光华。这是由于纸张的反射还是内心光辉的映照？

“‘喏，您什么时候看到过这样一张极为漂亮的画呢？’他骄傲地说，‘每一个细部都多么清晰、多么细腻——我把这一张同德累斯顿的那一张做过比较，比起来那一张显得呆板，毫无生气。这儿还有收藏家的一些落款！’说着他把这张纸翻了过来，用指甲准确地指着这张白纸背面的一个地方，这使我不由自主地看过去，看那儿是否真的有什么标记。‘这是拿格勒收藏的图章，这儿是雪米和艾斯达依勒的图章；他们，这些著名的收藏家绝不会想到，他们的画有一天竟落到了这间陋室里。’

“当这个一无所知的盲人那样赞赏一张废纸时，我脊背上不禁感到一阵发冷；看到他用指甲尖一丝不苟地指着那些只存在于他幻想中而实际上看不到的收藏者的标志，真使人难过。我觉得嗓子眼儿发堵，不知回答什么好；但当我不知所措地向两个女人望去时，看到了那个颤抖的、激动的老妇人乞求地举起双手，于是我镇定下来，开始扮演我的角色。

“‘真是罕见！’我终于讷讷说道，‘一张美极了的画。’他的脸立刻由于骄矜而泛出光泽。‘这远不算什么，’他得意地说，‘您得先看看那张《忧郁》或者《基督受难》，一张着色的珍品，这样的质量再找不出第二份来，您看看吧。’他的手指又轻轻地在一张他想象中的画上比画着。‘多么鲜艳，色调多么细腻，多么温暖。柏林的古玩商和博物馆的专家们都会目瞪口呆的。’

“这种狂喜入迷的、喋喋不休的赞赏足足有两个钟头。不，我无法向您描述，看到这一两百张白纸或粗劣的复制品是多么令人难过，但这些白纸和复制品在这个悲惨的、一无所知的盲人的记忆里却是那么真实，他能丝毫不爽地顺着次序赞美着、描绘着每一个细部，十分精确；这看不见的收藏，虽说早已失散得一干二净，可对于这个盲人，对于这个令人感动的、受骗的老人，却依然是完整无缺啊，他幻觉中的激情是那样强烈，几乎使我都开始相信他的幻觉是真实的了。只是有一次他几乎从这种夜游式的状态中被惊醒过来：在他夸奖伦勃朗的《阿齐奥帕》（这一定是一幅珍贵无比的样本）印得多么精致时，同时就用他那神经质的有视觉的手指，顺着印路在描画着，可他那敏感的触觉神经在这张白纸上却感受不到那种纹路。刹那他的额头笼罩上一层黑影，声音慌乱起来。‘这真的……真的是《阿齐奥帕》？’他嘀咕起来，显得有些困惑。于是我灵机一动，马上从他手里把这张纸拿了过来，并兴致勃勃地对这幅我也熟悉的铜版蚀刻画中每一个细节加以描述。盲目老人业已变得困惑的面孔又恢复了常态。我越是赞赏，这个身材魁梧然而老态龙钟的盲人便越是心花怒放，一种宽厚的慈祥，一种憨直的喜悦。‘这才真是一个行家，’他欢叫起来，得意地把身子转向家人，‘终于有一个懂行的人了，你们也会知道，我的画是多么宝贵了。你们总是怀疑我，责备我把钱都花在我的收藏上，是啊，六十年来，我不喝啤酒，什么酒也不喝，不吸烟，不外出旅行，不上剧场，不买书，我节衣缩食，省吃俭用，就是为了这些画。你们会看到的，等我离开人世时，那你们就会有钱，比这个城镇的任何人都有钱，和德累斯顿最有钱的人一样富有，那时你们就会对我的这股傻劲再次感到高兴呢。但是只要我还活着，哪一幅画也不许离开我的家。得先把我抬去埋掉，才能动我的收藏。’

“他的手温柔地抚摩着早已空空如也的画册，像抚摩一个活物似的。这使我感到惊悸，但同时也深受感动，在战争的年代里我还从没有在一个德国人的脸上看到这样完美、这样纯真的幸福表情，站在他身边的是他的妻女，她们与德国大师的那幅蚀刻画上的女性形象那样神奇地相似，她们来到这儿是为了瞻仰她们的救世主的坟墓，站在被挖掘一空的墓穴之前，她们面带一种惊骇至极的表情，而同时又怀有一种虔诚的、奇妙的狂喜。像那幅画上的女人在听耶稣基督的上天预言那样，这两个上了年纪的、面容憔悴的、穷苦的小资产阶级女人被老人的孩子般的喜悦所感染，半是欢笑，半是泪水，这种景象我从未经历过，它是那样动人。但是老人觉得我的赞赏仍嫌不够似的，他一直不断地翻动画册，如饥似渴地吞饮下我的每一句话。当这些骗人的画册终于被推到一旁，他不情愿地把桌子腾出来供喝咖啡用时，这对我来说如释重负。但我的这种轻松之感，却是针对他那极度兴奋、极为狂乱的快乐的，针对这像是年轻了三十岁的老人的自豪而言的，这使我感到内疚。他讲了许许多多他搜集这些画的趣闻；他拒绝他人的帮忙，不断地站起身来，一再地抽出一幅又一幅的画来，宛如喝醉了酒那样不能自主。最后，当我告诉他我得告辞时，他蓦地一怔，像一个固执的孩子那样满心不悦，气得直跺脚。这不行，我还一半都没看完呢。两个女人极力使这执拗的老人理解，他不应该再挽留我了，要不我就要误火车了。

“经过无望的挽留，他最后听从了劝告；在告别的时候，他的声音变得完全温和了。他抓住我的双手，面带一个盲人所能表现出来的全部感情，用手指爱抚地一直摸到手腕，像是要更多地了解我，或者是要给予我远非言辞所能表达出的、更多的爱。‘您的访问使我高兴极了，高兴极了，’他开始激动地说，这激动出自他内心深处，是我永远不能忘怀的，‘您对我真的做了一件大好事，使我终于，终于，终于能同一个行家一道欣赏我这些心爱的画册。您会看到，您到一个老瞎子这儿来，并没有白来一趟。这儿，在我的妻子面前，她可以做证，我答应，在我的遗嘱上再加上一个条款，把我的这批收藏委托给您这家老字号负责拍卖。您应该有这份荣誉，支配这批不被人知晓的宝贝，’说到这里他把手轻轻地放在已被洗劫一空的画册上面，‘直到它们流散在世上的那一天为止。但您要答应我，印一份精美的目录：

这将是我的墓碑，我不需要其他更好的了。’

“我向他的妻子和女儿望去，她俩聚靠在一起，战栗不时从一个人传向另一个人，仿佛她俩成为一体，协调一致地在抖动。可我有着一种庄重的情感，因为这个令人感动的、一无所知的盲人把他那看不见的、早已无影无踪的收藏当作一批珍贵的财富委托给我支配。我激动地应允了他，可是这允诺是永远不会兑现的。在他那对业已死亡的瞳仁中重又泛出光辉。我觉察到，他有着一种出自心底的渴望，要和我亲近；我感到他的手指是那么温柔、那么亲切地紧握住我的手指，满怀着感激和庄严的情感。

“两个女人陪我向门口走去。她俩不敢讲话，因为怕他灵敏的听觉会听到每一个字；她们望着我，两眼饱含热泪，目光里充满了感激之情。我迷迷瞪瞪地摸着下了楼梯。我真应该感到羞愧，看起来我像一个天使降临到一个穷人之家，由于我参与了一场虔诚的骗局并进行了善意的欺骗，从而使一个盲人复明了一个小时，我实际上却是一个卑劣的商贩，来到这里是想从别人手中搞去一两张珍贵的作品。但我从这里带走的远比这要珍贵得多：在这个阴郁的、没有欢乐的时代里，我又一次活生生地感受到了纯真的热情，一种照透灵魂、完全倾注于艺术的狂热，而这种狂热我们的人早就没有了。我怀有一种敬畏的感情——我不能说出别的什么来——尽管我还一直有着一种我说不出为什么的羞愧之情。

“我已走到了街上，上面的窗户咯吱地响动起来，我听到有人喊我的名字。真的，老人用盲无所见的眼睛在望着估计是我走去的方向，他连这个机会都不放过。他把身子从窗户里探出很远，两个女人不得不费心地扶住他。他挥动手帕，用孩子似的欢快声音喊道：‘一路平安！’我永远不会忘记这个景象：窗口上面白发老人的一张快乐的面孔，高高地飘拂在马路上愁容满面、熙来攘往、行色匆忙的众生之上，乘着一朵幻觉的白云冉冉上升，离开了我们这个令人厌恶的世界。我不由得忆起了那句古老的至理名言——我想那是歌德说的——‘收藏家是幸福的人。’”

（高中甫 译）

# 日内瓦湖畔的插曲

在日内瓦湖畔，靠近小小瑞士的维诺弗的地方，一九一八年夏天的一个傍晚，一个渔夫把船向岸边划来。他在湖面上发现了一件奇怪的东西，划近一看，原来是一只用几根木棍松垮地捆在一起的简单木筏，上面有一个赤身裸体的男人用一块木板当桨在笨拙地划着。渔夫惊骇地划到跟前，把这个精疲力竭的人拖到自己的船上，用渔网盖住他的下身，随后他试着同这个蜷缩在船上一角冷得浑身发颤的、畏怯的男人攀谈。可是这个人用一种陌生的语言答话，这种语言和渔夫说的没有一个字相同。不久，这个热心肠的渔夫只好作罢，他收起渔网，快速地向岸边驶去。

岸边华灯初上。这个赤身裸体的人的面孔慢慢清晰可见。他那宽大的嘴边满是胡髭，脸上泛起孩子似的笑容，举起一只手向对面指着，结结巴巴地说着一个词，听起来像是“露西亚”[1]，小舟离岸越来越近，这个词说得越来越热烈。渔船终于靠岸，渔夫们的家室都在岸边守望自己的男人。她们观望渔夫的湿漉漉的捕获物，可她们一看出在渔网里的竟是一个一丝不挂的男人时，便慌乱地四下逃散，就像瑙西卡[2]

[1] 俄语的音译，意为俄罗斯。

[2] 古希腊神话中阿尔刻诺国王的女儿。由于雅典娜的指使，瑙西卡和她的侍女们在河边嬉戏时发现了漂流到该岛的俄底修斯。当时俄底修斯一丝不挂地出现在她们面前，侍女骇得四下逃散。

的侍女发现裸体的俄底修斯的情景一样。慢慢地，村里的一些男人向这稀有的“人鱼”聚拢来，他们随即负责尽职地把他送到村长那里。出于战争期间的直觉和丰富的经验，他立刻就觉察出这个人一定是个逃兵，从湖岸法国那边游到这里来的。于是他公事公办地进行审问，可是这种一本正经的做法很快就失去了严肃的意义和应有的价值，这个一丝不挂的男人（在此期间有几个居民掷给他一件上衣和一条粗布裤子）对任何问题只是重复地、疑问似的说：“露西亚？露西亚？”声音越来越畏葸，越来越含混不清。村长对此感到有些恼火，于是以不容误解的手势让这个陌生人跟他走。身边围着一群吵吵嚷嚷的年轻人，这个湿漉漉的、光着大腿的男人，穿着一件上衣和一条短裤，被带到村公所去，好在那里把事情弄清楚。这个人顺从地一声不响，只是他那对明亮的眼睛由于失望而变得黯淡无光，他那高耸的肩膀像是在重压之下垂了下来。

这条被捕捞上来的“人鱼”被安置在就近的一座旅馆里。在单调的日子里，这个令人开心的插曲给人们带来了乐趣，一些女人和男人都来这里参观这个野人。一个女人带给他糖果，可是他像个猴子似的多疑，动也不动；一个男人给他照相，所有的人都谈论他，高兴地在他周围七嘴八舌说个不停。终于，有一个曾在外国待过并能说多种语言的饭店老板来到这个惶恐不安的人身边，轮换用德语、意大利语、英语，而最终用俄语问话。刚一听到家乡话，这个惶恐不安的人就抽搐了一下，他那善良的面孔上堆起一片宽厚的笑容，突然间他镇静而直率地谈起他的全部经历。这个故事很长，也很杂乱，一些个别地方连这个临时翻译也搞不懂，但是这个人的遭遇总的说来还是清楚的：

他在俄国打仗，可有一天，他同成千上万的士兵被装进军车，走了好远好远，随后又被装上船，船走了更长时间，经过一个非常炎热的地区，用他的话来说，热得肉里的骨头都软了。最后他们在一个地方登陆，又被塞进军车，然后向一个山丘冲了上去，随后他什么都不知道了，因为冲锋一开始他的腿上就中了一弹。通过翻译，听众马上就知道了，这个逃兵是属于那个穿过西伯利亚和经过海参崴，越过大半个地球来到法国前线的俄国军团的士兵。这马上激起了人们怀有怜悯心的一种好奇，是什么促使他能够进行这次稀奇的逃亡。这个性情随和的俄国人，面带半是宽厚半是狡黠的微笑叙述说，他的伤还没有好，就问护士，俄国在什么地方，护士把方向指点给他，他通过太阳和星星的位置大体确定了方向，于是就偷偷地溜了出来，夜间走路，白天躲在干草堆里逃避巡逻兵。吃的是采到的浆果和讨来的面包，走了十天，最终他到了湖边。现在他的叙述就有些不清不楚了，好像是这个来自贝加尔湖畔的人以为，在晚霞中他眺望到日内瓦湖另一岸的摇曳不定的轮廓，认定那就是俄国。他想方设法从一家农舍里偷了两根木梁，他躺卧在上面，用一条木板做桨，划到湖中间，在那里那个渔夫发现了他。在他结束他的这段糊里糊涂的故事时，他胆怯地提出了个问题，是不是他明天就可以到家，还没等翻译出来，这个愚昧无知的问题先是唤起了一阵哄堂大笑，可随即这笑声变成了一种深切的同情。每个人都塞给这个东张西望、显得手足无措、可怜巴巴的人一两个铜板或几张纸币。

在此期间，一个较高级的警官从电话中得悉此事，由蒙特沃来到这里，他费了不少气力才就此事写出了一份记录。这不仅是由于这临时的译员无能为力，也是由于这个人的无知无识，西方人对此是难以想象的，可现在总算是清楚了。他对自己的身世，除了知道他名字叫鲍里斯之外，几乎毫无所知；而对自己的家乡，他只能极为混乱地描画个大概，他是麦合尔斯基公爵的农奴（虽然农奴制早已废除了好几十年了，可他还是说“农奴”这个词），他同他的妻子和三个孩子住在离大湖有五十俄里的地方等等。现在谈到下一步该如何办的问题了，一些人开始争论起来，而他目光呆滞地蹲在这群人中间。有些人认为应当把他送交给伯尔尼的俄国领事馆，可另一些人怕这样做他会被重新送回法国；警官在权衡这个问题的严重性，是该把他当作逃兵还是当作一个无证件的外国人来对待；村秘书立刻排除上面提到的后一种可能性，这要地方上养活一个外来人，还要为他准备住处。一个法国人叫了起来，人们对这个可怜的俄国兵不该这样顾虑重重，他可以劳动或者被遣送回去；两个妇女激烈地反对说，他的不幸不是由于自己的过错，让人背井离乡到外国打仗，这才是一种犯罪。这个偶然的事件几乎要引起一场政治上的争吵。这时突然一位老先生、丹麦人——在此期间他来到此地——断然表示，他愿为这个人付八天的生活费用，这期间行政当局应同领事馆进行交涉达成协议。这个意想不到的解决办法，使官方之间和持不同意见的个人之间都避免了争吵。

在越来越激烈的争辩中间，这个逃兵慢慢地抬起畏怯的目光，老是望着饭店老板的嘴唇，他知道，在这场争论中，这是唯一能告诉他该怎么办的人。他对由于他的出现而引起的这场争吵显得毫无所谓，现在当争吵声平静下来时，他不由自主地在寂静中间向老板抬起乞求的双手，就像女人在圣像面前祈祷那样。那令人感动的姿势深深地打动了在场的每一个人。老板亲切地走上前去安慰他，告诉他不要怕，他可以住在这里，在旅馆会有人照料他的。这个俄国人要吻他的手，可老板迅速把手抽了回去。随后老板把邻近的一座小旅馆指点给他，他可以住在那里，有吃的东西，又再次说了几句亲切的话，安慰他；之后他顺着马路走回自己的饭店，临行时还再次和蔼地同他示意作别。

这个逃亡者动也不动地凝视着老板的背影，在人群中间，只有这个人懂得他的语言。他畏葸地躲在一边，一度明亮的脸色又阴沉下来。他眷恋的目光直到老板的背影消逝在位于高处的饭店才垂了下来，对其他人则望也不望。那些人对他的这番举止感到惊奇，笑了起来。其中一个人同情地动了动他，让他进旅馆去，他垂下沉重的双肩，耷拉着脑袋走进门去。有人给他打开睡房的房门。他蜷缩在桌旁，女仆把一杯烧酒放在桌子上表示欢迎。他整个上午动也不动地、茫然地坐在那里。村里的孩子们不时地从窗外窥视，大声笑着，朝他喊叫，他连头都不抬，一些人走进房来，好奇地观察着他，他目光不动地盯着桌子，弯着腰坐在那里，畏葸、羞赧。中午吃饭的时候，饭堂里聚集着一大群人，笑语喧哗，他周围的人都在高谈阔论，在喧嚣嘈杂的人群中间，他又聋又哑地坐在这里时，他的双手哆嗦起来，几乎连用勺子舀汤都舀不出来。蓦地，两行粗大的泪水顺颊滚下，沉重地落在桌上。他畏怯地环望一下四周。其他人看到他流泪，一下子就静了下来。他感到羞愧，把沉重、蓬乱的脑袋越来越低地垂向黑色的桌面。

直到傍晚，他一直这样坐着。人们来来往往，他对此毫无感觉，而那些人也不再理会他了。他坐在火炉的阴影里，本身就像一截阴影，双手沉重地摊放在桌子上。所有的人都把他忘了，没有一个人注意到他在朦胧中突然立起身来，像只野兽似的、闷闷地顺着路向那座饭店走去。走到门前，他手中托着帽子，站在那里，一个钟点、两个钟点动也不动，对谁都不看一眼。在饭店的入口处，光线黯淡，他犹如半截枯树，僵直、黑黝黝地竖在那里，像生了根似的，终于这个奇怪的景象引起了饭店的一个小伙计的注意，他把老板叫了来。当老板用俄语向他打招呼时，他那阴沉沉的脸上又泛起少许的光泽。

“你要做什么，鲍里斯？”老板亲切地问道。

“请您原谅，”这个逃亡者讷讷地说，“我想知道……我是不是可以回家？”

“当然啰，鲍里斯，你可以回家。”被问者微笑着回答说。

“明天行吗？”

这下子老板也变得认真起来。当他听到这乞求的话时，笑容从他脸上消逝了。“不行，鲍里斯，现在还不行。得战争结束才可以哪。”

“那什么时候？什么时候战争结束？”

“上帝才知道。我们这些人是不知道的。”

“不能早一些？我不能早一些走？”

“不能，鲍里斯。”

“很远吗？”

“很远。”

“得走许多天？”

“许多天。”

“先生，我还是要走！我身强力壮。我不会累的。”

“你没法儿走的，鲍里斯。这中间还有国境。”

“国境？”他呆钝地望着。这个词他太陌生了。随后他固执地一再说，“我会游过去的。”

老板几乎要笑起来，但这使他感到难过啊，于是他和蔼地解释说：“不行，鲍里斯，这不行啊。国境，就是另一个国家。他们不会让你过去的。”

“可我并没有得罪他们呵！我早就把我的枪扔了。我哀求他们，看在基督的分儿上，为什么不能让我去我老婆那里？”

老板的心情变得越来越沉重。他感到一阵揪心的痛苦。“不行啊，”他说，“他们不会放你过去的，鲍里斯。现在人都不再听基督的话了。”

“那我该怎么办，先生？我总不能待在这里啊！这里的人不懂得我，我也不懂得他们。”

“这你可以学会的，鲍里斯。”

“不，先生”，俄国人垂下了头，“我学不会。我只能在地里干活，除了这我什么也不会。我在这儿能做什么？我要回家！您指给我路好了！”

“现在没有路，鲍里斯。”

“可是，先生，他们总不能禁止我回家，回到我老婆、回到孩子跟前去呀！我现在再不是个大兵了！”

“他们还会要你当兵的，鲍里斯。”

“是沙皇？”他蓦地问道，由于期待和敬畏而浑身颤抖。

“没有沙皇了，鲍里斯。人们把他推翻了。”

“没有沙皇了？”他愁眉不展地望着老板，目光中的最后一丝光泽消逝了，最后他疲惫不堪地说，“那么我是不能回家了？”

“现在还不能。你必须等着，鲍里斯。”

“等多久？”

“我不知道。”

在暗中，他的面色越来越阴沉灰暗：“我已经等了好长时间了！我不能再等下去。告诉我路！我要自己试着回去！”

“没有路，鲍里斯。在国境上他们会抓住你的。留在这儿，我们会给你找到活干！”

“这儿的人不懂得我，我也不懂得他们，”他固执地重复说，“我在这儿不能过活！帮帮我，先生！”

“我无法帮你，鲍里斯。”

“看在基督的面上，帮帮我，先生！我实在受不了啦！”

“我无法帮你，鲍里斯。现在没有人能帮助别人。”

他俩站在那里，面面相觑。鲍里斯转动手上的帽子。“那他们为什么把我从家里弄出来？他们说，我得保卫俄国，保卫沙皇。可是俄国离这儿那么远，你刚才说，他们把沙皇……您怎么说的了？”

“推翻了。”

“推翻了。”他懂也不懂地重复了这个词，“我现在怎么办，先生？我得回家！我的孩子在喊我。在这儿我没法儿活下去！帮帮我，先生！帮帮我！”

“我无法帮助你，鲍里斯。”

“没有人能帮助我吗？”

“现在没有人。”

俄国人把头垂得越来越低，突然间他闷声闷气地说：“谢谢你，先生。”随后转身走开了。

他慢步顺路而下。老板长时间地望着他的背影，看到他没有回到旅馆，而是向湖边走去，感到十分奇怪。他深深地叹了口气，回到自己饭店里去。

事也凑巧，翌日清晨还是那个渔夫找到了一具溺死者的赤裸裸的尸体。死者生前一丝不苟地把送给他的裤子、帽子和外套摆在岸边，然后走进水里。关于这件事做了一份记录；由于不清楚这个陌生人的姓名，只在他的坟墓上竖了一个简陋的十字架，这是那许许多多小型十字架中的一个，它象征着无名者的命运。现在整个欧洲，从东到西、从南到北到处都插满了这样的十字架。

（高中甫 译）

# 一个女人一生中的二十四小时

战争[1]，爆发前十年，当时我住在里维埃拉[2]：一座小公寓里。有次在饭桌上发生了一场激烈的讨论，想不到竟演变成粗野的争执，甚至差点闹到彼此恶语相加、互相侮辱的地步。当今大多数人的想象力都很迟钝，不管什么事，只要它与自己无关，只要它没有像一个尖利的楔子打进脑袋，他们就不会大动肝火，可是事情一旦发生在他们眼前，直接触动到他们的感情，那么，即使是一件微不足道的小事，也会立即在他们心里引起过分的激动。于是他们便一反往日少管闲事的常态，显出蛮不讲理、气势汹汹的样子。

这次，在我们同桌吃饭的这些十足的平民百姓身上所表现出来的就是这种情景。平日这帮人在一起心平气和地 small talk[3]，互相开点无伤大雅的小玩笑，通常吃完饭大家马上就分散了：那对德国夫妇

---

[1] 指第一次世界大战。

[2] 里维埃拉，地中海沿岸地区，包括法国东南部的兰岸地区以及意大利北部的波嫩泰和勒万特，风光绚丽，气候宜人，是著名的旅游胜地。沿海地区有戛纳、昂蒂布、尼斯、芒通、圣雷莫、圣马格丽塔、拉巴洛和莱万托等城市。

[3] 英语：闲聊。

外出观光游览，拍照留影；胖子丹麦人不嫌单调乏味，独自去钓鱼；举止文雅的英国太太接着看她的书；那对意大利夫妇则到蒙特卡洛[1]去豪赌；我呢，不是偷闲在花园里的椅子上一躺，就是工作。可是这次，那场激烈的讨论把我们大家互相完全纠缠在一起了，吃完饭大家都坐着，谁也没有走；我们中要是有人突然一跃而起，那绝不似平日那样站起来彬彬有礼地向大家告退，而是在脑袋发热、心中愤怒的状态下——这我在前面已经说过——所采取的不加掩饰的激愤形式。

把我们桌上这一小拨人拴在一起的那件事，确实够奇怪的。我们七个人下榻的那个公寓从外表看虽然好似独幢别墅——啊，从窗口眺望悬岩峥嵘的海滨真是妙不可言——但实际上它只不过是皇宫大饭店的附属建筑，收费较低廉，通过花园同大饭店相连，所以我们这些住公寓的客人同住大饭店的客人常有来往。前天，饭店里发生了一件确凿无疑的桃色事件：一位年轻的法国人乘中午十二点二十分的火车——我不得不准确地把时间交代清楚，因为它无论对这段插曲还是对那场激动的谈话的题目都是非常重要的——来到这里，租了一间滨海房间，可以眺览大海，视野非常好，这本身就说明他相当富裕。使其引人注目、给人以好感的，不仅是他谨慎的优雅风度，更主要的是他那超群绝伦、人见人爱的俊美：一张修长的姑娘般的脸庞，热情而性感的嘴唇上长着一圈轻柔、金黄的短髭，柔软的褐发卷曲在白净的额头上，温柔的眸子投给你的每一瞥都是一次爱抚——他身上的一切都显得柔情绰态，依阿取容，风致韵绝，而毫不忸怩作态、矫揉造作。如果说远远见到他首先会使人觉得有点像陈列在大时装店橱窗里的那些表现男性美理想的、拿着精美的手杖、风度翩翩的肉色蜡人的话，

[1] 世界著名的赌城，在摩纳哥公国境内。

那么走近一看却全然没有一丝纨绔之气，因为他身上的俊秀纯属是天然，与生俱来，宛如从肌肤里长出来的，实属罕见。他从旁边走过时，总要以同样谦恭和亲切的方式向每个人打招呼，见他在各种场合无拘无束地展现的那份时时做好外出准备的潇洒劲儿，真让人赏心悦目。若是有位女士往存衣处走去，他总要赶忙迎上前去，帮她脱下大衣，对于每个孩子他都亲切地看上一眼或是说句逗乐的话，显得既平易近人，又不张扬惹眼——总之，看来他就是那种幸运儿，他们凭借得到验证的感觉，深信能以自己俊美的面庞和青春的魅力使别人满面春风，并将这种自信变成新的优雅风度。只要有他在场，对饭店里大多数年老或者有病的客人来说不啻是一种恩惠，他以那种青春的胜利步伐，以那种逍遥自在、清新潇洒的生命的风暴赋予许多人以优美的享受，使得每个挤到前面来看他的人都无可抗拒地对他产生好感。他来了两个小时就已经在同里昂来的两位姑娘打网球了。她们是那位身宽体胖的富有的工厂主的女儿，十二岁的安内特和十三岁的勃朗希。女孩儿的母亲，那位秀美、窈窕、性格内向的亨丽埃特夫人脸露微笑，在一旁看着两位羽毛未丰的女儿在下意识地卖弄风情，同那位陌生的年轻人调情。晚上，他在我们的棋桌旁观看了一小时，这当间随便讲了几个有趣的奇闻轶事，随后又陪亨丽埃特夫人在饭店的屋顶平台上长时间地踱来踱去，而她丈夫则像往常一样，同一位生意上的朋友玩多米诺骨牌；夜里我注意到，他还在办公室的暗影里同饭店的女秘书促膝谈心，神态之亲密简直令人生疑。第二天早晨，他陪我的丹麦同伴出去钓鱼，他在这方面所显示的知识实在令人惊讶；后来又同里昂来的那位工厂主聊了很久的政治，在这方面他也证明自己同样很精通，因为别人听到这位胖胖先生开怀的笑声竟盖过了海浪的轰鸣。午饭后，他再次单独陪亨丽埃特夫人坐在花园里喝了一小时黑咖啡，又同她的女儿打了网球，同那对德国夫妇在大厅里闲聊了一阵。我所以那么详尽地记下他在各个时间段的时间安排，那是因为这对了解这里的情况是完全必要的。下午六点钟我去寄信，又在火车站遇见了他。他急忙朝我走来，仿佛他要向我告辞似的。他说，他突然接到来信，叫他回去，两天后他仍将回来。晚上，他果然没在餐厅里出现，但这只是他的人不在，因为每张桌上还都在谈他，大家交口赞赏他那种舒适、快活的生活方式。

夜里，大约将近十一点钟的时候，我坐在屋里，想把一本书看完。这时，从打开的窗户里突然听到花园里有不安的叫喊声，又看到那边饭店里的一片忙乱景象。我觉得好奇，但更感到不安，于是马上过去，跑了五十步就到了那边。我发现所有的客人和饭店职工个个张皇失措，乱作一团。原来亨丽埃特夫人每天晚上都要到海滨台地上去散步，今天，在她丈夫照例准时同那慕尔[1]来的朋友玩多米诺骨牌的时候，她就去那儿散步，此时尚未回来，大家担心她会遭到什么不测。她那位身宽体胖、平时行动迟钝的丈夫现在在像头公牛似的一再向海滩奔去，并朝黑夜高声呼喊："亨丽埃特！亨丽埃特！"由于紧张，声音都变了，这呼唤听起来像是一只受到致命伤害的巨兽发出的原始而可怕的悲号。茶房和侍役惊恐不安地从楼梯上跑上跑下，所有客人都被叫醒，并打电话报告了警察局。这当间，那位胖丈夫敞着坎肩，一面不停地踉踉跄跄、磕磕绊绊地奔来奔去，一面抽抽噎噎，徒劳地朝黑夜呼唤："亨丽埃特！亨丽埃特！"这时楼上的两个女儿也醒了，穿着睡衣，从窗口朝楼下呼喊她们的母亲，于是父亲又急忙跑上楼去宽她们的心。

随后发生了一件骇人听闻的事，简直难以复述，因为人在遭受巨

[1] 比利时的一个城市。

大打击的瞬间，精神极其紧张，他的举止往往表现出一种悲剧色彩，无论用图画还是文字都无法以同样的雷霆之力将其再现。突然，那位笨重、肥胖的丈夫从嘎吱作响的楼梯上下来，脸色也变了，显得十分疲倦，但却十分愤怒。他手里拿了一封信。他以刚好还能听得清的声音对人事部主任说："请您叫大家都回来，不用再找了。我夫人抛弃了我。"

这就是这位受到致命打击的男人的态度，是他在周围这些人面前所表现的超乎常人的态度。这些人本来都怀着好奇心争先恐后地来看他的，现在突然大吃一惊，个个感到很难为情，人人不知所措，便纷纷离他而去。他剩下的力气正好还够摇摇晃晃地从我们身边走过，朝谁都没看一眼，他还走进阅览室去关掉电灯；随后就听见他沉甸甸的庞大身躯砰的一声跌落在靠背椅里，并听到一阵呜呜的啜泣，像野兽的嗷嗷声，只有还从来没有哭过的男人才会这么个哭法。这种刻骨铭心的痛苦对我们每个人，即使是最卑鄙的人，都具有一种麻醉力。无论是茶房还是怀着好奇心悄悄走来的客人，谁都不敢发出一丝笑声，或者说一句惋惜的话。我们大家都默默无言，对这场可以击碎一切的感情爆炸好像感到羞愧似的，一个接一个溜回各自的房间，只有那位被击倒的人独自在黑暗的房间里啜泣，后来大厦的灯光慢慢熄灭了，但人们还在交头接耳、嘀嘀咕咕、窃窃私语。

人们将会理解，拿这么一桩雷击般落在我们眼前的事件来狠狠地刺激一下那些平时只习惯于悠闲自在、无忧无虑地消磨时间的人大概是非常合适的。但是，随后我们餐桌上爆发的那场讨论，那场如此激烈、差点儿激化为拳脚相加的讨论，虽然是这桩令人惊异的事件引起的，然而从实质上来说，它更是对相互对立的人生观所做的一次原则性的阐述和大动干戈的冲突。这位精神彻底崩溃的丈夫一时气昏了头，将手里的信揉成一团，随手往地上一扔。一个侍女捡起信来看了，但不慎泄露了秘密，因而大家很快都知道，亨丽埃特夫人不是独个儿，而是同那位年轻的法国人串通一气才出走的。这样一来，大多数人原来对年轻的法国人所抱的好感，瞬息之间就烟消云散。现在，一眼就看得明明白白：这位瘦小的包法利夫人将她肥胖的、土里土气的丈夫换了一位风流倜傥、年轻潇洒的美男子。然而，使得饭店里所有的人激动不已的，却是以下这一情况：无论是这位工厂厂主还是他的两个女儿，或者亨丽埃特夫人先前都从未见过这位 Lovelace[1]，那么，使得一位大约三十三岁左右、品德无可指责的女人一夜之间就把自己的丈夫和两个孩子抛弃，随随便便跟一位素不相识的纨绔子弟远走高飞的，有傍晚时分在平台上的两小时谈话和在花园里喝一小时黑咖啡这两件事大概就足够了。对于这个表面上显而易见的事实，我们桌上的人却一致不予苟同，大家认为，那是这对情人施放的刁钻烟幕和耍的狡猾花招：不言而喻，亨丽埃特夫人同这位年轻人一定早就有了秘密来往，这位情郎这次是专为商定私奔的最后细节而来这儿的，因为——大家这样推断——一位正派夫人同一个男子结识仅两个小时，听到一声吆喝就随他私奔，这是完全不可能的。我觉得，提出一个不同看法倒是蛮有趣的，我竭力为这样一种可能性辩护：我认为，一个多年来对婚后生活感到失望和无聊的女人，心里早已做了坚决的准备，一旦有人追她，就随他而去，这种情况是极有可能的。由于我出其不意地提出了异议，讨论立刻就吸引了每个人，尤其因为德国和意大利这两对夫妇的论点而变得颇为激烈：他们带着毫不掩饰的侮辱和轻蔑的神

[1] 花花公子。

情否定有 coup de foudre[1] 的情况存在，若是有，那也只是愚蠢的行为，是无聊小说里的想入非非。

好了，这场争吵从喝汤开始一直进行到吃完布丁为止，这里再来把狂风暴雨般的争论的各个细节咀嚼一遍，确实没有必要：只有对那些 Professionals der Table d’ hote[2] 这种争论才是司空见惯的，餐桌上偶然发生一次争论，情绪都很激动，但所持的论点往往很平庸，因为那只是匆忙之中随便捡起来的。我们的讨论何以会急速发展到恶语中伤的程度，这也很难说得清楚。我觉得，由于德国和意大利这两位丈夫下意识地想要将他们各自的夫人排除在有堕入深渊的极其危险的可能性之外，从这时起争论就开始动了肝火。可惜这两位找不到有力的论据来反驳我，他们说，只有那种只根据偶然的、单身男子廉价地征服女人的例证来判断女人心理的人，才会持那种观点。这话已经使我有几分来气了，而那位德国夫人还拿一大堆废话来教训人，说什么世上一方面有真正的女人，另一方面也有“天生的娼妓”，照她的看法，亨丽埃特夫人准保就是其中之一。这话更是火上浇油，我再也忍耐不住了，于是便立即采取进攻姿态。我说，一个女人在其一生的某些时刻处于神秘莫测的力量的控制之下，只好任凭摆布，这既非她的意愿，她自己也不知晓，这是明摆着的事实，否认这个事实，只不 过是为了掩盖对自己的本能，对我们天性中的恶魔成分的恐惧罢了。看来，这样做许多人可以自得其乐，并觉得自己比那些“容易上钩”的人更坚强、更纯洁、更高尚。我个人还觉得，一个女人如果不是像常见的那样，躺在丈夫怀里闭着眼睛欺骗丈夫，而是无拘无束、热情奔放地

[1] 法语：本意“电击”，意为“一见倾心”。

[2] 法语：在公寓里吃饭的人。

听从她自己的本能，这样倒是更为诚实。我大致就说了这些话，在这火药味十足的谈话中，别人对可怜的亨丽埃特夫人攻击得越厉害，我为她的辩护也就越发激昂慷慨，这实际上已经远远超出了我内心的感情。我的这种热情，用大学生的话来说，是对这两对夫妇的挑战，他们像是不很和谐的四重奏，恶狠狠地一齐向我反扑过来。上了年纪的丹麦人表情和蔼地坐在这里，宛如足球比赛时手握跑表的裁判，不得不时时用指骨敲敲桌子，以示警告："Gentlemen，please."[1] 不过，每次只能起一会儿作用。一位先生满脸涨得通红，已经三次从桌上跳了起来，他夫人费了好大劲才把他按下去。总而言之，要不是突然 C 夫人出来调解，把这场火药味很浓的谈话平息下去，那么过不了十几分钟，我们这次讨论就会以拳脚相加来结束的。

C 夫人，这位满头银发、气宇不凡的英国老太太，是我们这桌非选举的名誉主席。她坐在座位上，腰板挺直，对每个人的态度总是同样的和蔼可亲，自己不多说话，但却总是兴致勃勃地倾听别人的意见，单就她的体态风度就给人一个赏心悦目的印象：收心养性的奇妙神态和温文尔雅的风采显露出她雍容高贵的气质。虽然她善于用巧妙的手腕对每个人都表示特殊的亲切姿态，但仍对每个人都保持一定的距离：通常她总是坐在花园里看书，有时弹弹钢琴，很少见她同别人待在一起或者加入热烈的谈话。大家不太注意她，然而她对我们大家却拥有一种特殊的力量，她第一次参与我们的谈话，我们大家就都为自己说话声音太大，未加克制而感到很不好意思。

就在这位德国先生粗暴地跳起来，随即又被轻轻按住，重新在桌旁坐下的当间，C 夫人就乘这个令人不快的间歇，出乎意料地抬起她

[1] 英语：先生们，请注意。

那亮晶晶的灰色眼睛，犹犹豫豫地对我凝视了一会儿，接着便以几乎是客观明确的语气按她自己的理解提起了这个话题：

“这么说，如果我没理解错的话，您相信亨丽埃特夫人，相信一个女人会无辜地被卷进一桩突如其来的绯闻，相信确有一些这样的女人，会做出一小时之前她们自己都认为不可能，而且几乎也不能由她们来负责的行动？”

“我绝对相信，夫人。”

“这样说来，任何道德评判都毫无意义，任何有伤风化的行为都是合理的了。您要是真的认为，法国人所说的 crime passionnel[1] 不成其为 crime[2]，那么还要国家司法机关干吗？什么事不是都得靠并不很多的良好愿望了吗？想不到您的良好愿望有那么多，”她轻轻一笑，补充说，“在每个罪行中都可找出一种热情来，有了这种热情，罪行也就可以加以宽恕了。”

她说话的声调清晰而快乐，我听了感到分外舒坦，我下意识地模仿她的客观态度，同样以半开玩笑半认真的方式回答道：“国家司法机关对这类事情的裁决肯定比我严厉，它们的职责是毫不留情地维护共同的风俗习惯：它们必须做出裁决，而不是给予宽恕。作为一个人，我看不出我为什么要主动担当起检察官的角色：我宁愿当辩护人。就我个人来说，理解人所得到的乐趣要比审判人所得到的大得多。”

C 夫人睁着亮晶晶的灰色眼睛从上到下将我端详了一番，显出犹犹豫豫的样子。我担心她没有正确理解我的意思，准备把刚才的话再用英语向她重复一次。可是她却像在主考一样，以一种严肃得有点奇

[1] 法语：热情导致的罪行。

[2] 法语：罪行。

怪的神情继续提问。

“一个女人扔下丈夫和两个女儿，随便跟人跑了，而她压根儿还不知道这人是否值得她爱，您不觉得这事很可鄙，很丑恶吗？这女人毕竟不算很年轻了，为自己的孩子着想，她也必须学会自尊，可是她却如此不知检点，如此轻率，对于这样的女人您真能原谅她吗？”

“我再说一遍，尊敬的夫人，”我重申自己的看法，“在这种情况下，我不愿做出判断，也不愿去谴责。在您面前，我可以坦率地承认，先前我说的话有点儿过火——可怜的亨丽埃特夫人肯定不是女英雄，连风流女子都不是，更够不上是个 grande amoureuse[1]。就我所了解的，我觉得她只不过是一位平凡而软弱的女人，我对她怀有一些敬意，因为她勇敢地顺应了自己的意愿，然而我却更多地为她感到遗憾，因为要不是今天，那明天她一定会很不幸的。她的做法也许很愚蠢，肯定过于轻率，但绝不是卑鄙下流的，我始终认为，谁也没有权利鄙视这个可怜的、不幸的女人。”

“那么您自己呢，您还对她怀有同样的尊重和敬意吗？在那位您前天曾同她在一起待过的尊敬的女人和这位昨天跟一位素不相识的人私奔的女人之间，您觉得没有一点儿区别吗？”

“没有一点儿区别。没有一丝一毫区别。”

“Is that so？”[2] 她下意识地说起了英语：很奇怪，她似乎老是在思考整个谈话。她思索了片刻之后，又抬起她那清澈的目光，询问式地望着我。

“倘若您明天，我们假定说在尼查，遇到亨丽埃特夫人，见她挽

[1] 法语：伟大的情人。

[2] 英语：是真的？

着那位年轻男子的胳膊，您还会向她打招呼吗？”

“当然。”

“会跟她说话？”

“当然。”

“您是否会——假如您……假如您结了婚，会把这么一个女人介绍给您夫人，就像什么事也没有发生过？”

“当然。”

“Would you really？”[1] 她又说起了英语，显出难以置信的、十分惊异的样子。

“Surely I would.”[2] 我不觉也用英语回答。

C 夫人沉默了。她似乎还一直在认真思考着。突然，她一面注视着我，一面说，好像对自己的勇气感到很惊讶：“I don’t know，if I would.Perhaps I might do it also.”[3] 说完，她已胸有成竹，便站起身来，亲切地把手伸给我，这就结束了谈话，又不显得唐突，只有英国人最善于用这种方式。在她的影响下，我们桌上又恢复了平静，我们大家心里都很感激她，我们这些人，方才还是对立的，现在都心有歉意、客客气气地互相打着招呼，几句轻松的玩笑话就缓和了刚才火药味很浓的气氛。

我们的讨论虽然最后似乎是以骑士风度结束的，可是被激发起来的恼怒情绪却使我的对手和我之间的关系有些疏远了。那对德国夫妇态度审慎，而意大利夫妇在随后的几天里则老是喜欢带着讥讽的意味

[1] 英语：您当真？

[2] 英语：我确实会这样做的。

[3] 英语：我不知道自己会不会那样。说不定我也会那样做的。

问我，听到关于那位"cara signora Hentietta"[1]的什么消息没有。尽管在形式上似乎我们大家都彬彬有礼，可是以前我们桌上彼此以诚相待、并非刻意追求的那种快乐气氛却已被破坏，再也回不来了。

那次讨论以后，C夫人对我表示出特殊的亲切，因此我当时的那些反对者现在对我的讥讽和冷淡就显得更为突出。C夫人一向极其矜持，在用餐时间以外几乎不与同桌的人聊天，现在却多次找机会在花园里同我攀谈。我几乎想说，她这是对我另眼相看，因为她的举止高雅而矜持，能单独同你交谈一次，就好似对你格外的恩宠了。是的，要是说实话，那么我不得不说，她简直是主动找我的，而且借种种因由来跟我说话，她的这种做法明眼人一看便明白，她若不是满头白发的老太太，那真会让我生出许多胡思乱想来哩。但是，我们一起一聊，话题就不可避免和不可控制地又回到了原来的出发点，回到了亨丽埃特夫人身上：看来她对指责那位没有责任心的女人，谴责她的见异思迁、水性杨花感到暗自欣喜。可同时，见我不改初衷，仍旧坚定不移地同情那位娇柔文雅的夫人，而且怎么也不能使我的态度有丝毫改变，她似乎又很高兴。她一再把我们的谈话往这个方向拉，对于她的这种异乎寻常、锲而不舍的执拗劲，事后我真不知道该怎么去想才对。

这么着又过了几天，大约五六天吧，她一个字都没有透露，为什么这样的谈话对她那么重要。有次散步时我才明白无误地意识到其中必有隐情。那时我偶然提到，我在这儿的度假快结束了，我想后天就离开，这时，她那平素泰然自若、毫不动容的脸上突然现出奇怪的紧张神色，好似一片阴云飘过她碧如海水的眸子："多遗憾！本来我还有许多问题要跟你讨论呢。"从这一刻起她就显得魂不守舍的样子，

[1] 意大利语：尊敬的亨丽埃特夫人。

说着这事，心里却想着另一件事，另一桩紧紧纠缠她、驾驭她的事。到后来似乎她自己都对这种心不在焉的状态感到不满了，因为她摆脱了突然出现的沉默，突如其来地向我伸出手来，说："我看，我没法儿把原来要对您说的话表达清楚。我还是给您写信吧。"说着，便朝饭店的大楼走去，步履匆匆，完全不像平日闲适的样子。

傍晚，快要开饭之前，我果真在房间里发现一封信，是她刚劲而洒脱的笔迹。只可惜，我年轻时候对于信件很不经意，因此无法引证原信，只能记叙信中问我的大致内容。她在信里问，是否允许她向我讲讲她自己的生活。她说，那个插曲已是很久以前的事了，本来跟她现在的生活几乎毫不相干，又说，我后天就要走了，她把二十多年来一直在内心折磨和纠缠着她的事说出来，就会感到好受些。她说，要是我对这样一次谈话不感到唐突的话，她很想请我给她这个时间。

这里我只是记叙了信的内容，原信对我有着极大的吸引力：信是用英文写的，单就这一点就使这封信表达得十分清楚和果断。可是我的回信并不容易，我撕掉三次草稿，最后才给她回了这样一封信：

您那么信任我，这对我是个莫大荣幸。如果您要我说实话，那我答应，我心里是怎么想的，就怎么答复您。除了您心里愿意讲的，我当然不会要求您对我吐露更多的东西。不过您讲的事情，请您对自己和对我完全说真话，请您相信，我是把您的信看作一个殊荣的。

晚上，这张纸条到了她的房间，第二天早晨，我发现了她的回信：

您说得完全正确：一半真实是毫无价值的，只有全部真实才有价值。我将竭尽全力，不对我自己或者不对您作任何隐瞒。请您饭后到我房间里来——我已六十七岁，不必担心会招来什么流言蜚语。因为在花园里或挨着很多人的地方我说不出来。您一定会相信，我下此决心，是绝非轻而易举的。

中午我们还在餐桌上碰过面，彬彬有礼地说了些无关紧要的话。可是，饭后在花园里遇到我，她显然很慌乱，就避开了，这位满头银发的老太太在我面前竟好似一个羞怯的少女，迅速逃往一条松林道上。见此情景，我心里觉得既歉疚又感动。

晚上，在约定的时间，我就去敲她的房门，门立即就为我打开了：室内光线黯淡，只有一盏小台灯在这平时朦胧昏暗的房间里投下一圈黄色的光影。C 夫人毫不拘束地朝我迎来，请我在圈椅上坐下，她自己坐在我对面：我觉得，她的每个动作都是精心准备的，然而还是出现了冷场，显然并非她所愿望的冷场，难于做出决断的冷场。冷场的时间很久，而且越来越久，可我又不敢出声来打破它，因为我感觉到，这冷场意味着一个坚强的意志在同顽强的反抗意识进行激烈的搏斗。楼下客厅里不时断断续续地传来华尔兹的微弱乐声，我聚精会神地听着，似乎想以此来消除这沉默造成的让人喘不过气来的重压。对于沉默所造成的不自然的紧张似乎她也感到有点尴尬，因为她突然一跃而起，说道：

“最难说的是第一句话。这两天我已经做好准备，要十分明白和真实地讲这件事：我希望能够做到。也许您现在还不理解，我为什么要对您这个陌生人讲这些事，可是我几乎无时无刻不在想着这件事，您可以相信我这个老太婆，她要将整个一生都凝视着生命中唯一的一点，凝视着唯一的一天，这是无法忍受的。因为我要对您讲的事，在我六十七年的生活时间里只仅仅占二十四小时，我常对自己说，一个人如果曾一时干过一次荒唐事，那又有什么大不了的。我常常这么说，说得都快成神经病了。然而人们还是摆脱不了我们很没有把握地称之为良心的东西，当时，在听您如此客观地谈论亨丽埃特夫人事件时，我就想，若是一旦我能下定决心，对某个人痛痛快快地说出我生活中的那一天，那么也许就可以结束这毫无意义的追忆和没完没了的自我谴责了。我要不是信奉英国圣公会[1]，而是天主教，那我早就有机会忏悔，说出那件我一直守口如瓶的事，以求解脱了。可是这种安慰与我们无缘，因此我今天就要奇怪地试一试，原原本本地向您叙述这件事，以此来宣判自己无罪。我知道，这一切都极为奇怪，可是您毫不犹豫地接受了我的建议，为此我很感谢您。

“好吧，我们言归正传。我已经说过，我要对您说的只是我一生中唯一的一天——在我看来其余的一切都是无关紧要的，别人也会感到枯燥无味。直到四十二岁，我在人生道路上一步也未曾越出常规。我的父母亲是富有的苏格兰乡村勋爵，我们拥有几座大工厂和许多出租的田地，我们依照乡村贵族通常的方式，一年中的大部分时间都生活在自己的庄园里，夏天则住在伦敦。我十八岁那年在一次社交聚会上认识了我的丈夫，他出身于名门望族，是 R 家的第二个儿子，从军十年一直被派驻印度。我们很快就结了婚，在我们的社交圈里过着无忧无虑的生活，每年三个月住在伦敦，三个月住在庄园里，其余的时间则去意大利、西班牙和法国等地旅游，在饭店下榻。我们的婚姻从未出现过一缕阴影，我们的两个儿子如今已经长大成人。我四十岁那年，我丈夫突然去世了。他在热带生活期间得了肝病：真是可怕，

[1] 圣公会是英国的国教会。一五三四年英国国会通过法案，规定英国教会不再受治于教皇，而以英王为最高元首，圣公会遂成为英国国教。

他发病只有两星期，我就永远失去了他。我的大儿子当时正在军队服役，小儿子在上大学——所以，一夜之间我就形单影只，独守空房了。我这人已经习惯了温馨的家庭生活，现在的孤单和寂寞对我来说真是一种可怕的折磨。家里的每件东西都让我触景生情，让我想起我亲爱的丈夫，他的去世令我黯然神伤。我觉得再也不能在这凄凉的屋子里待下去了，哪怕多待一天也受不了：于是我就决定，在这两个儿子结婚以前到各地去旅游，以消磨岁月。

“其实，从此以后我把自己的生活看作毫无意义、纯属多余的了。二十三年来与我形影不离、意气相投的人已经故世，孩子们并不需要我，我担心自己的郁悒沮丧、黯然神伤的心绪会破坏他们青春的欢乐——就我自己来说，任何东西都不值得去企望、去眷恋了。起初我迁居巴黎，烦闷乏味时就去逛逛商店和博物馆，可是那座城市和我周围的事物显得格格不入，那里的人都用眼睛盯着我的丧服，我受不了他们彬彬有礼的惋惜的目光，所以我总是设法躲开他们，我像吉卜赛人默默地东游西荡。这几个月的时间是怎么过的，我自己也不知道从何说起：我只知道，我老是想死，只是没有力量来促成这个痛苦的期盼的意愿。

“在丧夫的第二年，也就是在我四十二岁那年，自己虽不承认，实际上是为了逃避毫无价值、可又不能马上就死的时间，我于三月末来到蒙特卡洛。坦率地说，我是因为单调无聊，是因为至少要找些外部小刺激来填补一下那折磨人的、像从胃里泛上来的恶心似的内心空虚才到蒙特卡洛去的。我自己心里越是郁郁寡欢，就越发想到生活的陀螺转得最快的地方去：对于没有生活体验的人来说，别人的激情骚动倒犹如戏剧和音乐一样，也是一种精神体验。

“因此我也常常光顾赌场。看到别人脸上惴惴不安、波涛翻涌地变化着喜出望外或惊恐万状的表情可以激起我的兴趣，同时我自己的心潮也吓人地涨涌和退落。再说我丈夫从前偶尔也爱逛逛赌馆，但从不轻率从事，我怀着某种下意识的虔敬，忠实地继续着他昔日的那些习惯。在蒙特卡洛的一家赌馆里，我开始了那个二十四小时，它比一切赌博更加激动人心，从此，年年岁岁长久地使我心意迷惘，怅然若失。

“中午，我是同我家的亲戚封·M 公爵夫人一起进的餐。晚餐以后我觉得还不疲倦，还不想就寝。于是我就进了赌厅，在赌台之间来回溜达，我自己并没有赌，而是以特殊的方式观察一拨拨聚集在一起的赌客。我说的‘特殊方式’，那是我丈夫在世时有次教给我的。那次我看累了，所以抱怨说，老是盯着同样的面孔，真令人厌倦：在椅子上坐了几个小时才敢押上一根筹码的干瘪老太婆，老奸巨猾的赌棍和玩纸牌的娼妓——这帮麇集在一起的臭味相投的无耻之尤，您知道，他们远不像蹩脚小说里所描绘的那样充满诗情画意和罗曼蒂克，也不像小说中所写的那些 fleur d’ é l é gace[1] 和欧洲的贵族。再说，二十年前赌钱时台上滚动着的是看得见摸得着的现金——沙沙响的钞票、拿破仑金币、厚实的五法郎硬币一起回旋飞舞。那时的赌场魅力无穷，不像今天，在新建的式样时新的豪华赌宫里尽是些透着小市民气的观光客在无精打采地耗费他们手里那些平淡无奇的筹码。那时我觉得这些千篇一律的冷漠的脸孔实在没有什么吸引力，我丈夫对手相术非常热衷，后来他就教给我一种特殊的观察方法，那确实比懒洋洋地东站站西伫伫有趣得多，心情也更为激动和紧张。这种方法是：绝不要看脸，而要专门瞅着桌子的四边，在那儿再专门盯住赌徒的手，只注视这些手的特殊举止。我不知道，您自己是否曾经偶然单单注视过绿色

[1] 法语：“优雅的花朵”，意为“头面人物”。

赌桌，专门注视那绿色的菱形桌面，桌面中央那圆球像醉汉似的蹒跚着一个号码一个号码地滚过去。这当间飞舞的钞票、圆圆的银币、金币等等赌注纷纷落入各个方格里，宛如种下的禾苗，随后掌盘人的耙子就像锋利的镰刀，一家伙就把这些禾苗割掉，将其耙拢并收拾起来，成了自己的进账，或者将它们作为礼品，推到赢家面前。你只要调准观察的焦距，就会发现，这时唯有那些手才是变幻莫测的——绿色赌台四周的这些手，色泽鲜明，异常激动，都在伺机而伸，都从各自的袖筒里往外窥视着，每只手都像一只猛兽，随时准备蹿将出来；手的形状不一，颜色各异，有裸露的，没戴任何饰物，有的戴着戒指和叮当作响的手镯，有的毛茸茸的像野兽，有的卷曲着，湿漉漉的像鳗鱼，但是所有的手都极其紧张，战战兢兢地显得极其焦灼不安。此情此景常常使我下意识地想到赛马场：开赛前得使劲勒住亢奋的赛马，不让它抢跑。那些马也是这样，浑身打战，仰首向上，高抬前足，直立而起。根据手的各种状态，如伺机而动，迅速攫取或戛然而止，对赌徒的状况就会一目了然：贪得无厌者的手握得很紧，挥金如土者的手放得很松，工于心计者的手关节平稳安静，举棋不定者的手关节战栗不已；从抓钱的瞬间姿态上，对人生百态可以一览无遗：这一位把钞票抓成一团，那一位神经质地把钞票揉成碎纸，或者精疲力竭地微曲着有气无力的手指，在整个一局中设下一处赌注。俗语说赌博见人品，但是我说：赌博的时候手将人展露得更加清楚。因为所有的或者说几乎是所有的赌徒一下就学会了驾驭自己面部表情的本领——在衬衣领子上部戴着一副 impassibilite[1] 的冷漠的面具——他们能抑制嘴角的皱纹，咬紧牙齿，压住内心的激动，不让眼睛里露出一丝不安的神色；

[1] 法语：无动于衷。

他们能抚平脸上暴凸的青筋，不动声色，装出一副优哉游哉的样子。然而，正因为大家都拼命集中注意力，脸上不露声色，却忘了自己的一双手，忘了有专门观察手的人。尽管赌徒们微笑着噘起的嘴唇和故作冷淡的目光竭力想掩饰自己的心曲，可是别人从他们手上已对他们的一切了如指掌。在他泄露秘密这一点上，这种时候手是最直截了当的。因为总有那么一瞬间，稍一疏忽，那些拼命抑制住的、看似毫无动静的手指就会一齐张开：在转盘里的小球落进小格子里，大声报着赢家们号码时紧张到空气都要爆裂的一刻，这一百只或五百只手就会情不自禁地做出各具个性的、具有原始本能特征的动作来。要是有人像我这样——我丈夫将他的此种癖好教给了我——养成在这手的竞技场上进行观察的习惯，那么就会觉得这些性格各异的赌徒的手一下子做出的各不相同、出乎意料的动作，远比戏剧和音乐更为扣人心弦。手的姿态何止千百种，我简直无法向您描述：有的像野兽伸出毛茸茸的、曲卷的手指忘乎所以地在搂钱；有的手指甲苍白、神经质地哆嗦着，几乎不敢去抓钱；有高贵的和卑贱的，残暴和畏葸的，诡计多端的和老实巴交的——这些手给人的印象各不相同，因为每一双手表达的是一种特殊的人生，只有那四五双掌盘人的手是个例外。这几双手完全像机器，动作起来就事论事，有板有眼，不偏不倚，极其精确，跟那些生气勃勃的手比起来，它们简直就像是计算器上咯咯作响的钢扣。然而，即使是这几双冷静的手，由于它们在猎人似的亢奋的手之间忙个不停，两相对照又会留下令人吃惊的印象：我要说，这些手单调划一，犹如群众暴动时处于汹涌澎湃、激昂慷慨的人潮中的警察。此外，对我来说还有一种诱惑，那就是要在几天之后熟悉各种手的种种习惯和癖好；数日之后我在众多的手中总会发现一些熟悉的手，并将它们当作人一样分为喜爱的和讨厌的两类：有的厚颜无耻，贪得无厌，令我恶心，所以我总是像是见到下流事一样，赶紧把目光移开。赌台上出现的每一只新手对我来说都是一件大事，都会引起我的好奇：我往往忘了抬头看看那脸，反正这张脸也不外乎是一副冷冰冰的、毫无表情的社交面具而已，它是从高领中伸出来插在礼服或者熠熠闪光的胸饰之上面的。

“那天晚上我走进赌馆，绕过两张已经挤满了人的台子，向第三张走去，并且准备了几枚下注的金币。这时大厅里寂然无声，紧张的沉默像要炸裂似的，这种时刻每逢圆球在轮盘上转得有气无力、只在两个号码之间晃来晃去的时候，总是会出现的。就在这一瞬间我听到正对面传来咔嚓一声，像是折断了手关节，这令我大为惊讶。我不由自主地吃惊地朝对面望去。这时我看见——真的，我吓坏了——两只手，我从未见过的两只手，一只右手和一只左手，像两只横眉竖目的猛兽交织在一起在那里厮拼，互相伸出爪子，朝对方身上狠抓，于是指关节便发出砸干核桃时的那种咔嚓声。这两只手美得简直不可思议，长得出奇，又细得卓绝，绷得紧紧的肌肉宛如凝脂，指甲白皙，指甲尖修得圆圆的好似珍珠轮叶。一晚上我一直盯着这双手，对这双出类拔萃的、简直是绝无仅有的手惊讶不已。然而最先令我惊愕不已的是这双手的热情，它所表现出来的狂热的激情，是两只手的手指互相交织在一起痉挛地拧扭而又相互支撑的情景。我马上便知道，这是个精力过剩的人，他正把自己的激情集中在手指尖上，免得自己被它炸成两半。而现在……这瞬间圆球啪嗒一声落进码格，掌盘人高喊彩门……这瞬间，两只手突然互相松开，就像两只同时被一颗子弹击中的猛兽。两只手一起都瘫落下来，确实是死了。这不仅仅是精疲力竭，瘫落的时候清楚地现出一副憔悴、失望、遭了电击、彻底完蛋的样子，这情景我实在无法用语言来表达。我还从未见过、从此以后再也没有见到过表情那么丰富的两只手，它们每块肌肉都是一张倾诉心曲的嘴，可以感到几乎每个毛孔都在泄发激情。随后这两只手在绿色赌台上摊放了一会儿，就像被波涛冲上海滩的水母，扁平，并且没有一点生气。稍后，一只手，是右手，又从指尖上艰难地开始动起来了，它颤抖着，缩了回去，自己转动着，颤颤悠悠，旋转起来，突然神经质地抓起一根筹码，捏在拇指和食指的指尖中犹豫不决地捏滚着，像在玩一个小轮子。突然手背像一头豹，弓了起来，把一百法郎的筹码快如闪电似的掷进，不，简直就是一口吐到了黑格中。这时那只一动不动的左手像是接到了信号，也立刻激动起来了；它抬了起来，悄悄滑向，是爬向那只瑟瑟发抖、仿佛刚才的一掷耗尽了精力的右手。现在这两只手胆战心惊地挨在一起，用腕肘不出声地碰击台面，就像牙齿上下咯咯地打着寒战——没有，我还从来没有见过表情如此丰富、简直像是会说话似的手，从来未曾见过激动和紧张到这副痉挛的样子。我盯着这双瑟瑟发抖、呼吸急促、喘息不停、伺机而动、哆哆嗦嗦、胆战心惊的手，简直像着了魔似的，除此之外，我觉得这拱形大厅里的其他一切，无论是各个房间里嗡嗡的喧嚷声，掌盘人那商贩似的叫喊声，还是熙来攘往的人群或者现在高高地弹起又跳进轮盘上圆格之中的小球——所有这些嘤嘤嗡嗡、刺耳地袭击神经的种种飞速变换的印象，突然之间仿佛全都寂静无声，全不存在了。

“不过，这种情景我没有坚持多久，无论如何我要看看这个人，无论如何要看看那拥有这双神奇之手的脸。我怯生生地——是的，真是怯生生的，因为我怕这双手——让目光循着衣袖慢慢往上移动，到了两只瘦削的肩膀那儿。这时我又吓了一跳，因为这张脸同那双手一样，说着同样毫无节制、想入非非的语言，以同样娇柔的、几乎是女性之美极其顽强地抑制住自己的表情，使之不露声色。我从未见过这样的脸，这样神情专注、沉湎自我的脸。我有着充分的机会，把这张脸当作一副面具，当作一尊没有眼睛的雕像来从容不迫地加以观赏。这对着了魔的眸子一动不动，既不左顾也不右盼：在睁得大大的眼睑下，那乌黑的瞳仁直勾勾地凝视着，像是没有生命的玻璃珠，映出另一个桃花心木色的、在转轮圆盘里呆头呆脑、左冲右突地滚动和跳跃的圆球。我不得不再说一遍，我从来未曾见过如此紧张、如此令人神往的脸。那是一位大约二十四岁的年轻人的脸，窄窄的、很秀气，略长，表情非常丰富。同那双手一样，这张脸也不是十足的男子气的，它更像一个玩得忘形的男孩子的脸——可是所有这些我是后来才注意到的，因为现在这张脸上完全现着贪婪和暴怒的神情。窄窄的嘴馋涎欲滴地张启着，露了多半的牙齿：在十步的距离就可以看到牙齿在上下打着寒战，嘴唇则一直呆呆地张开着。一绺浅黄色的头发湿漉漉地贴在额头上，往前耷拉着，像正在摔下来似的，鼻翼在不停地翕动抽搐，仿佛有一阵看不见的小浪涛在皮肤底下汹涌翻腾。探着的脑袋下意识地越来越往前伸，让人觉得，这脑袋也要卷进转盘，随着圆球一起旋转。这时我才明白，那两只手为什么要使劲地按着，因为只有按着，只有使劲按着，才能使将要从中间摔倒的身体保持平衡。我不得不再三说，我从来未曾见过这样的脸，会把其激情赤裸裸地流露得如此明目张胆，如此兽性，如此恬不知耻。我紧紧盯着这张脸……它是那么魅力无穷，他那狂迷状态令人如此着魔，就像看到那个旋转的圆球的跳跃和颤动一样。从这一刻起，大厅里其余的一切我全然不再注意了，同这张喷着火焰的脸相比，我觉得大厅里的一切都显得黯淡、迟钝和模糊不清，也许有一小时之久，我谁也没看，单单注视着这一个人，注视着他的每一个姿态：当掌盘人把二十个金币推到他贪婪的手里时，他眼睛里闪着晶亮晶亮的光，本来紧紧抱合着的两只手现在也像是被炸散，手指头也哆哆嗦嗦地全都张开了。在这瞬间，他的脸上突然容光焕发，显得非常年轻、滋润，没有了皱纹，眼睛开始炯炯有神，前倾的身体也轻快利索地伸直了——他坐在这里，一下子宛如潇洒的骑手，沾沾自喜和爱不释手地用手指捏着圆圆的金币加以拨弄，将它们彼此弹击，让其戏耍跳动，发出叮当的声响。随后他又心神不定地转过脑袋，朝绿色赌台飞快地巡视一遍，就像一只年轻的猎狗用鼻子东闻闻西嗅嗅，要找出正确的踪迹一样。接着，他突然抓起一把金币，朝轮盘的一角扔去。于是那焦急的期盼和紧张的神态又立即开始了。那电控似的波浪起伏式的抽搐又爬上了他的嘴唇，两只手又互相痉挛般地紧紧抓住，孩子脸消失了，换成了贪婪的期待，直到这抽搐着的紧张突然被炸散，化为失望：刚才还孩子气地兴奋不已的脸憔悴了，变得苍白而衰老，目光呆滞，失去了光泽，而这一切都是在一秒钟之内发生的，是圆球落入他未曾猜中的号码时发生的。他输了：他的眼睛愣愣地瞪了几秒钟，目光几乎是痴呆的，仿佛他对所发生的事全然不解似的；可是一扣到掌盘人第一声刺激性的吆喝，他的手指又立即掏出几个金币。然而他已没有了把握，他先将金币押在一个格里，随后想了想，又押到另一个格里，圆球已经在滚动了，他突然身子往前一俯，用颤抖的手又将两张捏成一团的钞票飞快地扔进同一个方格中。

“这样惴惴不安地来来回回，有输有赢，从不停顿，大约持续了一小时。在这一小时里我一直目不转睛地盯着那张不时变化着的脸，种种激情时而波浪翻滚涌到脸上，时而又像潮水一样退得无影无踪，我着了魔的目光始终紧紧凝视着，连喘息时都没有移开；我的眼睛也没有放过那双魅力无穷的手，手上的每块肌肉像喷泉一样生动地反映出他感情上的起伏跌宕。在剧院里我都从来没有如此神魂颠倒地注视过一位演员的脸，像注视这张脸那样，这张脸上不停地突然变幻着各种色彩和感觉，犹如自然景色的光和影。我从来没有如此以全身心来关注过赌局，把别人的喜怒哀乐反映在我自己心里。要是有人此刻注意我，见我呆呆地发愣的样子，准会以为我是受了人家催眠术的戏弄，而我当时正处于十足的迷迷糊糊的状态，也真的同受了催眠差不多——我实在无法把目光从这张不断变幻着表情的脸上移开，其他一切，大厅里交织着灯光、笑声、人群和目光的一切，只像一片黄色的烟雾围在我的四围，而在黄色烟雾中心的就是那张脸，它是火焰中的火焰。我什么也听不见，什么也感觉不到，我注意不到身边往前挤的人，也注意不到其他像触角似的突然伸到前面来扔钱或者把钱归拾到自己面前去的手；我看不见转轮里的圆球，听不见掌盘人的声音，可是台面上所发生的一切我确实就像在梦里一样在这双手上全都看到了，这双手犹如凹镜，把巨大的激动和亢奋映照得一览无遗。因为要知道圆球落入红门还是黑门，是在滚动还是已经停下，这些我都不用看转轮：这张洋溢着激情的脸，脸上的神经和表情就像熊熊烈焰，会把输和赢、期待和失望等变化一一映照出来。

“但是接着就出现了一个可怕的瞬间——整个时间里我心里一直隐隐约约地在为这一瞬间的出现而担心，它像暴风雨一样高悬于我忐忑不安的神经之上，并且突然之间将我的神经从中间扯断。转轮里的小球带着轻微的噼啪声在倒着滚来，那一秒钟又闪烁起来了，两百张嘴唇一齐屏住呼吸，直到响起掌盘人的宣布声，这次他唱出的是‘零位格’[1]，同时他急忙伸出篼子，从四面八方将叮当作响的金币、银币和簌簌作响的钞票全部扒拢在一起，就在这一瞬间这双紧紧抓着的手做了一个特别吓人的动作，它们好似突然往上一伸，要去抓住某样

[1] 即“空门”，是轮盘赌场主所得格。

并不存在的东西，接着就死一般地疲乏地重新跌落在桌上，但用的并不是自身的力气，而只是凭借退回来的重力。可是随后这双手突然又一次活了起来，狂热地从桌上缩回到自己身上，像野猫似的顺着躯干爬上爬下，一会儿左，一会儿右，神经质地伸进每只口袋，看看能不能在某只口袋里再找出一个被遗忘的金币来。然而每次总是空手而回，但两只手还在不断重复这种毫无意义、毫无用处的寻找，这时轮盘又已经开始重新旋转，别人的赌博在继续进行，硬币叮当作响，椅子在挪动，由数百种低声细语组成的一片嘈杂声充满大厅。我不得不如此清楚地亲身来体会这一切，仿佛是我自己的手指在口袋里和在皱皱巴巴的衣服的褶子里拼命寻找一块钱币。突然，我对面的那个人猛地一下站了起来——就像有人突如其来地感到不舒服，便猛地站了起来，以免窒息；他背后的椅子咔嗒一声倒在地上。他连看都没看一眼，也没去理会旁边的人又胆怯又惊讶地避开这位摇摇晃晃的人，自己拖着笨重的脚步离开了赌台。这可怕的一幕使我战栗，我不禁浑身直哆嗦。

“目睹这一情景，我完全惊呆了。因为我立即就明白了，这个人要上哪儿去：去死。这副样子站起来的人是不会回旅馆，不会去喝酒，不会去找女人，不会去乘火车，也不会去过另一种生活，而是径直去跃入无底深渊。在这地狱般的大厅里就连最最冷漠的人也准会看出，这个人不会再在家里、在银行里，或者在亲戚那里得到援助了，他方才坐在这里是拿他最后的钱，拿自己的生命来孤注一掷，现在他踉踉跄跄地走了，到别处去了，但肯定是不想活了。我曾一直担着心，从第一个瞬间起我就神奇地感觉到，这里是一场比输赢更高的赌博。这时，当我看到，生活突然从他眼睛里消失，死亡在这张方才还是活生生的脸上蒙上了一层阴影时，一阵黑黑的闪电猛烈地击在了我的身上。此人生动的姿态深深地印在了我心里，所以当他离开座位，蹒跚地走出去的时候，我也不由自主地要用手抵着桌子，因为那种蹒跚的样子现在也从他的神态中传到了我自己身上，正如先前他的紧张心情进入了我的血管和神经一样。我被吸引住了，不得不跟着他：我还没有想好，我的脚已经开始移动了。我谁也没去理会，也没有感觉到自己，就跑到通往大门的走廊上去了。这完全是下意识地发生的，并非是我自己所为，而只是发生在我身上罢了。

“他站在存衣处，侍役替他取来了大衣。可是他自己的胳膊不听使唤了：殷勤的侍役像帮一个手臂麻痹的人似的费了好大的劲，才帮他套上袖子。我看到他机械地将手伸进坎肩的口袋，想给侍役一点小费，但是抽出来的手里仍是空的。这时，他好像突然间又想起了一切，狼狈不堪地对侍役结结巴巴说了一句什么话，便完全像先前一样，突然猛地朝前走去，接着完全像醉汉似的踉踉跄跄地走下赌馆的台阶，侍役先是带着轻蔑的、随后便是理解的微笑，还朝他背后望了一会儿。

“他的姿态感人至深，我为自己在一旁观看而感到不好意思。我不由自主地走到一边，心里感到害羞，因为我像在剧场的舞台前那样观看了陌生人走投无路的绝望神情——但是后来那种难以理解的恐惧突然又推了我一把，我赶忙叫侍役把我的衣服取来，未去想什么具体的事情，完全机械地，完全是本能地，急忙跟着这个陌生人往黑暗中走去。”

C夫人把这件事讲到这里便停了一会儿。她坐在我对面，脸上毫无表情，以其特有的冷静和客观态度娓娓道来，几乎没有停顿，只有心里早有准备，对发生的事情进行了精心组织和整理的人才会如此侃侃而谈。现在她第一次打住，显得有些迟疑不决，随后她脱离开刚才所叙述的事，突然直接对我说：

“我曾向您和我自己答应过，”她开始显得有点不安，“保证极其坦诚地把所有的事实讲出来。可是，我现在必须要求您也要完全相信我的坦诚，不要把我的行为理解成有什么隐蔽的动机，认为也许我今天讲出这个动机不会感到害羞了。在这件事情上，这种猜测是完全错误的。所以我必须强调，我在街上尾随这位身心已经崩溃的赌客，绝不是因为我爱上了这个年轻人——我根本没有去想他是个男人，事实上我这个当时已经四十多岁的女人，丈夫去世以后从来未曾正眼注视过任何男人。谈情说爱的事对我来说已经彻底结束了：我要对您强调这一点，而且非对您说不可，否则对于后来所发生的事情的可怕性您就难以理解了。当然，另一方面就我来说，当时我非要去跟随那个不幸的人不可，要把这种感情说清楚也是很难的：这里面有好奇心的成分，但是最主要的还是一种可怕的恐惧，或者确切地说是担心发生什么可怕的事，从第一秒钟起我就隐隐约约地感觉到，那件可怕的事像阴云似的正笼罩在这个年轻人身上，但是又不能把这些感觉加以分解和拆散，这种做法所以不行，尤其是因为这些感觉过于强制性，过于迅速，过于自发，种种因素错综复杂地交织在一起——很可能我所做的完全是救人的本能行为，正如有人在街上看到一个小孩儿朝汽车跑去，就会马上去把他拉回来一样。或者也许可以这样来解释：自己不会游泳的人在桥上看见一个快要淹死的落水人，就会跟着跳进河里去。他们还没有来得及对自己无谓的冒险壮举做出决定，就受到神奇力量的牵引，一股意志力将他们推了下去，我当时的情况也正是这样，没有思考，没有清醒的考虑，我当时就跟着这个不幸的人出了大厅走到大门口，又从大门口跟下台阶。

“我敢肯定，无论是您或者任何一个能用清醒的眼睛来感觉的人当时都不能摆脱这种充满了恐惧的好奇心；那位顶多二十四岁的年轻人走起路来十分吃力，就像老人一样，摇摇晃晃地又好似醉汉，他四肢的关节像是脱了臼、散了架一样，拖着沉重的脚步从赌馆的台阶上下来朝街头绿地走去。见到这幅可怕的景象，也就不会有思考的余地了。到了那里，他的身体像一只麻袋似的笨重地跌落在一张长椅上。对于这个动作我再一次感到不寒而栗，我想：这人完了。只有死人，或者全身肌肉没有一点生气的人才会这样跌落下去。他的脑袋斜倚着，往后垂靠在长椅的靠背上，两条胳膊软绵绵地垂到地上，在路灯闪烁着昏暗的微光中，每个过路人准会以为这是个自杀者。以为这是个自杀者——我无法解释，怎么我心里突然会出现这种幻象，可是这幻象突然站在这里了，看得见摸得着，非常真切，令人毛骨悚然，胆战心惊——以为这是个自杀者，这一瞬间，我望着面前的这个人，我心里绝对确信，他口袋里有支手枪，明天别人就会发现在这长椅上或是另一张椅子上躺着这具气息已绝、鲜血淋漓的躯体，因为他跌落下来的情景完全像一块坠入深谷的石头，中间没有停住，一直摔到谷底。这躯体所表现出来的那种疲惫和绝望的样子，我还从来未曾见到过。

“现在请您想一想我的处境：我站在长椅后面二三十步远的地方，椅子上躺着个一动不动、身心全都崩溃的人。我真不知道该怎么办，一方面意志驱使我走上前去帮助他，但是学到的和因袭的羞怯心理又在将我往后推，不好意思去主动跟大街上的一个陌生男人说话。街灯黯淡地闪烁着，天空布满阴云，只有屈指可数的行人打这儿匆匆走过，因为将近子夜了，我几乎是独自一人在街头花园里同这个颇像自杀的人在一起。五次、十次，我鼓起勇气朝他走去，每次都被羞涩心理给拉了回去，或者说也许是被内心深处的这种本能的预感拉回去的：正从高处摔下去的人总喜欢拽住救助者一起同归于尽——我这样再三斟酌，反复考虑，自己都清楚地感觉到这种处境既无意义又可笑。尽管这样，我还是既不能说话，又不能走开，既不能做些什么又不能离开他。我希望，您相信我，我要告诉您，我在那片绿地上犹豫不决地徘徊了也许有一小时之久，那是无穷无尽的一小时；这时间是在看不见的海洋的波浪千万次撞击下一点点扯掉的。这个人彻底毁灭的形象竟是如此使我震撼，使我无法离去。

“可是，我始终没有说一句话、做一件事的勇气，后半夜我真该也这样站着等下去的，或者也许最后真该让聪明的自私心理说服自己回家去的。是的，我甚至以为自己已经下了决心，让这个晕厥的可怜家伙就这样躺在这里——然而这时一股强大的力量在我进退两难的时候为我做出了抉择。这时下起雨来了。整个晚上海风呼啸，把沉甸甸的乌黑的春云刮到一起，让人从肺里、心里感觉到，天空整个儿低低地压了下来——突然掉下一滴雨点，接着风助雨势，密密的大雨哗哗而下，竟成瓢泼之势。我不由自主地逃到一座商亭的前檐下，虽然撑开了伞，但是这时从坚实的土地激起的一束束泥水，仍是溅在我衣服上。噼噼啪啪打在地上的雨点弹起带泥的水，溅在我脸上和手上，感到凉丝丝的。

“可是在这瓢泼大雨中，那不幸的怪人仍旧坐在长椅上一动不动，这一可怕的景象，二十年后的今天回想起来喉咙里还感到哽塞。雨水所有的屋檐上哗哗地流下来，我听到市内隆隆的车轮声，左边和右边都有人撩起大衣在奔跑；一切有生命的东西都怯生生地蜷缩着，都在躲避、逃跑，都在寻找栖身之所，任何地方，无论是人还是动物，都可以感到他们对这场倾盆大雨的恐惧——唯独长椅上那个黑黑的、像团东西的人却纹丝不动。我先前对您说过，这个人具有神奇的法力，能将他的各种感情通过动作和表情生动地表现出来；在滂沱大雨中他纹丝不动，全无感觉地坐着，连站起来几步走到雨水哗哗泼下的屋檐下的力气都没有的那精疲力竭的状态，万念俱灰的心境——世上任何东西也不会像这种情景那样将槁木死灰、彻底自弃以及活人死态表现得如此惊心动魄。这个人活活地任凭大雨浇淋，他精疲力竭，竟懒得动一下来避一避雨。任何雕塑家、诗人，无论是米开朗琪罗还是但丁都不能像这个人那样把万念俱灰的心境，把人间的惨状为我刻画得如此感人肺腑、荡气回肠。

“这一景象把我拉了过去，我也没有别的办法。我猛地穿过密集的大雨，用手去摇长椅上的那个淋得落汤鸡似的人。‘来！’我抓住他的胳膊。他的眼睛吃力地朝上瞪着。他身上似乎想慢慢地动一下，但是他没懂我的话。‘来！’我再次拽着那只湿漉漉的衣袖，这次我几乎要发火了。他慢慢地站了起来，摇摇晃晃地没有一点意志。‘您要干吗？’他问道，我没有回答他，因为我自己也不知道要带他到哪儿去：只要不受冷雨浇淋，只要不再毫无意义地、自杀般地坐在这里万念俱灰的样子。我抓着他的胳膊不放，拉着这个全无意志的人往前走，一直将他拉到商亭那儿。商亭有一个向前伸出来的窄窄的屋檐，多少可以让他遮挡一下驾着风势的滂沱大雨。下一步怎么办，我不知道，也不想有下一步。只要把这个人拉到干的地方，只要把他拉到屋檐下就行了：以后的事起先我并没有考虑。

“我们两个人就这么并肩站在狭窄的、淋不着雨的屋檐下，我们的后面商亭的门锁着，我们头上只有一片小屋檐，雨还在没完没了地下，只要突然一阵狂风刮来，冷飕飕的雨水就会不断狠狠地朝我们衣服上、脸上猛袭过来。这种情况真是无法忍受。我可不能老是挨着这个水淋淋的陌生人站着。另一方面，既然我把他拉到这儿来了，总不能一句话都不说就将他撂在这儿。总得想个什么办法呀，我慢慢强迫自己坦率地做一次冷静的考虑。我想，最好是雇辆车先把他送回家，然后我自己再回家：明天他就会知道有人救了他。于是我就问一动不

动地站在我旁边愣愣地凝视乌云飞驰的夜空的人：‘您住在哪儿？’

“‘我没有住处……我傍晚时候才从尼查来……要上我那儿去是不成的。’

“最后这句话我没有立即听懂。后来我才明白，他把我当作……当作娼妓，当作拉客女了——每天晚上赌馆周围都有成群的拉客女出没，她们希望能从赢了钱的赌客或醉汉身上得些好处。不论他后来是怎么想的，一直到现在我讲给你听的时候，我才感觉到我当时的处境有点邪乎，有点离奇——我把他从长椅上拉走，当然是把他拽去的，这真的不是正当女人的行径，叫他怎能不以为我是娼妓呢。但是当时我没有立即意识到这一点。后来我才开始意识到他对我这个人做出了错误的判断，但是发现这个可怕的误解时已经太晚了。要是早些发现的话，我就绝不会说出下面这句越发增强他的误解的话来了：‘那么，就到旅馆里去要个房间吧。您不该待在这里。您现在必须找个地方安顿下来。’

“这句话一出口，我就立即明白了他的那个令人难堪的误解，因为他并没有朝我转过头来，而只是以一种讥讽的言辞加以拒绝：‘不用，我不要房间，我什么都不需要了。请你别费劲，从我身上是什么都捞不着的。你找错人了，我已身无分文。’

“这句话又是那么可怕地说出的，心灰意冷的神态真令人胆战心惊。一个全身水淋淋的、心力衰竭的人在这儿站着，垂头丧气地靠在墙上，这情景使我如此震撼，以致根本无暇顾及自己所受的那点儿愚蠢的侮辱。我这时感觉到的，同我见到他蹒跚地走出大厅时第一眼的感觉，以及在这难以想象的一小时里不断得到的感觉是一样的：这里的这个人，这个年轻的、活着的、在呼吸的人正处于死亡的边缘，我一定得救他。于是我便走近他。

“‘钱您不用担心，来吧！您不能待在这儿，我来给您找个地方安顿下来。您什么都不用顾虑，现在您就来吧！’

“他转过头来。我们四周雨声噼噼啪啪一阵紧似一阵，檐水哗哗地朝我们的脚倾泻下来，这时我感觉到，在黑暗中他第一次竭力想看一看我的面貌。他的身体似乎也在从昏睡中慢慢地苏醒过来。

“‘好吧，随你的便，’他让步了，‘对我来说反正都一样……毕竟嘛，干吗不去？我们走吧。’我撑开伞，他走到我身边，挽着我的手臂。这突如其来的亲昵姿态使我感到很别扭，令我惊慌失措，吓得我直发凉，一直凉到心底。但是，我没有勇气拒绝他：因为，要是我现在把他推开，他就会坠入无底深渊，直到现在我所做的一切努力和尝试，就会都白费了。我们往回朝赌馆走了几步。现在我才想起，我还不知道拿他怎么办呢。我很快地思忖，最好是把他领到一家旅馆去，到那儿以后把钱塞在他手里，好让他在那儿过夜，明天乘车回家，其他的事情我没有去想。现在正好有几辆马车从赌馆门前匆匆驶过，我叫了一辆，我们上了车。马车夫问我到哪儿去，一开始我竟答不出来。不过我突然想起，我身边这位全身湿透、水淋淋的人，好饭店是没有一家肯接待他的——另一方面我真是个未谙世事的女人，压根儿未往不正经的事上去想，于是我大声对车夫说：‘随便找家普通旅馆！’

“马车夫淋着雨，但镇定自若，他把马匹赶得飞快，我身边的这个陌生人一句话都不说，车轮轧轧，雨势急猛，打在车厢的玻璃上噼啪作响：坐在黑暗的、没有灯光的、棺材般的四角形车厢里，我的心绪很不好，仿佛我是带了具尸体似的。我极力思索，想找出一句话，好把因默不作声地坐在一起而引起的离奇而恐怖的气氛冲突淡一些，但是我什么话也没有想出来。几分钟以后马车停住了，我先下车，付了车费，这当间那人也恍惚朦胧地下了车，砰的一声关上了车门。我们现在站在一家陌生的小旅馆门前，我们头上是一个玻璃遮阳，下面的空间由拱形檐盖挡住了雨。这时四周都是单调的雨声，雨水不停地洒向难以捉摸的黑夜。

“那个陌生人受不住自己身躯的重量，所以便不由自主地靠在了墙上，水从他湿透的帽子和皱皱巴巴的衣服上滴滴答答地流下来，他站在那儿，像刚被人从河里救起来的溺水者，神志还是迷迷糊糊的，墙上他靠的那小块地方淋下来的水形成了一条小溪。可是他却不拿出一星点儿力气来，把身上抖一抖，把帽子甩一甩，而是让水滴不断从额头和脸上流下来。他站在那儿，对一切全然漠不关心，我无法告诉您，他那副颓丧的神情使我多么震惊。

“不过，这时我得有点什么表示了。我把手伸进口袋：‘给您一百法郎，’我说，‘拿去要个房间，明天乘车回尼查。’

“他抬起头来吃惊地望着我。

“‘我在赌厅里注意到了您，’我见他迟疑不决，便催促他，‘我知道，您把钱输光了，我担心您会因一念之差而做出蠢事来。接受人家的帮助并不丢脸……嗯，拿着吧！’

“然而，他却推开了我的手，我还真没料到他还有这样的劲。‘你是个好人，’他说，‘但是，别浪费你的钱了。我这个人已是无可救药了。这一夜我睡不睡，都无所谓。明天反正一切都完了。我已经无可救药了。’

“‘不，您一定得拿着，’我逼着他说，‘明天您的想法会不同的。现在您先上去，睡上一觉再说。白天万物会有另一种面貌的。’

“我再次将钱硬塞给他，可是他却几乎很猛地推开了我的手。‘算了吧，’他再次低沉地重复道，‘这是毫无意义的。我还是在外面了结好，免得在这里把人家的房间弄得血迹斑斑的。一百法郎救不了我，就是一千法郎也不顶用。只要身上还有几个法郎，明天我又会进赌场的，不把它全部输光，是不会罢手的。何必再重新来一次呢，我已经够了。’

“您一定估量不出，这低沉的声音是怎样深深地震撼着我的灵魂；可是，请您设想一下：离您两寸的地方，站着一个年轻、聪明、有生命、有呼吸的人，您知道，如果不用一切力量让他振作起来，那么两小时之内这个有思想、能说话、会呼吸的青春生命就将变成一具死尸。而要战胜他那毫无意义的抗拒，对我来说不啻发一次大火，激起一阵愤怒。我抓住他的胳膊，说：‘别说蠢话！您现在一定得上去。要一个房间，明天早晨我来把您送上火车。您必须离开这里，明天必须回家，我不看见您手持车票坐上火车决不罢休。年纪轻轻的，决不能因为输了几百或几千法郎就自己轻生。那是懦弱，是气愤和懊丧之下的歇斯底里大发作。明天您就会觉得我的话是对的！’

“‘明天！’他加重了语气重复地说，声调显得阴郁而带点嘲讽，‘明天！要是你知道明天我在哪儿就好了！要是我自己能知道，那也不错，本来我对此就有点儿好奇呢。不，你回家去吧，我的孩子，别费劲了，不要浪费你的钱了。’

“但是，我不肯让步。我心里像发了疯，发了狂似的。我使劲抓住他的手，把钞票硬塞在他手里。‘您拿着钱马上上去！’同时我十分果断地走去拉响了门铃，‘得，我已经拉了铃，门房马上就来了，您上去吧，倒在床上就睡。明天早上九点我在门口等您，马上就带您去火车站。其余的一切您都不用担心，我会做出必要的安排，让您能回到家里。可是现在，快上床吧，好好睡一觉，别再胡思乱想了！’

“就在这一瞬间，门上的锁从里面咔嗒一响，门房打开了大门。

“‘进来！’他突然说道，声音又硬又坚决，并带着恼怒。我感到，我的手腕被他牢牢攥住了。我大吃一惊……吓得魂飞魄散，全身酥瘫，如遭电击，失去了知觉……我想抵抗，想把手挣脱出来……但是，我的意志好似麻木了……我……您是会理解的……我……我羞愧难当，门房在那儿等着，已经显得不耐烦了，我却在门房面前跟一个陌生人扯个不停。于是……于是，我一下子到旅馆里去了；我想说话，想把情况说清楚，可是我的喉咙塞住了……他的手沉重而蛮横地按着我的胳膊……我模模糊糊地感觉到，我不自觉地被拉着上了楼梯……门锁咔嚓一声……突然之间我在一家旅馆里——旅馆的名字到今天我还不知道——在一个陌生房间里同一个陌生人单独待在了一起。”

讲到这儿C夫人又停住了，并且突然站了起来。她的声音似乎不听使唤了。她走到窗口，默默地往外望了几分钟，只是把额头贴在冰凉的玻璃上：我没有勇气仔细朝她看，因为去观察一位情绪激动的老太太，我觉得很尴尬。因此我就静静地坐着，不提问，不出声，只是等待着，直到她以克制的步子重新走回来，在我对面坐下。

“好了——最难的部分现在已经讲了。我希望您相信我，现在我要再次向您保证，我可以用一切在我来说是神圣的东西——我的名誉和我的孩子来起誓，直到那一秒钟我脑子里并没想同这个陌生人发生一种……一种关系，我确实没有任何清醒的意志，完全没有一点知觉，好似一脚踩上活动暗门，从平坦的生活道路上突然摔进这个境地。我曾发过誓，对您和对我自己都要说真话，所以我要向您再重复一次，我陷入这次悲剧性的难以启齿的经历，仅仅是由于我救人之心过于急切，不是因为其他的个人感情，因此完全不带个人的愿望，也未曾有过一点预感。

“在那个房间里，在那天夜里所发生的事，请容我略去不讲吧；那天夜里的每一分钟我自己从未忘怀，而且永远也不愿忘记。因为那天夜里我在同一个人搏斗，目的是为了挽救他的生命，我要再说一遍：那是一场关系到生与死的斗争。我的每根神经都千真万确地感觉到，这个陌生人，这个一半已经沉沦的人，拿出一个垂死者的全部眷恋和激情紧紧抓住最后一线生的希望。他像一个意识到自己已经身悬深渊的人，将我牢牢抓住。我振作起全部力量，拿出自己所有的一切去挽救他。这样的时刻一个人一生中或许只能经历一次，而能经历这一次的，千百万人中又只有一个人——要是没有这次可怕的意外遭遇，我自己恐怕永远也不会想到一个心如死灰、穷途末路之人竟会如此热切、如此忘我，以一种无法遏制的贪婪再次畅饮生命的红色甘醇，我远离生活中的邪魔力量已经二十年之久了，要是没有那次可怕的意外遭遇，我恐怕永远也不会理解大自然有时竟会在瞬息之间如此绝妙，如此神奇地将冷和热、生和死、心醉神迷和悲观绝望聚集和压缩在一起。这一次就是这样充满斗争和对话，充满激情、愤怒和憎恨，充满恳求和陶醉的泪水，我觉得这一夜像是过了一千年，我们两个人紧紧缠绕在一起，心醉神迷地一起堕入深渊，一个兴奋得死去活来，另一个极乐之中没有了感知，两个人从这场致命的狂风暴雨中解脱出来以后都变了，完全变了，思想、感情都不一样了。

“不过，这些我不愿讲了。我不能够、也不愿意来描述这一切。只有早晨我醒来时极其可怕的第一分钟我必须简略地向你提一提。我从未曾有过的疲惫不堪的沉睡中，从深沉的黑夜中醒来，过了很久我才睁开眼。睁眼看到的第一件东西，就是我顶上的一片陌生的屋顶，眼睛继续一点一点地看下去，又发现一个完全陌生、从未见过、令人生厌的房间，我压根儿不知道，自己是怎么进到这个房间里来的。起初我竭力说服自己，说这还是一个梦，一个相当清醒而透明的梦，我是从蒙眬的沉睡中进入梦境的——然而灿烂的、确确实实的阳光已经刺眼地照到了窗前，这是早晨的阳光，楼下不断传来辘辘的马车声、叮当的电车声和嘈杂的人声——现在我明白了，我不是在做梦，而是醒了。我不由自主地坐了起来，想好好思索一下，就在这时……我目光往旁边一转……就看见——我永远无法对您描述出我的惊骇——这张宽床上有个陌生人睡在我身边……是陌生的，陌生的，陌生的，是个半裸的、不相识的人……

“不，我知道，这种惊骇是无法描述的：我一下吓得魂不附体，浑身无力地倒了下去。但是这不是真正的晕厥，没有不省人事，正相反：在闪电般的瞬息之间我一切都明白了，既清清楚楚，又无法解释。我突然发现自己同一个完全陌生的人睡在一个极有可能是下流场所的一张陌生的床上，心里的厌恶和羞愧真是难以言说，当时我只有一个愿望：去死。我还清楚地记得，当时我的心跳停止了，我屏住呼吸，仿佛这样就可以扼杀自己的生命，尤其是自己的意识，那清晰的、清晰得令人胆怯的意识，那一切都知道，但又什么都不懂的意识。

“我永远不会知道，我这样四肢冰凉地躺了多久：死人大概也是这样僵直地躺在棺材里的。我只知道，我双眼紧闭，默默向上帝，向天上的神灵祈祷，但愿这一切都不是真的，全不是真的。但是我敏锐的知觉现在再也不容欺骗，我听见隔壁房间里有人说话，听见有人用水时的哗哗声，外面走廊里有走动的脚步声，每一种声音都无情地证明了一个残酷的事实：我的知觉是清醒的。

“这可怕的状态究竟持续了多久，我说不清楚：那时候每一秒钟都与从容不迫的生活时间不同，那一秒秒钟都另有自己的计时标准。这时另一种恐惧，那突如其来的、令人魂飞魄散的恐惧袭上我的心头：这个陌生人，这个我不知道名字的陌生人现在大概要醒了，大概要跟我说话。我立刻明白我只有一条路可走：在他醒来之前穿好衣服逃走。

永远不再让他看见我，永远不再跟他说话。及时拯救自己，走，走，走，回到自己的生活中去，回到我的旅馆去，马上乘下一班火车离开这个可耻的地方，离开这个国家，永远不再碰上他，永远不再看见他，没有证人，没有起诉人，也没有知情人。这个想法使我慢慢从晕厥中清醒过来：我极其小心翼翼地、用小偷常用的蹑手蹑脚的动作，一寸一寸地挪动身体（只是为了不弄出响声来），下得床来，摸到我的衣服。我小心翼翼地穿上衣服，因为怕他醒来，我每秒钟都在发抖。现在我已经穿好衣服，这件事算成了。只是我的帽子在另一边的床脚下，现在我踮着足尖轻轻走去拾起帽子——可是在这一秒钟里我却无法把持自己：我一定还要朝这个陌生人的脸瞥上一眼，朝这个像陨石似的坠入我的生活中来的陌生人看上一眼。我只要看上一眼就行了，但是……很奇怪，因为这个躺在那儿酣睡的陌生的年轻人——对我来说确实是陌生的：我第一眼所见的竟不是昨天那张脸了。这个情绪激动到极点的人，由于受激情的折磨，脸上呈现的那种恍惚迷离、痉挛抽搐和紧张不安的表情现在好似全都抹掉了——这儿的这个人他的容貌则完全不一样，他的脸显得天真和孩子气，焕发着纯洁和快乐。这两片嘴唇，昨天是用牙齿紧紧咬住的，这时在梦里温柔地微微张启，而且挂着一缕微笑；一丝皱纹也没有的额上柔软地垂下松散的金发，安详的呼吸似轻波细纹从胸部散扩到全身。

“您也许会记得，我先前对您说过，我还从来没有如此强烈、如此毫无顾忌地像盯着观察赌台上的那个陌生人那样观察过一个人所表现出来的贪婪和激情。我要告诉您，我从来没有，就是在孩子身上——襁褓中的婴儿有时身上有一种天使般快乐的光泽——也没有见到过他在真正幸福的酣睡中所呈现的这种焕发着纯洁光辉的表情。这张脸宛如精妙绝伦的雕像，将他所有的情感表现得淋漓尽致：摆脱了内心重压的那种幸福快乐的舒坦感，一种解脱感，一种得救感。看到这副令人惊异的神态，我的全部惊吓和恐惧就像一件沉重的黑大衣，从我身上掉了下来——我不再感到羞愧，不，非但不再感到羞愧，反而几乎感到喜上心头了。原来那种恐怖的、不可捉摸的东西，对我来说突然之间有了意义，一想到这个柔嫩、漂亮的年轻人，这个像鲜花一样快乐而沉重地躺在这里的年轻人，要是没有我的奉献，他将摔得粉身碎骨，血迹斑斑，鼻青脸肿，眼珠暴突，面目全非，气断命绝，躺在悬崖脚下。我救了他，他得救了，一想到这些我就心里乐滋滋的，感到骄傲。现在我带着母爱的目光——我无法用别的说法——朝这个躺着的人望去，我再次把他生了出来，给他以生命——我生他的时候比生自己的孩子痛苦要大得多。在这间陈旧的、污秽不堪的屋子里，在这家令人恶心的、油腻腻的临时旅馆里，我有一种宛如在教堂里的感觉——您听了这话会觉得很可笑的——一种奇异和神圣之感。现在我心里生出了姐弟之情，我一生中最最可怕的一秒钟，变成了令人惊异、令人倾倒的第二个一秒钟。

“我动作的声音太大了？我情不自禁地说了什么话？我不知道。然而突然之间那个酣睡的人睁开了眼睛。我吓得连忙后退。他诧异地环顾四周——同我自己先前一模一样，仿佛他是从无底深渊和杂乱的迷惘中费尽力气爬上来的。他的目光吃力地扫视这间陌生的、未曾见过的屋子，随后惊讶地落在我身上。但是没等他说话，没等他完全回忆起来，我就镇定自若了。不能让他说话，不能让他提问，不能让他有亲昵的表示，昨天和昨天夜里的事不该重演，不作解释，也不去谈。

“‘我现在得走了，’我立即向他表示，‘您留在这儿，穿上衣服。十二点钟我在赌馆门口等您：在那儿我会把其余一切事情都安排好的。’

“没等他回答，我就逃了出去，不愿再看到那间屋子，我头也没回，就奔出旅馆。旅馆的名字我不知道，正如不知道那个我同他在这里过了一夜的陌生男人的名字一样。”

C 夫人停下来歇了口气。但是所有的紧张和痛苦都从她声音里消失了：就像一辆马车，费尽力气艰难地爬上山顶，然后就从山顶轻轻松松地飞速驰向山腰，现在她就是这样以轻松的语调继续说下去：

“就这样，我急忙跑回自己住的旅馆。街上晨光明亮，夜里的暴风雨已将沉闷阴郁的天空荡涤得一干二净，就好似令我受尽煎熬的感情现在已从我心里冲刷干净。您一定记得我先前对您说过的话：自从丈夫故世以后，我对自己的生活已经完全不抱奢望，孩子们不需要我，我自己也觉得活着没有意思，活着不能达到某个目的，生活本身就是一个谬误。真是意想不到，现在居然第一次有个任务落在了我身上：我救了一个人，竭尽全力把他从毁灭的边缘拉了回来。现在还有一件小事要做，这件事得把它做完。所以我就跑回我的旅馆：门房见我现在早晨九点钟才回来，所以用惊讶的目光打量着我——对于已经发生的这件事，我思想上已经不再感到羞愧和恼怒的重压了，生的愿望突然重新复苏，出乎意外地获得一种必须活下去的新的感受。这些新的感觉融进了我的血液里，温暖地流遍全身。我在房间里匆匆换了衣服，下意识地脱下身上的丧服（这事我后来才注意到），换上一件色彩明快的衣服，到银行去取了钱，风风火火地赶到车站，问明了列车行车时间；此外我还办了几件别的事，赴了几处约会，我行动之果断连我自己都感到吃惊。现在没有别的事要办了，只等将命运扔给我的那个人送上火车，把他最终挽救过来。

“当然，要直接面对他，这需要力量。因为昨天的一切都是在黑暗中，在感情的旋涡里发生的，就像被山洪冲下来的两块石头，突然撞击在一起；我们彼此几乎没有面对面地认识过，那个陌生人是否还会认得我，对此我一点没有把握。昨天——那是事出偶然，是心醉神迷，是两个糊涂人的走火入魔，但是今天我非得比昨天更为公开地在他面前暴露自己了，因为我现在不得不在无情的光天化日之下以我本人、以我的本来面目作为一个活生生的人走到他面前去了。

“不过，一切都比我想的要容易得多。在约定的时间，我还没有到赌馆门口，一位年轻人就从长椅上一跃而起，急忙朝我走来。他那惊异的神情，他那每一个胜过语言的动作完全出自本能，显得多么稚气，多么率真和喜悦：他简直是飞奔过来的，眼睛里流露出既感激又崇敬的快乐之光，但是他的眼睛一觉察到我的眼睛在他面前不知所措的样子，便立即谦恭地垂了下来。这种感激之情在一般人身上很难感觉得到，而且心怀最最感激之情的人往往无法表达出来，他们总是尴尬地沉默不语，羞愧不已，为了掩饰他们的感情，往往欲言又止。上帝好似一位神秘的雕塑家，将这个人的感情姿态表现得极为性感、优美、生动，在他身上感激之情的流露十分炽烈，他的体内像是有一股激情在迸发出来。他朝我的手弯下腰，谦恭地垂下轮廓清瘦的孩子式的脑袋，十分尊敬地吻了一分钟，但是嘴唇仅仅触到我的手指，接着便退后一步，问我身体怎么样，亲切地望着我，他的每一句话都很有礼貌，又极为得体，因此几分钟之后我心里最后的一点惶恐不安也消失得无影无踪了。四周的景物全都着了魔，好似镜子一样映照出我开朗的心情：昨天还是怒涛汹涌的大海，现在明澈而平静，细浪之下每粒砂石都在朝我们闪烁着白灿灿的光辉；那家赌馆，那恶魔聚集之所，在清扫得干干净净的、锦缎似的天空下色彩明朗；那个亭子，昨天下着瓢泼大雨的时候我们曾在其屋檐下躲避，现在已经开启，是一家花店，那里摆放着一束束、一簇簇鲜花，白的、红的、绿的，色彩缤纷，斑斓杂陈，卖花的是位年轻姑娘，她身上的衬衣色彩极为鲜艳。

“我请他到一家小餐馆去吃午饭，在那里这位陌生的年轻人对我讲了他悲剧性的冒险史。他的冒险史完全证实了我在绿色赌台上看到他那双神经质地瑟瑟发抖的手时所做的第一个揣测。他出生于奥地利波兰贵族家庭，这确定他将来要在外交界求个锦绣前程，一直在维也纳上学，一个月前他以优异的成绩通过了初考。学习期间他住在叔叔家。他叔叔是总参谋部的高级军官，为了庆祝考试成功，并作为对他的奖励，叔叔叫了一辆马车，把他带到普拉特[1]，两个人一起来到赛马场。叔叔赌运亨通，接连赢了三次。随后他们拿着厚厚一沓白赚的钞票，到一家豪华饭店去大吃了一顿。第二天，这位未来的外交官就收到为奖励他这次考试胜利而寄来的一笔钱，数额相当于他一个月的生活费；要是在两天前，对他来说这笔钱还是个相当可观的数目，可是现在，在那次轻而易举就赢了这么多钱之后，这点钱他就看不起了，觉得它微不足道。这样，吃过饭他又坐马车去赛马场，兴头十足地放手大赌一场。他居然福星高照——或者更应该说是厄运临头——到赛完最后一场马离开普拉特公园时，他的钱数已经增加了三倍。从此以后他赌兴大发，时而赛马场，时而咖啡馆，或者俱乐部，耗费了自己的时间，荒废了学业，损坏了神经，尤其是耗掉了金钱。他再也不能思考，夜里也不能安眠，他甚至无法控制自己。有天夜里，他在俱乐部里输光了钱回到家里脱衣服时发现背心口袋里还有一张忘记的、已经揉成一团的钞票，他忍不住，便又穿上衣服，到外面东转西晃，最后在一家咖啡馆里找到几个玩多米诺骨牌的人，便坐下来同他们一直赌到天明。他的一位已经出嫁的姐姐接济过他一回，替他偿还了高利

[1] 普拉特是维也纳著名的公园，内有规模巨大的游乐场。

贷借款；高利贷者见他是名门贵族的继承人，所以都乐意把钱贷给他。有一阵子他曾赌运亨通，可是后来手气又不好，连连输钱，颓势怎么也阻挡不住，而且输得越多，就越是渴望大赢一次，好支付尚未偿还的债务和以名誉担保一定按时还清的借款。他早就把钟和衣服当掉了，最后竟发生了这么件令人惊骇之事：他偷了老婶婶的两枚花骨朵状的钻石大耳环。这两枚耳环他婶婶很少戴，是一直放在柜子里的，其中的一枚他以高价当了出去，当天晚上拿这笔钱去赌就赢了四倍。但是他没有去赎回耳环，而是将所有的钱拿去孤注一掷，结果输得一干二净。直到他离开维也纳的时候，他的偷窃行为尚未被发现，于是他又把第二枚耳环当掉，这时突然心血来潮，便坐上一列火车来到蒙特卡洛，想在轮盘赌上发一笔他梦寐以求的大财。在这里他卖掉了皮箱、衣服、雨伞，现在他身边只有一支装了四发子弹的手枪和一个镶嵌着宝石的小十字架，这是他的教母X侯爵夫人送他的，他一直舍不得出手，除此之外，他已别无他物。但是，就连这个十字架他也在下午以五十法郎卖掉了，只是为了晚上最后一次去寻求那令人震颤的欢乐，再去做一次生死搏斗。

“他把这一切讲给我听的时候，神态优美，极具魅力，他的气质活泼生动，灵气十足。我听着，心里感到震撼、着迷、激动，然而我并没有因为与我同桌的人本是小偷而愤怒，不，这个想法我片刻都没有出现过。作为女人，我的一生从未有过些微污点，在社交场合总是要求保持最严格的传统尊严，倘若昨天有人即使只是对我暗示，说我将会跟一个完全陌生的年轻人，一个比我儿子大不了多少而且偷过珠宝耳环的人亲密地坐在一起，那我定会把他看作疯子的。可是听着他的叙述，我一点没有惊骇之感，这一切他说得那么自然，而且带着那么一种激情，使人觉得他讲的是一个高烧病人的行为，而不是什么令人气愤之事。再有：谁像我一样昨天夜里亲身经历了那种激流飞泻似的出人意料的事，那么‘不可能’这个词就突然失去了它的意义。在那十个小时里，我对现实的了解比先前以市民方式度过的四十年要多得不知多少。

“可是，在他对自己做的那些事进行坦白的时候，却有另一种东西令我惊慌不安，那就是他眼睛里火一般的光亮，他一谈到自己对赌钱的热衷，他眼里便熠熠生辉，脸上的所有神经像通了电一样颤动不已。他在讲这些事的时候，自己还异常激动，他表情丰富的脸上极其清晰地再现了当时欢喜或痛苦的种种紧张神态。他的两只手，那两只奇妙的、细长而灵活的、神经质的手同在赌台上一样，又不由自主地开始变得像或追逐或逃遁的猛兽：我看见他说着说着，两只手就突然从指关节往上剧烈地颤抖，拼命卷曲起来，紧攥拳头，接着手指又突然重新弹开，随后又互相交叉，紧紧抱成一个拳手。他在坦白出偷耳环这件事的时候，两只手闪电般地向前伸去（我不禁吓了一跳），飞快地做了一个偷东西的动作：手指十分利索地朝耳饰张开，将东西匆匆一把攥在拳头窝里，这一切我都看得真真切切。我感到一种无名的震惊，看出这个人身上的每一滴血都中了他自己激情的毒。

“一个年轻、爽朗、生来就是无忧无虑的人竟会可悲地屈从于一股迷糊滑稽的热情，他的叙述中令我如此震撼和吃惊的仅仅就是这一点。因此，我认为自己首要的职责就是友好地规劝我这位不期而遇的被保护人，劝他必须立刻离开蒙特卡洛，离开这个具有最危险的诱惑的地方，趁现在丢失耳环之事尚未被发现，自己的前程尚未永远断送之时，今天就回家去。我答应给他回家的路费和赎回耳饰的钱，当然有一个条件，只有一个条件，他今天就要走，并且要以他的名誉向我起誓，永远不再碰纸牌，也不进行其他赌博活动。

“我永远不会忘记，这位落魄的陌生人听着我说，起初情绪何等沮丧，随后心情逐渐开朗，满怀着热烈的感激之情，当我答应帮助他的时候，他像是要把我的话吮进肚里似的；突然，他的两只手从桌面上伸了过来，抓住我的双手，姿势像是在礼拜和神圣地许愿，令我难以忘怀。他明亮的、通常有些许迷惘的眼睛里含着泪水，快乐和兴奋使他全身激动得直打哆嗦。我常常试图向您描画他独一无二的表现姿态的能力，但是我无法将这种姿态描述出来，因为它表现的是一种极度兴奋的、超越尘世的幸福境界，我们几乎不可能在一般人的脸上见到，只有当我们从梦中醒来，以为在自己面前见到了已经消失的天使的面庞，这时，唯有天使的那片白影才可与他的姿态相比。

“何必隐瞒呢：我经受不住他的目光，他的感激令我高兴，因为这样的感激我们很难见到，温柔的感情让人感到愉悦和舒适，对我这个沉稳、冷静的人来说，那种洋溢的感情确实是一种惬意的、简直是令人喜悦的新感受。再有：自然景物经过昨夜那场大雨，也随着这个身心憔悴的人一起神奇般地苏醒了。我们从餐馆出来时，平静安谧的大海璀璨地闪闪发光，蔚蓝的海水连接天际，在高空的蓝天上只有海鸥在展翅翱翔，点点白影映衬在天际的蔚蓝之中。思维埃拉的风光您是熟悉的。那里的景色永远是美丽的，但却显得平淡，像风景画片一样，映入我们眼帘的是永远浓重的色彩，是一个慵倦的睡美人，她镇定自如地任人浏览欣赏，永远是一副东方式的百依百顺的样子。但有时候——那是极少的——这里也有那么几天，这时美人站起来了，露出了尊容，她色彩鲜艳，熠熠闪光；这几天她使劲向人高声呼唤，并怀着胜利的心情把五彩缤纷的鲜花抛向人们；这几天她热情炽烈，欲火如焚。在经历了那个风雨交加的黑夜和惊涛骇浪的混沌之后，那天也正是这么一个令人振奋的日子，街道被冲洗得干干净净，天空湛蓝高远，树木经雨苍翠欲滴，丛丛灌木到处鲜花怒放，宛如万绿丛中点燃的簇簇火把。空气清凉，阳光灿烂，群山显得清新明亮，好似突然向前走来了，纷纷好奇地挨近这座闪光发亮的小城。放眼四望，突出地感到大自然的挑战和激励，觉得自己的心也不由自主地被大自然夺去了。于是我就说：‘我们雇辆马车，到海边去兜兜风吧。’

“他兴奋地点点头：这个年轻人好像到这儿以后还是第一次观赏自然风光。在此之前，他只知道那潮湿而带霉味的赌厅，那儿散发着一股恶浊的汗酸气，拥挤着丑恶而扭曲的人群；他知道的再就是乖戾、灰暗、喧嚣的大海。现在，洒满阳光的海滩像一把打开的巨扇展现在我们面前，遥望远处，顿觉赏心悦目。我们坐在缓缓行驶的马车上（那时还没有汽车），欣赏沿途绮丽的风光，经过许多别墅，碰到不少人的目光：每次驶过一幢房子，经过一座掩映在意大利五针松的绿荫下的别墅，我会千百次地在心里浮现一个秘密的愿望：但愿能生活在这儿，宁静、平和、远离尘嚣！

“我一生中曾经有过比那个时候更幸福的时刻吗？我不知道。在马车里，这个年轻人坐在我身边，昨天他还处在死亡和厄运的魔爪里，奇怪的是，现在倾泻下来的金色阳光洒满了他的全身：似乎好些年岁月从他身上消失了。他好像完全成了一个孩子，成了一个漂亮的、在戏耍的孩子，有一双纵情的、同时又是心怀敬畏的眼睛。他身上最使我着迷的要数他那灵活敏感、善解人意的柔情了：车子爬的坡太陡，马很吃力，他便敏捷地跳下去，在一侧帮着推车。我提到一种花，或指了指路边的某种花，他就急忙跑去摘了来。见到一只被昨夜的雨引诱出来的小蟾蜍在路上艰辛地爬着，他就去将它捧起来，小心地送到青草丛中，以免他身后驶来的马车将它碾碎。这期间他还兴致勃勃地讲了一些令人捧腹大笑且又很雅致的奇闻轶事：我相信，这笑声是对他的一种拯救，因为他突然感情充溢，欣喜若狂，如痴如醉，要不大笑一阵，他必定会唱歌，蹦跳或干出什么傻事来的。

“后来，我们的马车爬上一个高坡，缓缓驶过一个很小的村子。经过村子的时候，他突然很有礼貌地摘下帽子。我感到有点惊讶：这位外国人当中的外国人，在这里他在向谁致敬呢？得知我的疑问，他的脸微微有点红，几乎像道歉似的向我解释说，我们刚才经过一座教堂，同所有教规严格的天主教国家一样，在波兰从小就培养他们，见到任何教堂和圣殿都要行脱帽礼。对宗教的这种美好的崇敬态度令我深为感动，同时我也想起了他说到过的那个小十字架，所以就问他是否信教。他略现羞赧的样子谦逊地说，他信教，并希望得到上帝的宽宥。听了他的话，我突然心生一念，‘停车！’我朝马车夫喊道，并且急忙下了车。他跟着我，感到很诧异：‘我们到哪儿去？’我只是回答：‘您一起来。’

“他陪我走回教堂。这是一个砖砌的乡村小圣堂。内墙四壁刷着石灰，颜色发灰，墙上是空的，圣堂的大门开着，一束黄色的光锥射进昏暗的圣堂，四周的暗影凸现出蓝色的祭台。圣堂里香烟缭绕，祭台上点着两支蜡烛，朦胧中烛光闪动，犹如两只蒙着面纱的眼睛。我们走进圣堂，他脱下帽子，把手伸进涤罪缸的水里去浸了浸，拿出来画了个十字，随后便屈膝跪下。他一站起身，我就将他抓住。‘您过去，’我催促他说，‘到祭坛前或者到您所敬仰的神像前去，在那里起个誓，誓言我马上就说给您听。’他诧异地、几乎是吃惊地望着我。但他很快就明白了我的意思，就走到一座神龛前，画了十字，顺从地跪了下去。‘您跟着我说，’我说，自己都激动得颤抖了，‘您跟着我说：我起誓’——‘我起誓，’他重复着说，我继续说下去：‘我永远不再参加任何形式的赌博，永远不再把自己的生命和名誉断送在

这种嗜好之下。'

"他颤抖着重复了这些话，清晰而响亮的声音回响在空空荡荡的圣堂里。接着便是片刻的寂静，静得连外面微风吹过、树叶发出的簌簌声都能听得见。突然，他像个忏悔者似的扑倒在地，以一种我从未听到过的狂热的声音说了一番我听不懂的波兰话，他的话说得极快，快得连前后的字句都混在一起了。这一定是狂热的祷告，是感激、悔恨和祷告，因为他忏悔时感情非常激昂，一再谦恭地低下头，低得都触到圣案了，他越来越狂热地重复着那外国话语，越来越激越地重复着同样的、以无法形容的热情说出来的话。在这以前和以后，我从未在世界上任何一座教堂里听见过这样的祷告。他的双手紧紧抓住木质的祷告桌，显得有点局促，他内心的风暴刮得他全身不住地晃动，使他时而抬起头来，时而又伏倒在地。他什么也看不见，也感觉不到：他好似在另一个世界，在炼狱里转化，或者在朝神圣的境域飞升。最后，他慢慢站立起来，画了十字，吃力地转过身来。他的两膝还在发抖，面容苍白，像虚脱一样。可是，他一见到我，两眼便炯炯有神，一丝纯真的、真正虔诚的微笑使他阴郁的脸庞也开朗了；他走过来，深深地鞠了一个俄国式的躬，抓着我的两只手，十分崇敬地用嘴唇贴了贴：'是上帝派您到我这里来的。为此，我已经谢过了上帝。'我不知说什么好。我真希望，这时圣堂里的矮椅子上空会突然响起管风琴奏出的音乐，因为我觉得，我成功了：我已经永远挽救了这个人。

"我们从教堂出来，回到五月天灿烂的阳光下，我觉得世界从来都没有这般美丽过。我们的马车继续沿着丘陵起伏的路缓缓驶了两个小时，我们坐在车里俯览全景，尽情观赏绮丽的风光，每转一个弯都别有洞天，就是另一番景色，然而，我们不再交谈了。在付出了那么多感情之后，现在似乎想减少每一句话。每当我与他的目光偶然相偶时，我总不得不难为情地避开他的目光：看到我自己出现的奇迹，对我的心灵震撼太大。

“下午五点左右，我们回到了蒙特卡洛。我同亲戚有个约会，现在要取消已不可能了，我还得去赴约。本来，我心里很想歇一会儿，舒释一下绷得太紧的感情，因为幸福来得太多了。我觉得，这种过分狂热的状态，这种心醉神迷的状态，类似的情况我一生中还从未经历过，我必须得歇一会儿。所以，我就请这位被我保护的人跟我到我的旅馆去一趟，只要一会儿就行；到了旅馆，我就在我的房间里把路费以及赎耳环的钱交给他。我们商定，我去赴约，他去买车票；晚上七点钟我们在车站大厅里会面，就是说在开车前半小时，随后火车将把他经由日内瓦送回家。当我把五张钞票递给他时，他的嘴唇突然奇怪地发白了：‘不……不要钱……我请您别给我钱！’他的手指神经质地哆嗦着，慌慌张张地缩了回去，从牙缝里挤出这两句话来。‘不要钱……不要钱……不能见到钱。’他又重复了一次，显出极其厌恶和恐惧的神情。见他这副羞愧的样子，我就安慰他说，这些钱就算是借的吧，要是他觉得拿了钱心里过意不去，他可以写张借条给我。‘好的……好的……写张借条。’他把目光移开，嘴里喃喃自语，并将钞票折叠在一起，看都不看一眼就塞进了口袋，仿佛那是什么黏黏糊糊的东西，会弄脏他的手似的，随后就在一张纸上潦潦草草地写了几句话。他写好借条，抬起头来，额头上大汗淋漓，仿佛体内有什么东西在冲上来扼住他的脖子似的。他把那张借条往我手里一塞，全身一阵哆嗦，突然——吓得我不由自主地往后退了一步——他跪了下去，捧起我的裙子，连连吻着裙上的镶边，那样子真是难以描述。我受到强烈的震撼，全身不住地战栗起来。这时我心里升起一阵奇怪的惊恐，

心乱如麻，只能结结巴巴地说：‘您这么感激，我倒要谢谢您。不过，请您现在就走吧！晚上七点我们在车站大厅里再告别。’

“他望着我，感动得眼里噙着晶莹的泪水；有一瞬间我以为他要说些什么，有一瞬间他仿佛要靠近我。然而，随后他却突然再次深深地、深深地鞠了一躬，便离开了我的房间。”

C 夫人又中断了叙述。她站起来，走到窗前，眼望窗外，纹丝不动地站了很久：从她剪影似的、轮廓清晰的背上我看到些微轻轻的战栗和晃动。突然，她果断地转过身来，一直静静的、没有什么表示的两只手突然做了个剧烈的切割动作，像是要把什么东西撕碎似的。接着，她坚定地、几乎是勇敢地望着我，突然又开始了她的叙述。

“我曾向您许诺，保证做到绝对坦率的。现在我看出，这个诺言是多么必要。因为只有现在，我逼着自己第一次按照事情的前后联系来描述那一时刻的全部经过，并且找出明晰的词句来表述当时那种错综复杂、紊乱不堪的感情，只有现在我才清楚地认识到许多我当时不知道或者是也许当时我不想知道的事。因此，我要坚定、果断地向自己，也是向您吐露真情：当时，在那个年轻人离开房间、只剩下我只身一人的一秒钟里，我感到心上受到了猛烈的撞击，好似突然晕厥过去一般。有什么东西使我痛不欲生，可是我不知道，或者说我不想知道：受我保护的人他那毕恭毕敬的态度本来是感人至深的，何以对我的伤害会那么深，令我痛苦万分。

“可是现在，因为我逼着自己坚定地、有条有理地把过去的一切当作别人的事一样统统从我心里掏出来，也因为您这位见证人不容许我有丝毫隐瞒，不容许令人羞愧的感情有藏身之所，今天我这才明白，当时我所以会如此痛苦，其实是因为失望……使我感到失望的……是这位年轻人竟如此顺从地走了……并没有想抓住我，留在我身边……他竟恭顺而敬重地服从了我要他坐车回家的初愿，而没有……没有企图把我拉到他身边……我感到失望的是，他只是把我敬为出现在他生活道路上的圣女……而没有……没有感觉到我是个女人。

“这就是我当时的失望……是我不肯承认的失望，当时不承认，后来也不承认，然而，一个女人的感觉是无所不知的，不需要语言和意识。因为……现在我不再继续欺骗自己了——如果这个人当时把我搂着，当时要求我，我定会跟他走到海角天涯，定会玷污我和孩子的姓氏……我定会不顾人们的非议和自己内心的理智，跟他远走高飞，就像那位亨丽埃特夫人跟着一位她一天前还不认识的法国青年一起私奔一样……我一定不会问，到哪儿去，去多久，对于自己以前的生活我也不会回头去看一眼……为了这个人，我一定会把我的钱、我的姓氏、我的财产、我的名誉全都牺牲掉……我一定会去乞讨，或许世界上任何低下的地方他都会把我领了去。我定会将人们称之为羞耻和顾虑的一切统统抛弃，他只要说一句话，朝我走近一步，他只要试图抓着我，那么，在这一秒钟里我整个儿就是他的了。可是……我向您说过……此人举止异常，他望着我，不再用看女人的目光来看我了……我对他的热情燃得多么炽烈，多么渴望委身于他啊！可是，只是在我只身一人时，只是在那股被他开朗的、简直是天使般的脸掀得高高的激情在我心里退落下来，并在空虚寂寞的胸中不住起伏的时候，我才感觉到这一点。我费劲地振作起精神，那个约定成了我的负担，令我倍觉反感。我觉得，我头上仿佛扣了一顶又重又紧的钢盔，压得我直摇晃：当我终于走到另一家旅馆我亲戚那儿时，我的思绪松散凌乱，就像我的脚步一样。在亲戚那里我沉闷地坐着，别人都在进行热烈的谈话，我却心里不断地在担惊受怕，我偶尔抬起眼睛，注视他们毫无表情的脸，比起那张像天上的云层忽亮忽暗、变幻莫测、生动无比的脸来，我觉得这些人的脸就像戴了面具或冻僵了似的。我仿佛坐在死人当中，这次聚会竟是如此恐怖，毫无生气，我一边往咖啡杯里放糖，一边心不在焉地同别人应酬，而那张脸却像被我熊熊灼燃的热血涌了上来，时时浮现在我心头。观看这张脸就成了我最大的快乐；想想实在可怕，一两个小时之后该是我最后一次见到他了。我不由得下意识地轻轻叹息，或许还发出了呻吟声，因为我丈夫的表姐突然弯下腰来问我，怎么样，是不是不太舒服，说我的脸色苍白、呼吸局促。她这一问倒使我立刻毫不费劲地找到了一个借口，我说，折磨我的实际上是偏头痛，所以请她允许我悄悄地先行离开。

"我这样一脱身，就刻不容缓地奔回我住的旅馆。一进屋子只有自己独自一人，空虚、寂寞的感觉就又袭上我的心头。我心里急不可待，渴望马上见到那位年轻人，今天我就将永远失去他了。我在房间里面踱来踱去，毫无必要地拉起百叶窗，换了衣服和腰带，照着镜子以审视的眼光打量一番，看看自己这身打扮是否会引起他的注意。忽然间，我明白了自己的心愿：只要把他留住，一切都在所不惜！这个心愿在残酷的一秒钟之内变成了决心。我跑到楼下去告诉门房说，我今天要乘夜班火车离开这儿。现在时间已经很紧了，我按铃把侍女叫来帮我收拾东西。我们两个人一个比一个着急，手忙脚乱地将衣服和小件生活用品装进几只箱子里，我心里则梦想着即将出现的惊喜：我送他上火车，等到最后一刻，到最后的瞬间，当他伸出手来同我握手告别的时候，我就出其不意地登上列车，走到这位惊诧万状的人跟前，同他共度今宵、明夜——只要他要我，就每夜都同他厮守在一起。我感到一阵狂喜，一阵陶醉，全身血液在翻腾、涌流，有时，我一边往箱子里扔衣服，一边哈哈大笑，有时突如其来的一声大笑，弄得侍女莫名其妙。这当间，我感觉到我的神志混乱了。挑夫来取箱子时，起初我直愣愣地瞪着他，完全不解其意：内心激动，犹如阵阵波浪翻滚，这个时候就很难客观地来思考了。

“时间紧迫，这时大概快七点了，离开车时间顶多二十分钟——当然，我安慰自己说，我现在不再是去同他告别了，我已决定陪他出走，无论他的旅程多久多远，我都与他相守，形影不离。仆人先把几只箱子拿了出去，我匆匆到旅馆账房结了账。经理已经把钱找给了我，我正要走了，这时有只手温柔地拍了拍我的肩头。我吓了一跳。那是我表姐，因为我佯称身体不适，她放心不下，所以特来探望。我觉得眼前一阵发黑。现在这个时候我可不需要她，每一秒钟的延误都意味着厄运降临，意味着将痛失这次机会，可是我又必须顾及礼貌，至少得站着同她搭会儿话呀。‘你得上床去躺着，’她催促着我，‘你一定发烧了。’这话大概倒也不错，因为我两边太阳穴上脉搏跳得很急，像擂鼓似的，有时我还感到眼前蓝影直晃，快要晕倒。但是我支撑着，竭力做出一副感激的样子，其实每一句话都使我心急如焚，真想干脆一脚将她那不合时宜的关切踢到一边去。然而，这位不受欢迎的、担心我的人却待着不走，她待着，待着，并拿出科隆香水给我，而且非让我自己将这清凉的液体抹在太阳穴上决不罢休：这当间我却一分钟一分钟地数着，同时还想着他，并琢磨着能找个什么借口来摆脱这种折磨人的关切。我越是焦急不安，她对我就越是怀疑：后来，她几乎想强行把我弄到房间里去，让我躺下。她还在一个劲儿地劝我，这时我突然朝大厅中央的钟看了一眼：差两分七点半，而七点三十五分火车就开了。绝望中我对什么都不在乎了，粗暴地径直将我表姐的手狠狠一甩，动作之快，宛如子弹出膛：‘再见，我得走了！’说罢，根本不去顾及表姐惊得发呆的目光，也不四下看看落下什么东西没有，便从那些诧异的目瞪口呆的旅馆侍者身边冲出大门，来到街上，径直朝车站奔去。挑夫在车站上守着行李等我，我老远就从他激动的手势上得知，时间一定万分紧迫了。我就盲目地拼命冲到横杆那儿，结果被检票员拦住了：我忘了买票。于是我便软硬兼施，几乎说动了检票员，破例让我到站台上去，可是就在这时，火车开动了：我浑身发抖，目不转睛地望着徐徐开动的列车，希望至少能从某个车厢的窗口见到他的一瞥，见到他的挥手，他的致意。但是火车加快了速度，我再也无法认出他的面容了。一节节车厢呼啸而过，一分钟过后，在我模糊的眼前留下的只有一片冉冉升腾的浓烟。

“我站在那儿准似泥塑木雕一般，上帝知道究竟站了多久，因为挑夫大概叫了我几次我都未答应，他这才大着胆子碰了碰我的胳膊。我猛地吓了一跳。他问，要不要把行李重新搬回旅馆。我考虑了一两分钟；不，这不可能，我走得那么仓促、那么可笑，我不能再回去，也不愿回去，永远不回去。这时我形单影只，心烦意乱，就叫他把行李搬到寄存处去。稍后，车站大厅里旅客熙来攘往，人声鼎沸，在阵阵喧嚣声中，我才设法进行思考，清晰地思考，想甩掉那些令人灰心丧气、痛苦不堪的纠葛，把自己从愤怒、悔恨和绝望中解救出来。因为——为什么不承认呢——由于自己的过错，失去了与他最后会面的机会，这个想法像把烧红的尖刀无情地在我心里乱搅，那燃红的刀刃越来越无情地往我心灵深处捅，痛得我真想大声叫唤。只有完全没有遭遇过激情的人，在其一生中出现的唯一瞬间，他们的激情也许才会像雪崩似的、像狂飙骤起似的突然爆发出来：于是闲置多年未用的生命力就像碎石倾泻，一齐坠落在自己胸中。在这一秒钟里我已做了最最鲁莽的准备，将自己长期积聚起来、紧紧裹在一起的整个生命猛地一下抛将出去，却突然发现面前有一堵毫无意义的墙，我的激情一头撞了上去，只撞得晕晕乎乎，蒙头转向。像在这一秒钟里所碰到的那种意想不到、令人愤怒而又对它无能为力的事，我在此前从未经历过，以后也未曾经历过。

“我下一步所做的尽是些毫无意义的事，除此之外还能做些什么呢！我做的事很笨，简直愚蠢透顶，讲出来自己都感到羞愧。但是，我曾对自己、对您许下诺言，什么都不隐瞒——那我就接着说吧。我……我要为自己找回他……就是说，我要为自己找回同他一起度过的每个瞬间……有股强大的力量把我拉向我们昨天一起到过的每个地方：花园里的那张我把他从上面拉走的椅子、我第一次看见他的那个赌厅，甚至那个下等旅馆。这样做的目的，仅仅是为了再一次、再一次重温往事。明天我还打算坐马车沿滨海再循旧路，在心里再次重温每一句话、每一个姿态和表情——这种做法多没有意思，多幼稚，我真是糊涂透顶了。可是，请您想一想，那些事来得快如闪电，一下都落在了我身上，一下就把我击晕了，岂容我作别的考虑。现在从心醉神迷的状态中猛地醒来，借助于我们称之为记忆的那种神奇的自我欺骗，我要将这些正在流逝的经历一一重新追忆，再来品味一次过把瘾——当然，这些事，有的别人理解，有的别人不理解，要完全理解，恐怕需要有一颗火热的心。

“这样，我便先到赌厅，去寻找他坐过的那张赌台，并在那里的许多双手里设想他的那双手。我走了进去。我还记得，我最先看见他的时候，他坐在第二间屋子左边的那张赌台上。他的每个动作姿态还清晰地浮现在我眼前：我就是闭上眼睛，伸出双手，梦游似的都可以把他的座位找到。于是我就走了进去，立即横穿屋子。这时……我在门口朝熙熙攘攘的人群一望……我眼前出现了一件奇怪的事……他正好坐在我梦见他的那个位置，他在那里坐着——这准是狂热引起的幻觉！真是他……他……他……正是我刚才幻觉中见到的他……同昨天一模一样，两眼直愣愣地盯着转盘里的锥形球，脸色苍白，犹如幽灵……但是，那是他……是他……绝对不会错，那是他……

“这下吓得我非同小可，我差点儿叫喊起来。但是我控制住对这荒唐的幻象的惊吓，并且闭上眼睛。‘你神经错乱了……你在做梦……你发烧了，’我对自己说，‘这不可能，你眼里出现了幻影……半小时前他就从这里坐火车走了。’后来我重新睁开眼睛。啊，可怕极了：他坐在那里，同方才一模一样，有血有肉，绝对不会错……在千百万双手当中我也能认出他的手来……不，我不是在做梦，那人确确实实是他。他没有走，没有如他向我起誓所保证的那样，这神经错乱的人坐在那里，他有了钱，这钱是我给他回家的路费，他把它拿到这张绿色赌台上，又忘情地沉醉在他的癖好中，大赌起来，而我呢，却绝望地为他把心都掏了出来。

“我猛地一下冲上前去。我泪水模糊，眼里燃烧着愤怒的烈火，这背弃誓言之徒，竟这么无耻地欺骗我的信任、我的感情、我的委身，我真想掐住他的脖子。然而，我还是抑制住了自己。我故意慢慢（我费了多大力气啊）走到赌台的另一边，正好面对他，一位先生很有礼貌地给我腾出个位置。我们两个人中间隔着一张两米宽的绿色赌台，我可以像在楼座上看戏一样盯着他的脸。两小时前这张脸上还容光焕发，充满感激之情，闪烁着上帝宽宥的灵光，现在他的激情正在经受炼狱之火的煎熬，这张脸又抽搐得扭曲了。他的这双手，今天下午他在立下神圣誓言的时候还紧紧抓着教堂椅子的这双手，同是这双手，现在手指微曲，在钱堆里扒来扒去，犹如两个嗜血的魑蝠。他赢了，他准赢了很多钱，很多很多钱：他面前随意拢了一堆筹码、金币和钞票，亮闪闪的，但横七竖八，凌乱不堪，战栗着的、神经质的手指乐滋滋地伸进钱堆里随便把玩。我见他将纸币一张张抚得平平整整，叠在一起，那些金币他则转动着、抚摩着，后来他突然一下子抓起一大把，抛在一个方格当中。他的鼻翼又立即开始快速翕动，掌盘人的叫喊声使他将眼睛，那炯炯有神的贪婪的眼睛从钱堆上移开，注视着蹦跳的圆球，他的身体仿佛自动地要往前冲，而两只胳膊肘却好似用钉子钉在了绿色台面上。他那迷狂的样子表现得比昨天晚上还可怕，还恐怖，他的每个动作都在毁掉我心中那另一个凸现在金色背景上闪闪发光的形象，那是我由于轻信而将它珍藏在自己心里的。

"我们两个人相距两米，呼吸着；我目不转睛地盯着他，他却没有发现我。他没有朝我看，他任何人都不看；他的目光只盯着钱，随着往后倒滚的球不安地颤动着：他的全部感官都禁锢在这个疯狂的绿色圆盘中了，并随着滚动的圆球而来回奔跑。在这个赌徒眼里整个世界、整个人类都融化在这张蒙着绿呢的四角台面上了。我知道，即使我在这儿站上几个小时，他也不会感觉到我的存在的。

"可是，我无法继续忍受下去了。我突然横下一条心，绕过赌台走到他背后，用手紧紧抓住他的肩膀。他晕晕乎乎地抬起头来望着我——他瞪着呆滞的眼珠陌生地盯着我，看了一秒钟，像一个被人从沉睡中摇醒的醉汉，他灰暗的目光透着蒙眬的睡意，还刚开始从弥漫的烟雾中亮起来。后来，他似乎认出了我，哆哆嗦嗦地张着嘴，喜出望外地抬头望着我，结结巴巴地轻声说了一番知心话，令人丈二和尚摸不着头脑：'很好……我一进来，见他在这里，便立即知道运气来了……'我不懂他的话。我只看出，他已经赌得如痴如醉了，这个神经错乱的家伙已经把一切都忘了，把他的誓言，他约好的事情，把我、把世界统统都忘掉了。然而，即便是在这种如痴如癫的状态中，他那极度兴奋的神情仍然令我如此着迷，使我不由自主地信了他的话，并且吃惊地问，究竟谁在这里。

“‘那儿，就是那个俄国独臂老将军，’为了不让别人偷听到这个神奇的秘密，他紧贴着我，悄声对我说，‘那儿，蓄着连鬓白胡须的那个，背后有个待从。他总是赢家，昨天我就注意他了，他准有一套诀窍，现在我一直望着他下注……昨天他也一直赢……只不过我犯了错误，他走了，我还在继续赌……这是我的错……昨天他大概赢了两万法郎……今天他也是每盘都赢……现在我每回都跟着他下注……现在……’

“正说着，他突然停了下来，因为掌盘人响亮地喊了句‘Faites votrejeu！’[1]一听到叫喊声，他的目光便一路巡视过去，最后落在白胡子俄国人的位置上，贪婪地巡视着。这位俄国将军从容不迫地坐在那儿，神气十足，他先是不慌不忙地拿出一枚金币，稍做犹豫，随即又摸出第二枚，一齐押在第四格上。我面前那双容易激动的手便立即伸进钱堆里，抓起一把金币，扔在同一个位置上。一分钟后，掌盘人发出一声‘空门’的喊声，接着将篼竿一拐，便把桌上的钱全都收了去。他的眼睛盯住被横扫而去的金钱，好似观看一件稀奇古怪的事一般。您一定以为这下他会朝我转过身来了吧。没有，他没有转过身来，他把我完全忘了，我已经沉没了，完了，从他生活中消失了，他绷得紧紧的全部感官都集中在俄国将军身上，而这位将军却满不在乎，手里又拿了两枚金币掂了掂，一时举棋不定，不知押在哪个数字上好。

“我无法向您描述我当时的愤怒和绝望。但是，请您想想我的心情：我把自己整个一生都抛给了这个人，到头来在他眼里我却连一只

[1] 法语：“诸位请下注！”

苍蝇都不如，对于苍蝇还得用手去随便驱赶一下呢。愤怒的狂涛再次涌上我的心头。我使劲一把抓住他的胳臂，令他大吃一惊。

“‘您必须马上站起来！’我轻声对他说，但语气是命令式的。‘想想您今天在教堂里立下的誓言，您这背弃誓言的人，真可悲！’

“他愣愣地望着我，神情慌张，脸色惨白。他的眼里突然现出惊恐和颓丧的表情，活像一条挨了打的狗露出的那副样子，他的嘴唇战栗着。他似乎一下想起了先前的一切。似乎对自己感到害怕了。

“‘好……好……’他结结巴巴地说，‘噢，我的上帝，我的上帝……好……我就来……请您原谅……’

“说着，他的手便开始把钱归拾起来，起先动作很快，而且显得精神振奋，态度坚决，可是随后就慢慢变得越来越迟钝，像是被一股反作用力给冲了回来。他的目光又重新落在那位正在下注的俄国将军身上。

“‘再等会儿……’他迅速将五枚金币扔在俄国将军下了注的格子里。‘就再赌这一盘……我向您起誓，我马上就来……就再赌这一盘……就再……’

“他的声音又消失了。圆球已经开始滚动，并且也将他拽着一起滚动。这着了魔的人，他的心已经从我身边，也从他自己身边滑出去了，连同陀螺一起摔进光滑的凹格里，它里面小球还在不住地滚跳。掌盘人又在吆喝了，耙子又扒走了他的五枚金币：他输了。但是，他并没有转过身来。他把我忘了，把誓言以及一分钟前对我说的话统统都忘了。他的手又哆嗦着去抓那堆渐渐变少的钱，他迷醉的目光不安地颤动着，专门盯住他意愿中的那块磁石，对面那位会给他带来好运的人。

“我再也无法忍耐了。我再次将他摇了摇，但这次摇得很重。‘您现在立即站起来！立刻！您说过，就赌这一盘的……’

“可是，这时意想不到的事发生了。他突然转过身来瞪着我，脸上已经不再是恭顺和迷惘的表情，而是一脸雷霆大作的神色，愤怒使得他眼睛冒火，嘴唇发抖。‘别缠着我！’他大声向我叱责，‘给我滚开！您给我带来了晦气。只要您在这儿，我就老输。昨天您就让我倒了霉，今天您又来了。快给我滚开！’

“刹那我僵住了。见他这么疯狂，我的愤怒也像一匹脱缰的野马。

“‘我给您带来了晦气？’我大声谴责他，‘您这个骗子，您这个小偷，您曾对我发誓……’我说不下去了，因为这中了邪的人从座位上跳起来，毫不在乎周围喧嚷的人群，把我直往后推。‘让我安静点。’他无所顾忌地大声喊道，‘我又不受您的监护……拿去……拿去……把您的钱拿去，’说着，他便扔给我几张一百法郎的钞票……‘现在您总可以让我安静了吧！’

“他非常大声地嚷着，喊着，完全像中了邪一般，对上百个围观者熟视无睹。所有的人都瞪大眼睛，都在嘁嘁喳喳，指指点点，放声大笑，就连隔壁大厅里也挤过许多人来看热闹。我觉得，我仿佛被人把我身上的衣服剥了下来，让我赤身裸体地站在这帮看热闹的人面前……‘Silence，Madame.s’il vous plait’[1]掌盘人盛气凌人地大声冲着我喊道，并用筢竿敲着赌台。这可怜的家伙，他这句话是冲着我说的。受到这般侮辱，我被羞得无地自容，站在这帮嘁嘁喳喳、交头接耳的看热闹的人面前，好似一个妓女，一个别人扔钱给她的妓女。两三百只厚颜无耻的眼睛一齐盯着我的脸，这时……侮辱的污水泼得我羞愧难当，我深深埋下头，把目光躲开，转向一侧，这时正巧遇到两只眼睛，一双惊骇万状地瞪着我的眼睛，真像两把锋利尖刀——那是

[1] 法语：“夫人，请安静！”

我表姐，她望着我，惊得张口结舌，呆若木鸡，还举着一只手。

“我好似挨了当头一棒，直吓得魂飞魄散：还没等她动弹，没等她从惊吓中恢复过来，我便立即冲出大厅，一口气跑到那张长椅跟前，就是昨天那个着了魔的人倒在上面的那张长椅。我也同样精疲力竭，身心交瘁地倒在这张无情的硬木椅上。

“这已是二十四年前的事了，可是，每当我回想起那一瞬间，被他嘲讽得低下头来，站在千百个陌生人面前的那一瞬间，我血管里的血就会变得冰凉。我又惊诧地感觉到，我们一直自鸣得意地称之为灵魂、精神、感情的东西，称之为痛苦的东西，其实质又是多么的虚弱、可怜和没有骨气，因为这些东西即使再多，也不能把受痛苦煎熬的肉体和被压坏的身躯完全毁灭——因为人会经受住那样的时刻，血液还会照样搏动，而不会像遭了雷击的大树那样死掉或者翻倒在地。这样的痛苦仅仅是突然一下，只有一瞬间，好像扯断了我的关节一样，使我倒在了长椅上，上气不接下气，脑袋迟钝麻木，简直领略到必定要死亡的快乐预感。然而，我刚才说过，一切痛苦都是懦弱的，而生的欲望却异乎寻常地强烈，在它面前，痛苦自会消退，而生之欲望似乎是植根于我们肉体之中的，它比我们精神上的一切死亡激情更为强大。在感情上经历那样的打击之后，我竟重新站了起来，这一点我自己也无法解释，当然，站起来之后该做些什么，对此我并不知道。我突然想到，我的几只箱子还寄存在车站上。刚一想到，心里便有种东西在催促我：走，走，走，离开这儿，离开这座该诅咒的地狱。我对谁都未加留意，便径直奔到车站，询问去巴黎的下班火车几点开，售票员告诉我是晚上十点开，于是我便立即将行李托运。十点——自那次可怕的邂逅以来正好过了二十四小时，这二十四小时里充满了种种荒谬感情的骤变，以致我的内心世界永远破碎了。可是眼前，在心里持续不变的怦怦锤击的节奏中我只感觉到一个字：走！走！走！我头上的脉搏噗噗直跳，好似楔子不停地打进我的太阳穴里：走！走！走！离开这座城市，离开我自己，回家去，回到亲人身边去，回到我先前的、回到我自己的生活中去！我连夜乘火车到巴黎，从巴黎又几经转车才到了布隆，从布隆再到多佛，从多佛到伦敦，从伦敦到我儿子那里——这趟狂奔疾飞也似的旅程整整四十八小时，一路上我不思、不想、不睡、不说、不吃，在这四十八小时中所有的车轮都咔咔嗒嗒地只奏着一个字：走！走！走！走！最后，我走进我儿子的乡村别墅时，大家都感到意外，人人都大吃一惊：我的神态和目光里一定有点儿什么泄露了我的隐秘。我儿子要来拥抱我，吻我。我赶忙把头往后一别：他要接触我的嘴唇，而我的嘴唇已被玷污，想到这点我就无法忍受。我拒绝回答任何问题，只要洗个澡，需要从自己身上洗掉旅途的尘土和其他一切污秽，因为我身上似乎还黏着那个着了魔的人、那个毫无尊严的人的激情。随后我拖着脚步上楼，进了自己的房间，睡了十二小时或十四小时，直睡得昏昏沉沉，不知白天黑夜，在此之前和此后我都未曾睡过这样的觉，后来我才体会到，这一觉睡得真像是躺在棺材里死了一样。我的亲人像照看病人似的照看我，但是他们的温存体贴只能使我感到痛苦，他们对我的爱护和尊敬使我觉得内心有愧，我得时时留意，生怕自己突然大声吐露出真情：由于一次疯狂而荒唐的激情，我曾背叛过、忘掉过、抛弃过他们。

“后来，我又毫无目的地来到一座法国小城，谁也不认识，因为有个妄念我怎么也摆脱不了，总觉得人人第一眼就会从外表上看出我的耻辱、我的变化，我深深感到自己已经露出马脚，觉得自己直到灵魂深处都很肮脏。有时我早晨在床上醒来，感到非常害怕，眼睛都不敢睁开。我又想到那天夜里，我醒来突然发现自己身边躺着个半裸的陌生人，我像当时一样只有一个愿望：立即去死。

“但是，毕竟时间拥有最深远的威力，而年龄则具有一种能使各种感情贬值的特殊力量。人老了，就会感到死期渐渐临近，死神的黑影已经罩在了生命的旅途上，这时一切东西都显得不那么耀眼了，不再会强烈地影响一个人的内心感受，而且还减少了许多危险力量。我渐渐摆脱了那次打击的阴影；多年以后，我在一次社交场合遇到奥地利公使馆的专员，一个年轻的波兰人。我问起那个家族的情况，他告诉我，他表兄就是这个家族的，他表兄的一个儿子十年前在蒙特卡洛开枪自杀了——听到这个消息我都没有战栗一下。我已不再感到痛苦，也许——何必否认人的自私心理呢——甚至还暗自欣喜呢，因为我以前一直担心说不定什么时候会碰见他，现在这个最后的恐惧也消失了。现在除了我自己的回忆，再也没有会对我构成威胁的见证人。从此我心里就平静多了。人一老就不再害怕过去，除此一端便别无他长了。

“现在您就了解了，我怎么突然会同您谈我自己的遭遇，您为亨丽埃特夫人辩护时热情地说过，二十四小时完全可能决定一个女人的命运。我觉得这也是我自己的看法。我非常感激您，因为我的观点似乎第一次得到了确认。那时我就思忖：把心里的话统统说出来，这也许可以解除压在我心上的惩罚，以及回顾往事时所感到的惊吓；这样一来，也许我明天就可以去蒙特卡洛，走进那个使我遭遇这番命运的赌厅，既不恨他也不恨自己。这样，我心上的巨石就落下去了，以它千钧之力沉沉地将过去压在底下，并且使它不能复苏。我能把这一切都讲给您听，于我很有好处：我现在心情轻松，几乎感到很快乐……为此我要感谢您。”

说到这里她突然站了起来，我感觉到，她已经讲完了。我有点发窘，想找句话来说。但是，她一定觉察到了我内心的感动，所以马上就加以阻拦。

“不，请您不要说……我不要您回答我或是对我说什么……感谢您听我讲了自己的遭遇，祝您旅途愉快。”

她站在我对面，伸出手来同我握手告别。我不由自主地抬头望着她的脸，站在我面前的这位慈祥而又略有羞赧的老太太，她的脸色令我感到非常惊异。不知是往日激情的反照，还是由于心慌意乱，这时她脸上突然泛起一层红晕，将她从脸颊到白发根都染成一片丹霞。她站在那里，活脱脱像个少女，对往事的回忆使她像新娘似的有点不知所措，而对自己的坦率陈述又感到有点羞涩。我不由得深受感动，很想用一句话来表示对她的崇敬。可是，我感到喉头太紧，说不出话来。于是我便弯下腰，满怀敬意地吻了她枯萎的、像秋叶般微微颤抖的手。

（韩耀成 译）

# 附　录

## 茨威格一九三六年用英文写的简历

我于一八八一年十一月二十八日生于维也纳，后来我攻读哲学。但我真正的学习却始之于长时间欧洲、美洲和印度的旅行，我的内在的教育始之于与我同时代的著名人物——凡尔哈伦、罗曼·罗兰、弗洛伊德、里尔克的友谊。我的固有的成分一直是一种强烈的心理学上的好奇，这种好奇我首先试着在涉及个人命运的一些性格化的短故事上加以运用（如《热带癫狂症》《情感的迷惘》和关于妥斯陀耶夫斯基、托尔斯泰和巴尔扎克的文学性素描）。

直到战争的爆发——这对我既是最深刻的感情上的震动，也是最重要的道德上的教训——我对世界历史才开始较为密切地加以关注。我着手重新去研读它，带着这样的目的：或许借此能更好地去理解我们当前的时代，特别是往昔中那些批判的反叛时代使我能同当代去加以类比（福煦、玛丽·安东内特、埃拉斯姆斯）。自从战争以来，完全遵循这样一个方针进行写作被看作我的道德义务，即有助于我们时代进一步积极的发展：通过对往昔的解释，通过对当代的警告——因为我相信，促进人类之间的联合和加深人民和民族间相互理解，为此所做的努力是有价值的。

从一开始我的目光总是注视世界主义（das Kosmopolifische），我的思想远离开赤裸裸的民族主义。因此我认为——绝不是自诩——我的著作的影响也超出了民族，这是一种特别幸运的机缘，甚至是生活所给予我的最伟大的祝福。正如我感到整个世界是我的家乡一样，我的书能在地球上所有语言中找到友谊和接受。

（高中甫 译）

# 绝命书

在我自愿和神志清醒地同这个世界诀别之前，一项最后的义务逼使我要去把它完成：向这个美丽的国家巴西表示我衷心的感激。它对我是那样善良，给予我的劳动那样殷勤的关切，我日益深沉地爱上了这个国家。在我自己的语言所通行的世界对我说来业已沦亡和我精神上的故乡欧洲业已自我毁灭之后，我再也没有地方可以从头开始重建我的生活了。

年过花甲，要想再一次开始全新的生活，这需要一种非凡的力量，而我的力量在无家可归的漫长流浪岁月中业已消耗殆尽。这样，我认为最好是及时地和以正当的态度来结束这个生命，结束这个认为精神劳动一向是最纯真的快乐、个人的自由是世上最宝贵的财富的生命。

我向我所有的朋友致意！愿他们在漫长的黑夜之后还能见得到朝霞！而我，一个格外焦急不耐烦的人先他们而去了。

斯蒂芬·茨威格

一九四二年二月二十二日于彼得罗保利斯

（高中甫 译）

**图书在版编目（CIP）数据**

一个陌生女人的来信 /（奥）斯蒂芬·茨威格著；韩耀成，高中甫译．— 石家庄：花山文艺出版社，2016.6

ISBN 978-7-5511-2851-3

Ⅰ．①一… Ⅱ．①斯… ②韩… ③高… Ⅲ．①短篇小说—小说集—奥地利—现代 Ⅳ．①I521.45

中国版本图书馆 CIP 数据核字（2016）第 112715 号

**书　　名：** 一个陌生女人的来信
**著　　者：**［奥地利］斯蒂芬·茨威格
**译　　者：** 韩耀成　高中甫

---

**责任编辑：** 梁　瑛　李　爽
**责任校对：** 李　伟
**美术编辑：** 胡彤亮
**出版发行：** 花山文艺出版社（邮政编码：050061）
（河北省石家庄市友谊北大街 330 号）
**销售热线：** 0311-88643221/29/31/32/26
**传　　真：** 0311-88643225
**印　　刷：** 北京鹏润伟业印刷有限公司
**经　　销：** 新华书店
**开　　本：** 620×889　1/16
**印　　张：** 15
**字　　数：** 200 千字
**版　　次：** 2016 年 11 月第 1 版
2016 年 11 月第 1 次印刷
**书　　号：** ISBN 978-7-5511-2851-3
**定　　价：** 39.50 元

---